蝶々殺人事件

横溝正史

角川文庫
22088

目次

蝶々殺人事件

序曲

ある春の午後のことである。私は急に思い立って国立《くにたち》の由利《ゆり》先生を訪れた。

由利先生はもと麹町《こうじまち》に住んでいられたのだが、戦争がはじまると間もなく、思いきりよく麹町の家をひとに預けて、自分はさっさと国立へ引越されたのである。その時分、私は先生の用心深さを嗤《わら》ったものだが、その後度重なる空襲に、嗤った私が御丁寧にも三度焼け出されたのに、用心深く郊外へ引越していかれた由利先生の麹町の家はかえって焼け残ったのだから、世の中は皮肉に出来ている。

三度目に焼け出されて、とうとう着たきり雀になった時は、さすがに私もまえに嗤った手前もあり、先生に会うのが恥かしかった。しかし先生は穏かに笑われたきりで、かえって次のような言葉をもって私をはげまして下すったものである。

「なに、それでいいんだよ。君みたいに若い人は、またいつか取り返しがつくさ。君自身、意識していなくても、それだけの自信があるんだよ。私みたいな老人にはそれがないから用心深くなる。つまり用心深いということは、老境に入った証拠かも知れないよ」

　そして先生は奥さんに指図して、私の身に合いそうな物をなにかと出して下すった。それのみならず終戦後は、麹町のお宅の住人に交渉してそこの二階の一室を、私に提供するよう取り計らって下すったのである。私がいま戦災者としては、非常に恵まれた境遇にあるのはそういうわけで、こうなるとまえに先生の用心深さを嗤った自分がいよいよ恥かしいわけだ。

　さて、その日私が国立のお宅を訪問すると、先生は若い奥さんと二人で甘藷《かんしょ》の苗床作りに余念がなかったが、私の顔を見るとすぐに手を洗って書斎へ入って来られた。

「しばらく、その後どうだね。新聞の方は……」

　美しい銀髪をふさふさと波打たせた先生は、浅黒いお顔にいつに変わらぬ懐かしい微笑をうかべて私を迎えて下すった。

「相変わらずですよ」

「ちかごろは新聞の紙面がせまいうえに、刑事事件などは問題じゃないようだから、三《み》津木《つぎ》俊《しゅん》助《すけ》君、くさっているんだろうと、この間も家内と話したことだよ」

　先生はそういって穏かに笑われた。

「そんなことはありませんよ。新聞社に席をおいていれば、これでまた相当の仕事はあります。私より先生こそどうです」

「私……？」

「先生こそ、麹町のお宅が恋しくなりゃしませんか。まさか、このまま、田舎で甘薯作りなんかで終わるおつもりじゃないんでしょうな」

　この事はいつも私の気になっているところなので、この機会に訊《たず》ねて見ると、先生は美しい銀髪を撫《な》でながらからからと笑われた。

「君、田舎は酷だよ。これでも立派な文化都市だよ。しかし、君のいま言った事だが……」

　と、先生は少し真面目になると、

「そりゃ私だって変わった事件があれば扱って見たいが、ここ当分は駄目だね」

「駄目とは？」

「こういう時代には殺伐な事件があっても、念入りに計画された犯罪なんてないものだ。誰も彼も浮き足立っているから、犯罪のほうでも念入りに計画をたてる余裕なんかなくなっている。それに殺人事件も、社会秩序が保たれて、人命が尊重されていてこそ刺激的だが、こんなに人の生命がやすっぽく扱われる時代じゃ……ねえ」

「すると、計画的な殺人事件があった時代、つまり先生が活躍される舞台があった時代は、よかった事になるんですか、悪かった事になるんですか」

私が少しからかい気味に訊ねると、先生は真面目になってこう答えた。

「そりゃよかったに極《きま》っているよ。計画的な犯罪があるということは、それだけ社会の秩序が保たれている証拠だよ。殺人を例にとって見ても、人間なんていくら殺しても構わないということになれば、誰が何を苦しんで凝った計画なんかたてるもんか。社会が進歩するにしたがって人命の尊重される率は大きくなる。人命が尊重されればされるだけ殺人に対する制裁はきびしくなる。その制裁をのがれようとするからこそ、犯人は陰険な、回りくどい計画をたてるのじゃないか」

「すると、巧妙な計画的犯罪があればあるほど、社会は進歩しているという事になりますね」

「まあ、そうだね、少なくとも犯罪なんて絶対にないという理想的な時代が来るまではね」

「そんな時代は当分望みがないとして、それではこれからの日本はどうでしょう。いま先生がおっしゃるような意味での、進歩的な時代が来るでしょうか」

「そりゃ来るだろうよ。そういつまでも、人の生命の安っぽい時代がつづいちゃたまらない。いや今まで以上に、ひとりひとりの生命の尊重される時代が来る」

「と同時に、陰険な計画的殺人犯人が現われる。……ということになれば、われわれはむしろそういう奴の現われる時代の来るのを祈っていいわけですね」

「まあ、そういうことになるね。はははは、なんだか妙な議論になってしまったが」

さて、以上のような会話から、諸君もすでにお察しのことと思うが、この由利先生という人は、その昔、犯罪捜査になみなみならぬ腕をふるわれた人である。先生はしかし、職業的な探偵ではなかった。麴町三番町のお宅の玄関にも、私立探偵などというような野暮な看板はあがっていなかった。

それにも拘《かかわ》らず、その方面での先生の名声はあまねく世間に知られていたと見えて、三番町のお宅には、つぎからつぎへといろんな事件が持ち込まれた。すると先生はそれらの事件を仔細《しさい》に吟味して、その中から自分の趣味にかないそうな事件だけ拾いあげて出馬されるのだった。また、どうかすると新聞記者をしている関係上、私の早耳が聞き出した事件に先生を引っ張り出すようなこともあった。しかし、どちらにしても先生が出馬される場合には、いつも私が片棒かつぐことに変わりはなかった。即ち私はシャーロック・ホームズに於《お》けるワトソンなのだ。これだけの事を知っていて戴《いただ》かないと、その日私が由利先生を訪問した用件というのが、分かって貰《もら》えないのである。

さて、暫《しば》くの沈黙の時間があった後、私はその用件というのをこういう風に切り出した。

「実は今日お伺いしたのは、ちょっとお願いがあるのですが」

「どんな事？」

実は……と私が切り出した用件というのはこうである。

かつて由利先生にしたがって犯罪捜査に関係した事のある私の経験を、いまだに記憶している人があると見えて、ちかごろ私はある出版社から、今まで扱った事件のうちで、小説になりそうなものを書いてみてくれないかという注文を受けたのである。

正直なところ近頃の私の生活は苦しい。新聞社の俸給だけではやっていけないのである。しかしその時私が一も二もなく出版社からの注文を引き受けたというには、金銭的な問題ばかりでなく、もう一つほかに理由があったからである。出版社の親爺《おやじ》はこういうのだ。

「どうもいままでの日本人には合理性が欠けているように思えるんですな。物事を理詰めに考えて行く習慣、それが欠けていたように思えるんですがどうでしょう。軽い読物にしてからがそうで、もっと理詰めな小説があってもいいように思われますな。理詰めな小説といえばさしあたり探偵小説、それも本筋の奴ですな、それで私どもの方では今後、そういう探偵小説に力瘤《ちからこぶ》を入れて行きたいと思うんですが、それについて先生に是非、お力添えを願いたいと思いまして……」

そういわれてみると私もなんだかそんなような気がして来た。探偵小説を書くということが、大衆を啓蒙《けいもう》するような、どえらい意気込みになって来た。

しかし、書くという事と意気込みとはおのずから別問題と見えて、実際に筆を執るとこれがなかなかむずかしい。ネタはあっても新聞の記事を書くようなわけには行かない。それにもう一つ私を困らせたのは、空襲のために昔の覚書《メモ》を焼いてしまった事である。そこでその日、由利先生を訪れた用件というのは、一応先生の諒解《りょうかい》を得ておく事と、もう一つは先生の手許《てもと》には昔の記録が残っているだろうと思ったからである。

「なるほど」

私の話を聞くと先生は即座に頷《うなず》いて、

「それは是非書きたまえ。なに、私は構わない。変に誇張したり、よけいな事さえ書いてくれなければね……」

「ええ、それは気をつけます。出来るだけ正確に書いてみるつもりなんですが……」

「で、やるとすればさしあたり、どの事件に手をつけるつもりだね」

「蝶々《ちょうちょう》殺人事件――あれをやって見るつもりですがどうでしょう」

そういって私はおそるおそる先生の顔を見た。すると先生はしばらく無言のままで考えていられたようであったが、だしぬけにつと座を立たれたので、これはしまった、先生気を悪くされたかなと思っていると、やがて戸棚の中から鎌倉《かまくら》彫りの手文庫を出して、もとの座へかえって来られた。

「そういえば、三津木君、この間古い書類を整理していたら、面白いものが出て来たよ。憶《おぼ》えているだろう。ほら、これ」

そういって先生が手文庫の中から取り出したのは、雑誌の口絵からでも切り抜いたような一葉の写真であった。ひとめそれを見ると私は思わず胸を躍らせた。

それは裾《すそ》をひらいた長いフロックコートのようなものを着て、オペラハットをかぶり、意気なステッキを小脇にかいこんでいようという、瀟洒《しょうしゃ》な青年紳士の写真だったが、その顔には子供が悪戯《いたずら》したように、青鉛筆で眼鏡とマフラーが描きそえてある。

むろん私はそれを憶えていた。いや、憶えているどころではない。忘れようとしても忘れる事の出来ないのがこの写真の主である。この意気な姿の青年紳士こそは、私がこれから書こうとするこの物語に、なんともいえぬ異常な雰囲気と色彩を投げかけているのだ。

「こいつは悧巧《りこう》な奴だった。ねえ、三津木君、素捷《すばしっこ》い奴だった。こいつのために私も、すんでの事に小股《こまた》を掬《すく》われるところだったのだ。三津木君、なんならこの写真を持って行きたまえ。そして危く私が袋小路へぶつかりそうになったいきさつを書いてくれたまえ」

そういって先生がからからと笑われたので、私はやっと安心した。

「先生、それじゃ書いても構いませんか」

「いいとも、計画的な殺人といえば、これなど一番いい例だからね。私には多少痛いところもあるがまあ我慢しよう」

「有難うございます。そうお許しが出れば私も大いに乗り気になります。ところがねえ、先生、ここに一つ困った事があるんです」

「困った事？」

「ええ、……というのは、われわれがこの事件に参加したのは、かなり後のことだったでしょう。むろん、そこから書き出していってもいいのです。しかしそうすると、それ以前のことを説明するのに筆がごたごたして来やあせんかと思うのですが、困ったことに空襲で、当時の覚え書きを焼いてしまったので……」

先生は私の話を終わりまで聞かずに、手文庫のなかを探っていられたが、やがて取り出したのは、古びた一冊の日記帳だった。

「三津木君、それにはいいものがあるよ。君も憶えているだろう。さくら女史のマネジャーをしていた土屋恭三《つちやきようぞう》君の日記だ、あの時借覧したまま返却するのを忘れていたと見え、この間書類の整理をしていたら出て来たんだが、これを見ると事件の詳細がよくわかる。なんならはじめの方はこの日記をそのまま借用したらどうだ。なあに、土屋君はおこる気遣いはないから大丈夫だよ」

ここに至ってますます私は、先生の用心深い疎開に敬意を払わねばならなかった。

むろん、私もこの日記を憶えていた。これがあったために、当時私たちがどれだけ助かったか分からないのだ。しかも土屋君がなんの気もなく書き留めておいた些《さ》細《さい》な事実のかずかずから、後に至って先生は、事件の謎を解く重大な要素を発見されたのである。

その日私は先生や奥さんが、夕飯を食っていけと仰有《おっしゃ》るのを、強いてお断わりして三時頃お宅を辞した。

「まあ、いやあね。久しぶりだから御《ご》馳《ち》走《そう》しようと思って心づもりをしていたのに、晩《おそ》くなったら物騒だって？　そんなら泊まっていらっしゃればいいじゃありませんか」

若い奥さんは怨《えん》じるように言って下さる。しかし、先生は強いて止めようともなさらず、

「まあいい。三津木君は今夜から仕事にとりかかるんだそうだから……。小説を書くんだってさ」

「小説……？」

奥さんは美しい眼を光らせて、

「まあ、素敵、どんな小説をお書きになるの」

「三津木君のことだからどうせ桃色の暴露小説にきまってるさ」

「あら、いやねえ。三津木さん、そんな低級なものお止《よ》しなさいよ。それよりもっと知的なもの……そうね、探偵小説をお書きなさいよ」

ここに至って先生と私とは、思わず顔を見合わせて笑ったのである。

さて、先生から拝借して来た写真と日記を前において、その晩から私が書きはじめたのが、これからお目にかけようとするこの物語りである。小説には不慣れな私のことだから、これがどんなふうなものになって行くか、いまのところ自分にも分からない、しかしネタの面白いことは十分自信をもって保証が出来るし、また私は出来るだけフェヤーで行きたいと思っている。この事件の解決者由利先生にあたえられた謎を解く鍵《かぎ》は、あますところなく諸君のまえに開陳してお目にかけようと思う。だから諸君にして慧眼《けいがん》あらば、由利先生と同時に犯人を発見する機会があたえられるわけである。

尚《なお》、物語の最初の部分は、由利先生の意見を尊重して女流声楽家原《はら》さくら女史のマネジャー、土屋恭三氏の日記を借用することにした。したがって以下数章の語り手はこの三津木俊助ではなくて土屋恭三氏であることと、もう一つこの事件が昭和十二年の秋に起こったものである事を付け加えておいて、さていよいよこれから蝶々殺人事件の第一幕を切って落とすことにしよう。

第一章　コントラバス

十月二十日。——

今日は魔日だ、土屋恭三にとっては五十年来の最悪日だ。

今日の大阪の夕刊を見ると、どれもこれもでかでかと「世界的ソプラノ」だの「世界的蝶々夫人《マダム・バタフライ》」だの「国宝的存在」だのという文字を使って原さくらの死を伝えている。

あの女の若い時分から知っており、あの女にあまり接近しすぎていたおれは、新聞社が書き立てるほど原さくらを偉い女とも思わないし、またあの女が殺されたからって、楽壇にとってそれほど大きな損失だとも思わない。

しかし今あの女に死なれたら、このおれはどうなるのだ。これから先のおれの生活はどうなるのだ。おれにとってあの女は、我儘《わがまま》な主人だった。気まぐれな保護者《パトロン》だった。気骨の折れる雇傭《こよう》者だった。しかしあんな気まぐれな女だったればこそ、大して役にも立たない、いやいや、いつもへまばかりやっているこのおれを、馘《くび》にもしないで、いつまでもマネジャーとして抱えておいてくれたのではないか。あの女には妙に姐御《あねご》振りたい虚栄心があって、その弱点につけこんで泣き落としをかけると、たいていの失策は大目に見て貰《もら》えたのだ。擦れっからし揃いの楽壇人の中で、あの女以外に誰がこんな安っぽい子供騙《だま》しの手に乗るものか。

その保護者を失って、これから先おれはどうして生活をたてて行けばよいのだ。五十にもなって、今さら小便臭い駆け出し歌手のマネジャーでもあるまい。たといこちらが屈辱を忍んでも、札付きのヘボ・マネジャー、誰が抱えてくれるものか。生前はなんのかんのと陰で悪態ついていたが、原さくらという女は思えば有難い主人だったのだ。

魔日だ。魔日だ。これから先このおれは……。

だが、こんなことを書いても際限がない。土屋恭三よ、落ち着かなくちゃいかん、落ち着いて、今度の事件の顛末《てんまつ》をよく見きわめなくちゃならんぞ。

だが、そうはいうものの、おれにはさっぱりわけが分からない。どうしてこんな事になったのか、いったい原さくらはどこで殺されたのか、何故あんなものに入って来たのか。おれには何がなんだかわけが分からん。ただ分かっている事は、これが世の常の殺人事件でないということだ。おれみたいな単純な頭脳《あたま》の持ち主には、想像もつかぬような陰険な、巧妙な犯人によってたてられているに違いないということだ。

そうだ。それだからこそおれは、この事件を詳細に書き留めておかなければならんのだ。おれの見た事、聞いた事、あるいは知っている事、そういう事実を積み重ねていったら、あるいはそこから犯人の計画の一端がわかって来るようになるかも知れん。おれみたいな頭脳の単純な人間でも、あるいは犯人の尻尾《しっぽ》を押える事が出来るかも知れん。そう思っておれはこの覚え書きを書きはじめたのだ。

だが、そうはいうものの、いよいよ書きはじめるとなると、頭脳がごっちゃになって、何から書いていってよいか分からん。そもそも事の起こりは川田君が、コントラバスが来ていないと騒ぎはじめたところよりはじまるんだが……しかし待てよ。そこから書いては事が紛糾する。これはやっぱり今度の大阪公演のそもそもはじめから書き起こさねばなるまい。

原さくら歌劇団が三日間の東京公演を終了したのは、十月十八日の晩のことだった。演出物《だしもの》は「蝶々夫人《マダム・バタフライ》」、公演の結果は予想以外の好成績だった。これについてさくらは、自分の人気のしからしむるところと自惚《うぬぼ》れていたらしいが、なにそうじゃない。日本大衆にもようやく歌劇《オペラ》というものが理解されはじめたところに、ほんとうの原因があるのだ。この事は去年の秋「ラ・トラヴィヤタ」を出した時からすでに予想されていたところで、人気の点からいえばさくらよりもさくらの弟子で、若くて美しいアルトの相良《さがら》千恵子《ちえこ》のほうが、大きい人気を持っていた。それに今度はピンカートンに小野《おの》竜彦《たつひこ》が扮《ふん》している。小野竜彦はテクニックはまだなっとらんが、天下一の美男で美声という極めつきだ。人気はこの二人に集まったのだ。

だが、そんな事はどうでもいい。東京公演を終了すると一座はすぐ追っかけて、大阪の中之《なかの》島《しま》公会堂で公演することになっていた。

大阪公演は十月二十日、二十一日の二日間。東京公演とのあいだは中一日しかない。だからマネジャーであるおれの忙しさったらないのだった。東京公演の最終日をろくろく観ずに、十月十八日の晩の汽車でおれは東京を先発したが、この時おれと同じ汽車で西下したのは、ヤマドリ侯爵に扮するバリトーンの志《し》賀《が》笛人《てきじん》。この男は神戸《こうべ》に用事があるとやらで一行より一足さきに出発することになったのだ。

さて、東京公演を終了した一行は、その翌日、つまり十九日の夜汽車で東京を発《た》っ事になっていたが、原さくらだけは十九日の午前十時発の汽車で東京を発つことに決まっていた。夜汽車では眠れないし、眠れないと翌日の公演に差し支えるというのだが、そもそもこの事が間違いの原因だったらしい。もしもさくらがほかの連中と一緒に東京を出発していたら、こんな事にはならなかったろうに。

もっとも、さくらは一人ではなかった。御亭主の原聡一郎《そういちろう》氏と、弟子の相良千恵子が同伴する事になっていた。少なくとも、一日さきに発ったおれは、三人一緒に大阪へやって来るものと思って、Dビル・ホテルへ部屋をとってやったのだ。ところが……いやいやこの事はもっと後で書くことにしよう。

さておれだ。

昨日、即ち十九日の朝大阪駅で、三《さん》ノ宮《みや》まで直行する志賀笛人と別れたおれは、その日一日、眼の回るような忙しさだった。先《ま》ず第一にDビル・ホテルへ赴いて、原さくら夫婦の泊まることになっている部屋を検分しておいた。何といってもさくら女史は一座の淀君《よどぎみ》だ。間違いがあって逆鱗《げきりん》にふれると怖いのである。

それからおれはNホテルへ赴いた。ここにはほかの連中が泊まることになっている。どちらも電話で打ち合わせておいたので、手《て》筈《はず》に間違いはなかった。かくして一行の塒《ねぐら》が定まると、後は会場と新聞社と放送局と、主だったさくらのパトロンたちだ。その日一日おれは大阪じゅうを駆けずり回っていたが、どこへ行っても景気上々、前売切符は二日とも売り切れているという。A商会、B商店から寄贈の花輪が会場を埋めるだろうという評判。おれはすっかりいい気持ちになった。

それがいけなかったのだ。

いつでもそうだが、おれは有頂点になるような幸福に酔うと、その後できっと大きな打撃に見舞われる。有頂点を帳消しにしてお剰銭《つり》の来そうな大きな災難のお見舞いを受ける。禍福はあざなえる縄の如しというが、五十年のおれの生涯はその格言の通りだった。しかもいつでも禍のほうが至極大きいのに、福と来たらいたって貧弱なんだから遣《や》り切れん。だからちかごろでは、よくよく自分を戒めてめったな事では有頂点にならぬように心懸けているのだが、昨日はついうっかりとその誡《いまし》めを忘れていた。

お陰で天罰覿面《てきめん》、いまこの苦しみを嘗《な》めている。

さて、昨日おれが有頂天になり過ぎた顚末というのは次ぎの通り。

ひととおり回るべきところは回り、顔を出すべきところへは顔を出したおれは、夕方新聞社に勤めている旧友のSに会った。Sとおれとはその昔、同じ釜《かま》の飯を食った仲だがSの奴め、途中で転向して大阪の新聞社に潜り込んだお陰で、いまではすっかりいい顔になっている。

　そのSが、久しぶりだ、一杯飲もうとおれを引っ張っていったのが北の新地《しんち》。Sはこの辺でもいい顔らしい。たちまち若い美しい妓《こ》が五、六人がやがやとやって来た。幾つになっても女の嫌いな奴はあるまい。わけてもおれは女に眼のない方だ。いままでこれで何度失敗をやったか分からん。殊に昨夜おれを取り巻いたのは調子のいい大阪芸者だ。つうさんとかなんとか言われて、いい気持ちにメートルをあげているうちにとうとう大変な失敗をやらかした。さくら女史のお出迎えを忘れたのだ。

　さくら女史は八時に大阪駅へ御到着遊ばすことになっている。マネジャーであるおれは何を措《お》いても鞠躬如《きっきゅうじょ》として女史を駅頭に出迎え、当地の情報を逐一御報告申し上げねばならん業務があるのだ。

　ところがはっと気がついた時には、南無三、八時半を過ぎている。

　おれはあわてて電話室へ飛び込むと、Dビル・ホテルを呼び出した。すると、原さくら先生はつい今しがたお着きになりました。そして只今《ただいま》お部屋で御休息の模様でございますという返事。

　さあ大変だ、おれが出迎えてやらなかったのでさくらの奴め、かんかんになって御亭主に当り散らしているだろうと思うと、おれは足の裏がムズ痒《がゆ》くなるような狼狽《ろうばい》を感じた。

「S君、おれは失敬するぜ」

　唯一言、そういう言葉を座敷に投げこむと、おれはまつわりつく芸者どもを薙《な》ぎ倒しておいて、北の新地を飛び出した。おれの血相が変わっていたのだろう。Sの奴め、

「宮仕えは辛《つら》いね」

と、嘲《あざけ》るように笑いやがったが、冗談じゃない。おれの辛さは宮仕えどころか、何しろ相手はこの頃の天気より気分の変わり易いじゃじゃ馬なんだ。

　ところがDビル・ホテルへ駆けつけてみると、意外にもさくらはいない、たった今お出掛けになりました。鍵《かぎ》はお預り致してございます。行先はおっしゃいませんでしたという帳場の挨拶《あいさつ》。それじゃさっき、おれから電話がかかった事を通しておいてくれなかったのかと詰《なじ》ると、いえ、それは申し上げておきました。土屋さんという方が、すぐお見えになるそうですと。……

　それだのにさくらは出掛けたのだ。激怒のほども思いやられて、おれは下腹が痛く

なるほど心配になって来た。唯《ただ》ここに一つの頼みは、御亭主の原聡一郎氏が一緒だということである。この人は道楽者だが、至って穏かな人物で、日ごろからおれの境遇に同情を持っていてくれる。さくら女史を操縦するすべもよく心得ている。番頭の話を聞いていると、出掛けたのはさくら一人らしいから、御亭主はホテルに残っているのだろうと思って、その御主人にお眼にかかりたいがと申し込むと、意外にも聡一郎氏は一緒じゃなかったという。

「先生はお一人で、自動車をお乗りつけになりました。御主人は急に用事が出来て東京へお残りになったそうで、なんでも明朝ほかの方たちと御一緒に、こちらへお着きになるそうです」

おれはぐわんと頭を殴られたような気持ちがした。御亭主が一緒でないとすると、先ず当分、さくらの御機嫌を取り結ぶ事は難しい。

だが、それにしても不思議なのは、さくら一人で自動車を乗りつけたという事である。御亭主は用事があって東京へ残ったとしても、弟子の相良千恵子は同伴していなければならぬ筈だ。もっとも相良はこのホテルへ泊まることになってはいない。彼女は大阪の出身で、天下《てんか》茶屋《ちゃや》とか萩《はぎ》の茶屋《ちゃや》とかに実家があるので、そこへ行くことになっている。

しかしそれにしても一応ここまでさくらを送って来て、それから実家へ帰るのがほんとうだろう。殊に聡一郎氏が東京へ残って、さくら一人だったとすればなおさらの事だ。それに気がつかぬ相良ではない。

　おれはなんだか妙な気がした。相良にどんな模様だったか聞いて見たいと思ったが、生憎《あいにく》おれは相良の実家というのを聞いておかなかった。

　おれはホテルのロビーで半時間ほど待った。しかしさくらは帰って来ないし、電話もかかって来ない。そのうちおれはふと、さくらの有力な後援者が北浜《きたはま》にあることを思い出した。番頭の話によると自動車も呼ばずに出ていったというのだから、そこへでもいっているのではあるまいかと、ホテルを飛び出すと北浜へ駆けつけてみた。しかしさくらは来ていないという。おれはがっかりしたが、事のついでに船場《せんば》から島《しま》の内《うち》と、さくらの後援者の家をつぎからつぎへと訪問してみた。

　ほんとうをいうと、何もこんなに心配することはないのだ。さくらだって子供じゃあるまいし迷い子になる気遣いなんかない事は分かりきっている。だが、これがあの女のマネジャーをやって行くうえで第一の秘訣《ひけつ》なんだ。こうして大騒ぎをして、ほうぼう駆けずり回ったというゼスチュアを見せておくことが、後になってあの女の御機嫌を取り結ぶために是非とも必要なんだ。

　おれはこういってやる。

「先生はひどいや、何もおっしゃらずにお出掛けだもんだから、私ゃどんなに心配したか知れやしません。昨夜は真夜中ごろまでほうぼう駆けずり回って……」

するとさくらの奴、こう出るにきまっている。

「馬鹿ねえ。私は子供じゃなくってよ。そんなにおそく、ほうぼうを叩《たた》き起こしたりして、皆さんにお気の毒じゃありませんか。でもあなた、そんなに心配してくれたの。済まなかったわね。御免なさいね」

　これでO・Kなのである。

　その晩おれがホテルに帰って来たのは真夜中の一時頃のことだったが、これでおれは打つべき手は打っておいたのだから、もう何も気遣うことはない。枕を高くして寝るばかりだが、それでも形式的にDビル・ホテルへ電話だけはかけておいた。

「原先生はまだお帰りではございません。どこからもお電話はございません」

畜生！　あのじゃじゃ馬め、どこへ行きやがったのだろう。

　さて、明くれば二十日、即ち今日だ。

　おれは眼が覚めるとすぐまたDビル・ホテルへ電話をかけた。むろんあの女の声が聞けるだろうという期待は少しも持っていなかった。あの女は大阪にかなり沢山識《し》り合いを持っている。なかにはおれの全然知らない友人もある。そういう家へ行って泊まりやがったにちがいない。そしてぎりぎりの時間までおれを焦《じ》らしに焦らしておいて、さて時間一杯に悠然と現われる趣向なんだ。

おれはそう考えてたかを括《くく》っていた。今になって考えると、この予測は半分当たっていたが半分当たっていなかった。果せる哉《かな》、あの女はぎりぎりの時間に現われたが、しかし、それは……。

だが、それを書くのはまだ早い。そのまえに今朝からの出来事を、もう少し書き留めておく必要があるだろう。

今日のおれは昨日にまさる忙がしさだった。

昨夜十時十五分の汽車で東京を出発した原さくらの楽団一行は、朝の八時七分に大阪駅へ着くことになっている。昨夜の失敗にこりているから、今度は何を措いても出迎えてやらねばならない。殊に一行のなかには、さくらの御亭主聡一郎氏がまじっている筈《はず》だからなおさらのことだ。何を措いてもおれは先《ま》ず聡一郎氏に会わねばならん。そしてさくらにとりなし方を頼んでおかねばならんのだ。

大阪駅へ駆けつけるまえに、おれはまたDビル・ホテルへ寄って見た。しかし案の定さくらからはなんの消息もない。ちえッ、勝手にしやがれだ！

大阪駅の出迎えはかなり華々しいものだった。新聞社や会場側の代表者や大阪の同好会や、そういう連中が大勢押しかけていた。宝塚《たからづか》らしい、若い綺麗《きれい》なお嬢さんも、沢山プラットフォームに群がっていた。噂をきいてつぎからつぎへと弥次馬《やじうま》が押しかけて来た。

だが肝腎《かんじん》の原さくらと、相良千恵子の姿が見えなかったのはお気の毒様みたいだった。そこでおれは一場の挨拶をしてやった。

「原さくら女史はたいへん控え目なかたでございまして、万事派手なことはお好みになりませんので……」

どこかで奥ゆかしいわねという女の子の声が聞えたが、この子はよっぽど正直者らしい。なに、ぶってるんやわといった娘があるが、この娘のほうが悧巧《りこう》なようだ。

だが、こういう女の子たちにとっては、さくらや相良はどうでもよかったのだ。テナー小野竜彦が二等寝台車から降りて来ると、たちまちわっとその周囲を取り巻いて、いや、その騒がしいこと。

いま日本で芸能各界ひっくるめての人気投票をやっても、小野竜彦はきっとベストファイヴに入るに違いない。天下一の美男という極めつきも必ずしも掛け値じゃなかった。殊に今朝の寝台車の疲労でいくらか憂鬱《ゆううつ》そうに見えるのが女の子にはいっそう魅力的に映じたらしい。小野さん、小野先生と大変な騒ぎだ。

おれはおよそ楽壇人なんてどいつもこいつも虫が好かんが、この小野だけには好意が持てる。素晴らしい美男でいながら、ちっともその自覚がないらしいのが可愛い。五尺七寸の体軀《たいく》は堂々たるものだが、それでいて初心《うぶ》なること十五、六歳の少年の如くである。これは楽団へ入ってからまだ日の浅いせいもあるが、ひとつは育ちにもよる。この男は日本橋《にほんばし》の有名な老舗《しにせ》べに屋呉服店の次男坊で、つまり生まれついてのお坊っちゃんなのだ。原さくらがちかごろこの男に……おっとこれは内緒内緒。

それにしても聡一郎氏はどこにいるのだろうと、きょろきょろしていると、おれは逆にその聡一郎氏に肩を叩かれた。

「やあ、御苦労様、大変だったろう」

この人はいつでも笑顔を絶やしたことがない。およそ屈託という文字を知らぬ人間みたいだ。いつ見てもゆったりしてにこにこ笑っている。もっとも財界巨頭の御曹司にうまれて、頭脳がよくて秀才で通って来れば、こういうようにもなれるだろう。おれとは陰と日向《ひなた》みたいな対照だが、それでいておれは不思議にこの人だけには反感が起こらない。さくらもこの御亭主には首ったけで、いつもパパ、パパと甘ったれている。御亭主の方でもさくらを愛していることは、誰の眼にもよく分かる。それでいて、二人ともてんでに浮気をして平気でいるんだから、この御夫婦だけはおれにも分からん。

「どうださくらは？　機嫌はいいかね」

それでおれは手短かに昨夜からのいきさつを話して聞かせた。聡一郎は始終にこにこしながら聞いていたが、話が終わると事もなげに笑って、

「はははは、また虫が起こったんだよ。なにも心配する事はないさ。時間までには

きっと現われる。君は気が小さ過ぎるから、却《かえ》って翻弄《ほんろう》されるんだよ」

それから眠い、眠い、眠くて叶《かな》わんと独語《ひとりごと》を言いながら、一人でさっさとプラットフォームを出ていった。

さあ、これでこの方はすんだ。あれでなかなか細かいところに気のつく人だから、ああいっておけば、さくらにうまく取りなしてくれるにきまっている。これでやっと肩の荷がおりたような気持ちがしたので、おれは一行をとりまとめて、自動車に分乗させてNホテルへ送りとどけた。

もっとも一行といっても、それほど沢山ではない。いったい歌劇という奴はずいぶん人員を食うものだから、東京公演の連中をすっかりそのまま大阪へ持って来ては経費が耐《たま》らない。そこで管絃楽団と合唱団は大阪交響楽団と、大阪の青年やお嬢さん方を頼むことにしてあった。

もっとも指揮者《コンダクター》は東京公演そのまま牧野《まきの》謙三《けんぞう》をひっぱって来た。牧野とさくらは喧《けん》嘩《か》友達だ。どっちも天狗《てんぐ》になっているんだから、ひとたび意見が衝突するとなかなか折れない。公演がすむと牧野はきっと二度と、原の歌劇に指揮棒はふらぬと宣言する。それでいて次の公演のまえに、さくらから鼻声でねだられると一も二もなく、但し表面はいかにも不承不承らしく承諾する。もっとも日本に歌劇らしい歌劇は原さくら歌劇団よりほかにないし、指揮者らしい指揮者は牧野よりほかにないから、啀《いが》みあいながらも二人は別れてしまうわけにはいかんのだろう。牧野は弟子を二人連れて来ていた。トロムボーンとコントラバス。そしてこのコントラバスが後ほど問題になったのだ。

さて一同を自動車で送り出すと、この列車で一行と一緒にやって来た助手の雨宮《あまみや》君と二人で、チッキを受け出しにいった。この雨宮君というのは聡一郎氏の遠縁かなんかにあたる青年で、ちかごろおれの助手になったんだが、頼りないこと夥《おびただ》しい。おれもマネジャーとしてはヘボのほうだが、この雨宮君ときたらそれに輪をかけたような男だ。何かやらしてヘマを演じなかったことがない。お人好《よ》しでそそっかしくて、……取り柄はまあ、おれに何をいわれても憤《おこ》らないぐらいのところだろう。

こういう頼りない助手に東京の後始末一切をまかせて来たんだから、おれは気が気じゃなかった。しかし幸い今迄《まで》のところ別に失策もなかったようだ。衣裳《いしょう》も昨日あらかた着いたようだし、残りの分も昨夜出発するまえにチッキで送り出したという。

このチッキを受け出しに行ったのだが、これはまだ到着していなかった。多分一列車遅れるのだろうという。次の列車といえば十時三十分大阪駅着だから、それまで駅でぼんやり待っているわけにはいかなかった。

「兎《と》も角《かく》一度ホテルへ引き上げよう。そして午《ひる》過ぎにでも、君一人で取りに来てくれたまえ、二時から会場で稽古《けいこ》がある筈だから、荷物は直接その方へ持ちこんだほうがいいだろう」

われわれはいったんNホテルへ引き上げたが、そこでおれはまた、Dビル・ホテルへ電話をかけてみた。しかしさくらの消息は依然として分からない。御亭主の聡一郎氏はときくと、これは先ほど御到着になりましたが、よくお眠《やす》みと見えて、ドアに鍵《かぎ》がかかっている、電話で呼び出してもお出にならないという挨拶《あいさつ》、おれは別に聡一郎氏に用事があるわけではないから、眠りを妨げないように注意して電話をきった。

さて、それから二時少しまえまでは別に言うこともない。おれは雨宮君に頼んでおいて、ホテルを飛び出すと、新聞社や放送局のあいだを駆けずり回った後、会場へやって来たのが一時半頃。おれと前後してNホテルから歌手たちもやって来た、大阪交響楽団や合唱団の人たちはすでに集まっていて、たいへん賑《にぎ》やかである。

雨宮君はおれより先に来ていたのでチッキの事を聞くと全部受け取って来たという返事だから、この方は先ず安心だ。

それにしてもさくらの奴はどうしたのだろう。もうそろそろ現われそうなものだが……いや、さくらばかりではない。小野も相良もそれからバリトーンの志賀笛人もまだ来ていない。

一時五十分。

かっきり二時から稽古をはじめる事になっているので、交響楽団の人たちは、すでにオーケストラ・ボックスにおさまっている。指揮者の牧野は指揮棒を握っていらいらしていた。

その時なのだ。コントラバスの川田君が怒鳴り出したのは。

「おい、雨宮君、おれのコントラバスはどうしたんだ！」

一瞬、雨宮君はポカンとしていたが、みるみる顔色を変わらせるとへどもどやり出した。

コントラバス……コントラバス……しかし、私はたしかにチッキの数だけ荷物を受け取って来たんです。その中にコントラバスはなかった。……

「馬鹿野郎、そんな馬鹿なことがあるもんか。昨夜東京駅でおれがコントラバスをチッキにしたのは君も知っている筈《はず》だ。その時君は、ほかの荷物と一緒に受け取ってやると、おれのチッキを預かったじゃないか。君はそのチッキを落したんじゃないか」

そんな事はない。そんな筈は絶対にない。ほかのチッキと一緒にクリップに挟んでおいたのだから……しかし、変だな。さっき大阪駅で荷物を受け取るとき、数をハッキリ照し合わせて来たんだが、……コントラバスのことを、ついうっかり忘れていたのは悪かったが。……

「悪いのは分かってらあ。いったい、どうしてくれるんだ。楽器なしで演奏しろというのか。もしこのままコントラバスが紛失したらどうしてくれる」

「済みません、僕、もう一度大阪駅へ行って見ます」

雨宮君が蒼《あお》くなって、泣き出しそうな顔をして、あたふたと飛び出そうとしたところへ、小野と相良と志賀笛人の三人が殆《ほと》んど同時に楽屋へ入って来た。

「川田さん、何をがみがみ言ってらっしゃるの。コントラバス、コントラバスって、楽屋の入り口におっぽり出してあるの、あれ、あなたのコントラバスじゃなくって？」

「相良さん、コ、コ、コントラバス、楽屋の入り口にありますか」

雨宮君、泡を喰《く》って吃《ども》っている。

「ええ、あってよ。表に立てかけてあるわ。早く行って取って来てあげなさいよ」

雨宮君があたふたと出ていった後へ電話のベルが鳴り出したので出て見ると、Ｄビル・ホテルの原聡一郎氏からであった。

「ああ、土屋君、さくらは来たかね」

「それが、……まだ、……お見えにならないんです」

「まだ来ない？　稽古はそろそろ始まるんだろう。変だね。とにかく私もそっちへ行って見る」

電話を切ったところへ雨宮君が大きなコントラバスのケースを担いでやって来た。ところがその恰好《かっこう》というのがいかにもおかしいのである。小柄な雨宮君、まるでケースに押し潰《つぶ》されそうな恰好で、顔を真っ赤にしてうんうん唸《うな》っている。それを見ると相良千恵子がまず吹き出した。

「雨宮さん、それなんて恰好？　コントラバスってそんなに重いものじゃないでしょう」

「ところが相良さん、あんたはそういうけど、こいつ箆棒《べらぼう》に重いんですぜ、川田さん、いったい何を入れて来たんです」

「コントラバスにきまってるじゃないか。こっちへ貸したまえ」

雨宮君の背中からなんの気もなく、大きなケースを受け取ろうとした川田君は、予想外の重さに思わずよろよろとよろめいた。とたんにケースは雨宮君の背中から滑りおちて、ぱたんと大きな音を立てて床の上に倒れた。見ると、掛け金が外れて蓋《ふた》が少しゆるんでいる。そしてその隙間から萎《しぼ》んだ薔薇《ばら》の花が二、三片こぼれ落ちた。川田君は顔色をかえた。ポケットに手をつっこんで鍵を探っていたが、鍵を使うまでもなく鍵が毀《こわ》れている事に気がつくと、ケースに飛びついて蓋を開いた。

いったい原さくらという女は日常生活そのものがすべて芝居だった。どんな場合でも登場のきっかけということを忘れない女であった。しかしさすがにこの女も、これほど劇的な、これほど効果的な登場をしたことはいままであるまい。

ケースの中に入っていたのはコントラバスではなかった。コントラバスの代わりに原さくらの死骸《しがい》が……薔薇の花弁に覆われた世界的ソプラノ歌手の死体が、まるで埃《エジ》及《プト》の古墳から発掘されたツタンカーメンの木乃伊《ミイラ》みたいにおさまっていたのであった。

第二章　数学の問題

十月二十一日。――

昨夜は疲れていたので、覚え書きの途中で寝てしまった。考えてみるとわれながら無理もない。ああいう大きなショックの後で、やれ警官だ、やれ新聞記者だと、わいわい押しかけて来る連中に、いちいち応対しなければならん役目が、みんなおれの双肩にかかって来るんだから耐《たま》らん。これを思えば人生マネジャーとなるなかれだ。それにしても、昨日はよっぽど昂奮《こうふん》してたと見えて、昨夜書いたところを今朝読みかえしてみるとかなり支離滅裂だ。それに自分の感情が露骨に出すぎている。少しどうかと思う節もあるが……しかし、構わん、構わん、何もひとに見せるために書いてるんじゃない。これはただ、自分の心覚えに書きとめておくことなんだ。何もそう気取ることはない。しかし、今日はもう少し落ち着いて書こうよ、なあ。

今から考えると、おれは残念で耐らない。あの時何故もう少し落ち着けなかったのか、何故もう少し落ち着いて、連中の顔色を観察するだけの余裕が持てなかったのか。おれにそれだけの余裕があって、はじめから連中の顔色を注意ぶかく観察していたら、そこに何か発見出来たにちがいない。擬装された驚きと、真実の驚きとを見分けることが出来たかも知れないのだ。だが、考えてみるとそれは無理だな。だって、事件がこんなふうにこんがらがって来ようとは、あの時おれは夢にも知らなかったのだから。

とにかくおれがやっと驚きから回復して、コントラバス・ケースの中から、それを取り巻いている連中のほうへ眼をうつした時には、みんな完全なポーズを作っていやがった。「大いなる驚愕《きょうがく》」ともいうべきポーズだ。みんな意識して各人各様、役柄にふさわしい技巧的なポーズを作っているんだから、その中から真実の感情と、擬装された感情を見分けるなんて至難な業だて。

アルトの相良千恵子は右手を口のはたに当て、上体をうしろに反らし気味、大きくみはった眼を目じろぎもさせないで、コントラバス・ケースの中のさくらの死体を視つめていた。ありゃたしか、ロミオの死体を見つけた時の、ジュリエットのポーズだったな。

テナーの小野竜彦はピンカートンだ。自殺しているマダム・バタフライを発見したときのピンカートンのポーズ。あれはたしかさくらが手を取って教えてやったものだが、まさかさくらも、こんなふうに演出効果をあげようとは思わなかったろう。

バリトーンの志賀笛人はリゴレート、リゴレートは浅草《あさくさ》オペラ華やかなりし頃の志賀の当たり役だったが。そのリゴレートの第三幕、ミンツィョ河畔の場で、娘ジールダの死体を麻袋のなかから発見したときの、リゴレットの狂気するような驚きと悲しみを、すっかりそのままやって見せやがった。あのここな道化役者めが。

コンダクターの牧野謙三はなんだろう。オーケストラ・ボックスの中から飛び出して来て、両手をまえに突き出したまま、茫然《ぼうぜん》として突っ立っていやがったが……あっ、そうだ、思い出したぞ、あれは確かに映画「オーケストラの少女」のストコフスキーだ。うふふふ、奴《やっこ》さん、妙なところでストコフスキーを気取ったものだて。

何しろ、こんなふうに、どいつもこいつも食えない連中、それがてんでに「大いなる驚き」の競演会をやってるんだから、いかに吾輩《わがはい》にシャーロック・ホームズの明察ありといえども、この中からただちに「臭い人間」を発見するという事はむずかしかろうじゃないか。

さて、この大いなる驚きの競演会、恐怖群像のパントマイムは、ものの五分間もつづいたろうか、それがやっと一角からくずれはじめたのは、そこに新たなる人物が登場したからである。ほかでもない、さくらの御亭主原聡一郎氏。

おれはこの人が舞台裏から入って来たときから気がついていた。しかし、わざと知らん顔をしていてやった。女房の死体を見たときに、この人がどんなかおをするか見ていてやろうと思ったからだ。

原聡一郎氏は妙なかおをして、暗い舞台裏から、こっちのほうへやって来た。そりや無理もなかろう。賑《にぎ》やかに「マダム・バタフライ」の第一幕ピンカートンの長崎寓《ぐう》居《きょ》の場でも稽古《けいこ》しているかと思いのほか、何しろ、ほら、大いなる驚きの競演会、恐怖群像のパントマイムだから、不思議に思ったのも無理はない。

　おれのそばへやって来て、

「土屋君、どうしたんだ。稽古はやらないのかね。この人たち何故こんなかおをしてるんだ。さくらはまだ来ないのかね」

　その時、突然、相良がハンケチを取り出して眼に当てた。そして激しくすすり泣きをはじめた。これでパントマイムの呪縛《じゅばく》は破れたのである。あたりは急にざわざわひそひそとざわめき出したが、御主人公それでもまだ気がつかない。

「ええ、おい、土屋君、どうしたというんだね。相良さんは何故泣いているんだ。いやだねえ。みんないやにじろじろおれの顔を見るじゃないか。いったいさくらは……」

　そこではじめて聡一郎氏は、足下のコントラバス・ケースの中に眼をやったのである。

　おれはこの時瞳《ひとみ》をこらして、全身全霊をもって観察していたつもりだが、やっぱり、わからなかった。その時示した聡一郎氏の驚きが、真実のものであるか、あるいは擬装されたものであったか……どうもシャーロック・ホームズはおれの任じゃないらしい。

聡一郎氏、眼はコントラバス・ケースの中に釘付《くぎづ》けにされたまま、いやというほどおれの腕をつかんだ。何しろえらい力だ。あとで調べてみたら二の腕に青痣《あおあざ》が出来ていやあがった。

「土屋君、土屋君」

聡一郎氏は早口の、まるで悪事を囁《ささや》くような、押し殺した声でこういった。

「さくらは――さくらは――死んでるのかね」

ところでその時までおれは、さくらがほんとうに死んでいるのかどうか知らなかった。しかし、さくらがいかに芝居気たっぷりの女でも、まさかコントラバス・ケースの中に入っての乗り込みなどは考えないだろう。常識からいっても、これは死んでいると見てよかろうと思ったから、おれは無言のまま頷《うなず》いた。

すると聡一郎氏はおれの体をつっぱなし、コントラバス・ケースのそばに跪《ひざまず》くと、いきなりさくらの体を抱きおこした。さくらの屍《し》体《たい》を覆うていた、萎んだ薔薇の花弁が、はらはらとケースの外にこぼれ落ちる。さっきから遠巻きにして、こわごわこっちを見ていた合唱団のお嬢さんたち、これを見るといっせいに、声なき声をあげてうしろへたじろいた。

さくらは今年四十七である。いったいその年ごろになるとふつうの女でも、ぶくぶくと太り出すものだが、声楽家は美食するから、いっそうそれがひどい。声を聞くと素晴らしいが、姿を見るといやどうも……というようなのが多いなかに、さくらだけは不思議にいつまでも、すんなりとした、しなやかな容姿を自慢にしていた。手脚などものびのびとして、男の子のようであった。だから去年「ラ・トラヴィヤタ」のヴィオレータに扮《ふん》したときも、うってつけと言われたものである。オペラがいかに非現実的な芸術でも、ぶくぶく太った椿姫なんてのは、あんまりぞっとせんからな。

おっと、閑話休題。

そのさくらは旅行服を着て、黒い毛皮のオーバーにくるまっている。このオーバーはたしかこの春相良とおそろいでこさえたものだ。現にそばから怯《おび》えたような眼をして覗《のぞ》いている相良も、同じ毛皮のオーバーにくるまっている。さてさくらだが、腕にはハンドバッグを提げているし、足には靴もはいているから、つまり汽車でやって来たときの姿のままで、コントラバス・ケースのなかに詰め込まれているのだ。

それにしても聡一郎氏はえらいものだ。最初の驚きから持ち直すと、大して怖れもせずあわてもせず抱きおこした女房の屍体を仔細《しさい》にあらためていたが、

「絞殺されている。……」

とそう呟《つぶや》くと、もとどおり女房の屍体を静かにケースの中に寝かせてやって、それから膝《ひざ》をはらって立ち上がるとこっちを振り返った。

「土屋君、この事を警察へ報告したかね。まだならばすぐに電話をかけたまえ。それ

から諸君」

と、聡一郎氏はオーケストラ・ボックスの中の楽士たちや、舞台にならんだ合唱団の連中を見渡しながら、

「見らるるとおりの仕儀で、この度の公演は中止のやむなきにいたるだろうと思いますが、警察の連中がやって来るまでは、むやみにここをお動きにならんように」

おれはめったに人に感服せんほうだが、この時の聡一郎氏のテキパキとした遣《や》り口だけは頭が下がった。おれなんか足下へも寄れない。やっぱりうまれがちがうのだろう。いまいましいが、こればっかりは仕方がない。

さあ、これで俄《にわ》かに局面は一変して来た。言ってみればいままで麻痺《まひ》状態にあった心臓が、原聡一郎氏という刺激剤の注射によって、急に活動をはじめたようなものだ。

おれはまごまごして、相変わらずヘマばっかりやっている助手の雨宮君を叱りとばしながら、警察はじめ方々へ電話をかけた。こうなるとマネジャーの責任や重大なのである。公演はあと数時間の後にせまっているのだから、至急取消しの通知をしなければならない。しかも、中止の理由をはっきり言っていいかどうかまだ分からんので、百方陳弁これつとめるおれの苦しさったらない。何しろ相手が新聞社だの放送局だの、一筋縄ではいかん連中だからすっかりおれに汗をかかせやがった。

こういうふうに警察官が駆けつけて来るまで、おれは電話にかかり切りだったから、

そのあいだ連中がどんなポーズを作っていたかちっとも知らない。

電話室から出て来ると、相良は椅子に腰をおろしてハンケチを眼に当てている。小野はうしろに立ってぼんやり床を視つめている。コンダクターの牧野謙三は、二人から少しはなれたところに腰を下ろしてしきりに爪をかんでいる。これはかなり紳士らしからぬ振舞いだね。バリトーンの志賀笛人は両手をうしろに組み合わせ、五尺八寸の体を前屈《かが》みにして、しきりにちょこちょこオーケストラ・ボックスのそばを歩きまわっている。奴さん、相変わらずリゴレートをやっているのである。

そこへ原聡一郎氏の案内で、警察官の一行がどやどやと入って来た。

さて、これから先のことを順を追うてうまく書いて行くことは難かしい。おれがもし探偵小説の読者ならば、こういう場合に現われる警察官の役柄ぐらい、あらかじめ心得ていたことだろうが、悲しい哉《かな》おれには警部と刑事の区別さえつきかねる。下っぱの刑事だと思っていい加減にあしらってた奴が、検事だったりして、恐縮するような始末。しかもこういう連中がいやに昂奮《こうふん》して、——何しろ被害者が被害者、環境が環境だから、さすが物慣れた警察の連中もすっかり昂奮していたのだ——走馬燈みたいに出たり入ったりするのだから、おれも少なからず逆上《あが》っていた。

だからここにはその時警察官の取り調べた結果わかった事実で、ちょいちょいおれの耳に入って来た事柄を、順序など構わず、片っ端から書きとめておくことにしよう。

まず医者だが、これは、おれの眼にもすぐ見分けがついた。何しろ鞄《かばん》をさげているし、鞄の中から聴診器を取り出したから、これは誰の眼にもすぐわかる。さて、その医者の検屍の結果分かったところによるとこうである。

一、死因、絞殺。——と、いうよりはむしろ扼殺《やくさつ》であったらしい。

二、死後の推定時間、十六時間乃至《ないし》十八時間。

ところで、医者が検屍したその時間は、二十日の午後三時頃であったから、それから逆算して十六時間乃至十八時間というと、十九日の晩の九時から十一時までの間に殺されたという勘定になる。さくらがDビル・ホテルを出たのは十九日の晩の八時半前後のことらしく、それから後、消息不明になっていたのだから、この犯行の時間はぴったり一致する。

なるほど医者という奴は、案外正確なことをいうもんだと、その時おれは感服したが、すぐその後で思わずぎょくんとして飛び上がった。これはうかうか感服などしている場合でないぞ。何故といって、原さくら歌劇団の関係者で、その時刻に大阪にいたのは、おれと相良千恵子二人だけではないか。もし疑われるとしたらさしずめこの二人だが、しかし相良は女のことだ。人殺しをするにしても、絞殺だの扼殺だのと、そんな手荒な真似はやるまい。とすれば、疑いをうけるのはおれ一人だ、……そう気がつくと、おれは脇の下から冷たい汗がたらたらと流れるのを感じたが、その時、おれはふいともう一つのことに気がついた。

待てよ、その時刻に大阪にいたのは、おれと相良の二人だけだろうか。いやいや、そうではない。もう一人ある筈《はず》だ。バリトーンの志賀笛人が、おれと同じ汽車で西下したではないか。あいつは神戸に用事があるといって、三ノ宮まで直行したが、神戸と大阪では眼と鼻のあいだだから大阪にいたも同様だ。そうだ、あいつも疑われてしかるべき人物である。

そう気がつくとおれはいくらか落ち着いた。一人でも仲間がふえたので気強くなったのだ。

だが、そうはいうものの、係官から十九日の夜の行動を根掘り葉掘り訊《き》かれた時には、おれはすっかり逆上《あが》ってしまって、しまいにはしどろもどろになった。一体おれは小心者のうえに、子供の時からお巡りさんというと、怖いもんだという印象を植えつけられているもんだから、こういう場合、どうも平静になれない。後になって、つまらん事をしゃべりゃしなかったかと思うと、腋《わき》の下からますますさかんに冷たい汗が流れ出して、体がこまかくふるえた。意気地のない話だが仕方がない。係官もやっぱりおれと同じ考えと見えて、おれの後から相良と志賀が、しつこく追究されていたようだが、これに対して二人がどんなふうにこたえたか、それはおれの知るところではない。だが、二人とも聴き取りが終わって、みんなのほうへやってきたところを見ると、すっかり蒼《あお》ざめ、額にいっぱい汗をうかべていたから、かなり手厳しくやられたらしい。

さて、こうして三人の聴き取りが終わると、いよいよ次は問題のコントラバスだ。

これについてはコントラバスの川田君が一番に取り調べをうけたが、これは一同の面前で行なわれたから、おれもそばにいて聴くことが出来た。川田君はあらかじめ頭のなかで陳述の要旨を組み立てておいたと見えて、かなり要領よくこたえたが、その時かれが申し立てたところを総合すると、だいたいつぎのとおりである。

「今度の大阪公演では、伴奏は大阪交響楽団のかたがたにやって頂くことになっていたのですが、指揮者が牧野先生でありますから、先生の弟子である私と、トロムボーンの蓮見《はすみ》君と、この二人だけが東京から参加することになっていたのです。そこで私はほかの人たちと一緒に昨夜、即ち十九日の午後十時十五分東京発の汽車に乗り込んだのですが、御存じのとおりコントラバスというものは、嵩《かさ》の大きなものですから、むやみに客車へ持ち込むわけには参りません。そこで私は汽車に乗り込むまえに、東京駅からチッキにして送ったのです。それですからもしお疑いならば、東京駅のチッキ係を取り調べていただきたいと思います。コントラバスというものは、図体こそ大きいですが、いたって軽いものでケースに入れて片手で提げて歩くことが出来ます。東京駅のチッキ係の人にきいてもらえば、その時預かったケースがどのくらいの重さであったかわかると思います。さてコントラバスをチッキにすると、私は合い札を雨宮君に預けたのです。雨宮君というのは、土屋マネジャーの助手で、マネジャーが大阪へ先発したものですから、東京のほうの後始末一切を引き受けていました。そういうわけで、私は、東京駅でこのケースをチッキにしてから後、さっきここでこのケースをひらくまでは、絶対にこのケースを見もしなければ、むろん触れもしませんでした。そして東京駅でチッキにした時には、ちゃんとコントラバスが入っていたことを、天地神明に誓います」

さてその次は雨宮君だが、これはもう気の毒なほどあがっていて、しどろもどろなる事おれ以上だったが、それを要約するとだいたいつぎのとおりである。

川田君からチッキの合い札を預かったことは事実である。自分はそれをほかの合い札とともにクリップに挟み、更にそれをシースに挟んで上衣《うわぎ》のポケットに入れておいた。今朝大阪駅へ着くと、土屋マネジャーと二人で、すぐにチッキの受け出しに行ったが、その時はまだ荷物がついていなかった。そこでいったんNホテルへ引き上げたが、午飯《ひるめし》を食ってからふたたびチッキを受け出しにいった。預けた荷物はほかに数点あったが、自分はそれをいちいち合い札と照らし合わせて受け取った。荷物はチッキの数だけたしかにあったから、自分はそれで全部だと思いこみ、安心してここへ帰って来た。しかし、その時自分はうっかり川田君のコントラバスのことを忘れていた。

今から考えると二度目に大阪駅へいった時には、川田君の合い札はなかったのである。

「すると、君が昨夜川田君から合い札を預かってから、今日の午過ぎ大阪駅へ荷物の受け取りにいくまでのあいだに、誰かがその合い札を抜き取ったということになりますね」

「そ、そ、そうとしか思えません。いや、たしかにそれにちがいありません」

「どこで抜き取られたか記憶はありませんか」

「それが……それが一向憶《おぼ》えがないんです」

「川田君からチッキの合い札を預かったのはいつでした」

「昨夜……汽車のなかで……たしか品川《しながわ》を出た時分だと思います」

「それをクリップに挟み、さらにシースに挟んで上衣のポケットに入れておいたのですね。汽車のなかでそれを抜き取られたという可能性はありませんか」

「それは、……それはいくらでもその機会はあったと思います。汽車の中はとても暑かったので、私は上衣を脱いで網棚の下にひっかけておいたのです。そして横浜《よこはま》を出た時分から今朝京都あたりで眼がさめるまで、何も知らずにぐっすりと寝込んでしまったのですから」

「なるほど。……ところでこっちへ着いてからはどうです。Nホテルで抜き取られたという可能性は……」

「ええ、それだって十分その機会はあったでしょう。御存じかどうかしりませんが、私ども、Nホテルのロビーの一画を事務所代わりに借りているんですが、私はそこへ上衣を脱ぎっぱなしにして、出たり入ったりしていましたから……今朝はとても忙がしくって、方々から電話がかかりづめで、電話はその事務所にはないものですから……」

「なるほど、そしてその事務所へは、誰でも近寄れたというのですね」

「そ、そうです、近寄れたばかりではありません。実際にみんないろいろな用事で、出たり入ったりしていました」

「むろん、土屋君や志賀君、相良さんなどもそうでしょうねえ」

「さあ……土屋さんはマネジャーですから、新聞社まわりに飛び出すまでは、むろんそこにいましたが志賀さんや相良さんは、今朝は一度もホテルへ姿を見せなかったようでした」

うかつなおれはこの問答を何気なく聞き流していたのだが、雨宮君の最後の一句をきいた時、警部が変な眼つきをして、じろりとおれの顔を見たので、おれは妙に不安な気になった。何故だろう。何故警部はあんな眼つきをして、おれの顔を見やあがったのだろう。何故……何故……何故……と、呟《つぶや》いているうちに、ふいにおれはぎょくんとして、思わず二、三歩うしろへたじろいだ。

ああ、なんということだ。これは初等数学の問題も同じではないか。

一、犯人は十九日夜九時から十一時までのあいだに大阪にいた者でなければならぬ。この条件に該当する者、志賀笛人、相良千恵子、土屋恭三。

二、犯人Xは雨宮助手のポケットから、チッキの合い札を抜き取る機会を持ったものでなければならぬ。この条件に該当する者、雨宮君とともに東京からやって来た連中すべて、ならびに土屋恭三。

三、右二つの条件に該当する唯一の人物Xは土屋恭三である。

四、故に犯人は土屋恭三である。

第三章　アルトの旋律

おれは警部がすぐにも躍りかかって来ると思ったが、案外そんなこともなく、雨宮君の取り調べが終わると、今度は合唱団に参加した二人のお嬢さんを呼び出した。おれは何故そんなお嬢さんが取り調べを受けるのか諒解《りょうかい》に苦しんだが、警部との応答をきいているうちにすぐそのわけが分かった。ここに警部と二人のお嬢さんとの問答を書き留めておく事にしよう。

問。あなた方がこの中之島公会堂の楽屋口で、自動車をおりられたのは何時頃のことでしたか。

答。はい二時十分前のことでした。

問。その時あなた方は、この事件に関係があると思われるような、何か変わったことを御覧になりましたか。

答。はい、見たと思います。

問。ではその時のことをお話し下さい。

答。それはかようでございます。私達の乗って参りました自動車が走り出るのと入れ違いに、一台の自動車がやって来てとまったのでございます。私達はきっと歌劇団の方であろうと思いましたので、楽屋の入り口に立って見ておりました。すると自動車の中から出て参りましたのは運転手と助手の二人だけで、その二人が客席から、コントラバスのケースを担ぎおろすと、それを楽屋の入り口に立てかけておいて、そのまままた自動車に乗って立ち去ってしまいました。私達の見たのはそれだけでございます。

問。その自動車には運転手と助手と、それからコントラバス・ケースのほかに誰も乗っておりませんでしたか。

答。はい、誰も乗っていませんでした。私達、コントラバスの後から、どなたか降りて来られるかと、中を覗《のぞ》いてみたのですが空でございました。

問。コントラバス・ケースをおろす時の運転手と助手の様子はどうでした。重そうでしたか軽そうでしたか。

答。はい。たいそう重そうでございました。私達、コントラバスがそんなに重いものでない事をよく知っているのですから、その時妙に思わなければならぬ筈《はず》でしたが、ついうっかりしておりまして……今から思えばその運転手と助手はたいそうあわてていたようでございますが、これもその時はうっかりして、別に怪しみも致しませんでした。

問。その時二人がおろしたコントラバス・ケースがここにあるものに違いありませんか。

答。そうだと思います。いえ、それに違いございません。と、いうのは二人が自動車からそれを取り出す時、一度地面に落としそうになって、自動車の踏台のところでケースの縁に疵《きず》がつきましたが、その疵がそこにございますから。

問。それはどんな自動車でしたか。

答。フォードのセダンでございました。車体番号までは眼がとどきませんでした。

問。今度その運転手と助手に会った時、あなた方は見分けがつくと思いますか。

答。さあ。

まずざっと以上の如きものである。

おれはこれをきいていて、なるほど警察なんてえらいもんだと思った。われわれが大いなる驚きだの、恐怖群像だのを演じているひまに、きゃつらはもうこれだけの事を訊《き》き出していやあがったのだ。刑事なんて案外無駄飯を食っているのではない。

だが、ほんとうをいうと、おれはそんな事に感服しているひまはなかったのだ。お嬢さんがたの取り調べが終わると、とたんに警部の奴がおれのほうに向き直って、質問の雨を降らせやがった。おれはまた忽《たちま》ちあがって、しどろもどろになっちまった。

だが、これは警部のほうが無理だ。警部はおれにその日の朝、即ち二十日の午前中から午後二時までの行動を詳しく述べよというんだが、おれはいちいち時計と相談して行動してたわけじゃなし、何時から何時までどこにいて、何時から何時までのあいだどこを走っていたなんて、いちいち正確に述べられる筈がないじゃないか。おれは三つの新聞社と三つのデパートと放送局と会場のあいだを、こま鼠みたいに走りまわっていたんだ。

だが、記憶を辿《たど》ってその間の動静を、なるべく詳しく話してやると、警部の奴、それで満足したのか知らんが、とにかくそれでよろしいと吐《ぬ》かしゃあがった。そしておれに関する限り昨日はこれで取り調べが終わったのである。

昨夜のおれは昂奮《こうふん》しているところへ持って来て、こんな覚え書きを書きはじめたものだからいよいよますます眼が冴《さ》えて、なおそのうえに警部に疑われているという自覚があるもんだから、その恐怖も手伝って、とうとうまんじりともしなかった。こんな事じゃ駄目だと思ったが、持ってうまれた小心はどうする事も出来ん。今朝起きて鏡を見ると、げっそり窶《やつ》れて、眼が落ち窪《くぼ》んでいたのはわれながら情けなかった。ところが今日、即ち二十一日である。今日はまた昨日にまして警部に追究されることだろうとおっかなびっくりでいたところが、豈計《あにはか》らんや、急に風向きが変わって来たのである。警部の鋭鋒《えいほう》は一転して、他の人物に向けられはじめたのだ。おれはそれでほっと胸撫《な》で下ろして、今夜はわりに落ち着いてこの覚え書きをつづけることが出来る。

だが、それに言及するまえに、われわれの目下の境遇を述べておかねばならん。ものには順序というものがあるからな。

さすがにわれわれの社会的地位を考慮したものか、警察では、むやみにわれわれを拘引するような事はしなかった。その代わりわれわれ全部、当分大阪に足止めということになった。大阪に足止めというよりは、Nホテルに缶詰になったというほうが正しいかも知れん。Dビル・ホテルに泊まっていた原聡一郎氏も、天下茶屋の親戚《しんせき》に逗《とう》留《りゅう》することになっていた相良千恵子も、自発的にホテルへ移ることを要請された。志賀笛人は一行が到着すると同時に、Nホテルへ合流することに、はじめからきまっていたのだから、これは問題ではなかった。

それにしても捜索はいつまで続くのか知らんが、その間十数名の大屋台をNホテルで遊ばせておくなんて、原歌劇団にとっては、大変な打撃だ。肝腎《かんじん》のさくらは死ぬし、当然解散ときまっている歌劇団には、とても背負い切れぬ負担だが、これは原聡一郎氏が引き受けてくれることになった。前にも言ったとおり、聡一郎氏は財界巨頭の御曹司だから、まあこれぐらいの事は引き受けてもよかろう。

さて、今朝起きて新聞を見ると、昨日の夕刊に引きつづきどれもこれも、今度の事件で埋まっている。「オペラの女王」だの、「世界的蝶々夫人」だの「国宝的存在」だのと、安っぽい形容詞をあらん限り連らねて書き立てている。中には昨日おれが話してやった、原さくら女史の一代記をそのまま掲載している奴もある。

おれはそんな事に少しも興味はひかれなかったが、気になるのはあのコントラバス・ケースを公会堂へ運んで来た自動車のことだ。誰が考えてもその自動車の運転手や助手が犯人とは思えんから、そいつたちはきっと犯人に頼まれて、あれを運んで来たにちがいない。だからその自動車さえ見つかれば、犯人がわかる筈だと、眼を皿にして新聞を読み漁《あさ》ったが、自動車のことは載っていても、まだ運転手や助手が見つかったということは出ていないから、おそらく朝刊の締め切りまでには、発見することが出来なかったのだろう。

それにしても犯人はなんだって、あんなものに死体を入れて寄越《よこ》すなんて、馬鹿な真似をしやあがったんだろう。考えて見ればそれはずいぶん危険な話ではないか。

原さくらは一昨夜の晩、八時半頃にホテルを出た。そしてどこかで犯人に会って九時から十一時までの間に殺された。犯人はその死体をどうしておいたのか知らんが、昨日の朝になって、雨宮君のポケットから抜き取ったチッキの合い札で、川田君のコントラバス・ケースを受け取った。そして中のコントラバスと死体を入れかえて、中之島公会堂へ送って寄越したのである。そうするためには、ずいぶん多くの危険を冒さねばならん筈だが、その危険を冒してまで、そんなことをしなければならぬ理由はどこにあるのだろう。

そんな事をするよりむしろ、死体をそのまま隠しておいたほうがはるかに安全ではないか。そうすれば「さくら女史の失踪《しっそう》」ぐらいで当分お茶が濁せた筈だ。

あるいは犯人にこの小細工で、殺人が東京で行なわれたように見せかけようとしたのかも知れん。東京で殺した死体をコントラバス・ケースに詰めて大阪へ送って寄越した……と、そういうふうに見せかけようとしたのかも知れんが、そんな事は東京と大阪のチッキ係を調べればすぐ分かることじゃないか。コントラバスなんて荷物は東京大阪の両駅がいかに大きいたって、むやみに扱う代物ではないから、係の者はきっとよく覚えているに違いない。覚えているとすれば、その重さだって思い出すに違いない。コントラバスと死体とじゃずいぶん重さが違う筈だ。

いや、そんな事より何より、犯行のあった十九日の夜の九時から十一時まで、さくらが大阪にいたことはちゃんとわかっているじゃないか。相良がいっしょに来ているのだし、Dビル・ホテルの番頭だってそれを証明する事が出来るのだから、そんな小細工をしたって、なんにもならん筈だ。どうもわからん。わからんだけに気にかかる。一体犯人はどういう考えなのだろう。

ホテルのロビーの隅っこで、おれがそんな事をとつおいつ考えていると、そこへ聡一郎氏がおりて来た。

「やあ」

「お早うございます」

「寝られなかったな。すっかり憔悴《しょうすい》してるぜ」

「何しろ心細くて……」

「心細い？」

「はい、先生に死なれちまっちゃ、これから先どうしていいか途方に暮れてしまいます。この場合、こんな事を考えるのは身勝手ですが……」

「なあに、そりゃ誰だって同じことさ。人間、自分の身が可愛いのが人情だからね。だがまあなんとかなるだろう」

「何分よろしくお願いいたします」

「ふむ、時に君、すまないがこの電報を打っておいてくれないか」

「は、承知いたしました」

「じゃ、頼んだぜ、ああ、眠い眠いそういうおれも昨夜はよく眠れなかった。これからまた、ひと眠りだ。用事があったら起こしてくれたまえ」

聡一郎が二階へあがっていったあとで、頼信紙に眼を落すと、電文というのは、

サクラ殺害サル　御出馬アリタシ

宛名は東京麴町区三番町の由利麟太郎《りんたろう》。

はてな、由利麟太郎……？　どこかで聞いたような名だなと思ったが、おれにはどうしても思い出せなかった。だが、そんな事はどうでもいい。

おれが電報を打ってしまったところへ、ぼつぼつ連中が起き出して来た。どいつもこいつも眠れなかったと見えて、蒼《あお》い顔をして眼を窪ませている。とりわけ相良と小野の顔色ったらなかった。相良は女だから、まあ無理もないとして、小野はまたなんだってああおどおどしているのだろう。

もっとも小野がさくらの奴にだいぶ傾倒していたらしい事は、楽壇でも噂にのぼっていた。しかし昨日から今日へかけての小野の態度は少し変だ。悲しんでいるというよりは怯《おび》えているのだ。何かよほど心にかかる事があるらしい。奴《やっこ》さん、今度の事件についてきっと何か知っていることがあるにちがいない。

さて、一同がまずそうにもそもそと朝飯を食ってしまったところへ、昨日の警部が刑事を二、三名つれてやって来た。後で知ったのだが、この警部は名を浅原《あさはら》といって、こいつが、この事件の主任らしい。

警部はわれわれの顔を見ると、

「恐れ入りますが、ちょっとお尋ねしたい事があります。皆さん、こちらへお集まり願えませんか」

そういってわれわれを連れこんだのはNホテルの支配人の部屋である。ホテルこそいい面の皮で、当分ここが捜査本部みたいになるらしい。

浅原警部は支配人の大きなデスクに向かって腰をおろすと、そのままにずらりとわれわれをならばせ、まるで試験官みたいな顔つきで、一同の顔を見渡していたが、やがておれの方を見ると、

「土屋さん、ちょっとあらためて下さい。これでみんなお揃いですか」

と、聞きゃあがった。そこでおれが点検してみると、聡一郎氏だけが見えない。そこでその事を注意してやると、すぐに刑事が走っていって、眠そうな眼をした聡一郎氏をひっぱって来た。これでみんな揃ったわけだ。

「お眠いところを起こして恐縮です。では、これでみんなお揃いのようですから、お訊《たず》ねいたしますが、実はこういう紙片があるんですがね、どなたかこれに見《み》憶《おぼ》えのあ

る方はありませんか。相良さん。ちょっと……」

　警部がそういって折り鞄《かばん》の中から取り出したのは鳥の子のようにつるつるとした、まだ真新しい、真っ白な紙だ。相良はそれを警部から渡されると、眉《まゆ》をひそめてと見こう見していたが、

「さあ……、わたくし存じません……どなたかこれに……？」

　おれが手を出そうとすると、警部の奴、やにわにデスクから乗り出して、横からその紙をひったくりやがった。そしてみんなに見えるようにひらひらさせながら、

「どなたも見憶えはございませんか。これは重大なことですから、どうぞ御存じでしたら隠さずにおっしゃって下さい。弱ったな、どうも。……それじゃどなたも見憶えはないんですね。おい、木村君、誰も知ってる人はなさそうだ。署長にそういって返して来てくれたまえ」

　刑事はそれを受け取ると、すぐに部屋を出ていった。そのとたん、隣にいた聡一郎氏が、肘《ひじ》でおれを小突くので、何気なく振り返ってみると、聡一郎氏、にやにやしながら、

「指紋だよ。……しかし……、相良の指紋が何故必要なのだろう」

　聡一郎氏の囁《ささや》きにおれははっとした。畜生！　それじゃいまのは、相良の指紋をとるための計略だったのか。しかし、相良の指紋が何故必要なのか。それは聡一郎氏同

様おれにも合点がいかなかった。

　さて、刑事が出ていくと、警部はまた折り鞄をひらいて、

「実はここにお集まり願ったのは、もう一つ見ていただきたいものがございまして……実はこれですが」

　警部の取り出したのはさくらのハンドバッグである。

「実は昨日おあらため願いたかったのですが、皆さんたいへん昂奮《こうふん》していらしたので、今日まで待っていたわけです。見られるとおりこれはさくら女史のハンドバッグですが、この中から何か紛《な》くなっているものがありはしないかと思いまして……相良さん、あなたが一番最後までさくら女史と御一緒だったのですから、何かお心当たりはありませんか。女史が持っていたもので、いまこのハンドバッグから紛《な》くなっているもの……」

　そういいながら警部はまるで手品師みたいな手つきで、ハンドバッグの中からいろんなものを取り出してデスクの上にならべたてた。女持ちの紙入、コムパクト、懐中鏡、ハンケチ、旅行用化粧函《ばこ》、爪剪鋏《つめきりばさみ》、仁丹、楽譜。……

　相良はじっと警部の手つきをながめていたが、急に呼吸を大きく弾ませると、

「あの……それだけでございますか。ハンドバッグの中はもうそれでおしまいですか」

と、デスクのうえに乗り出した。

「さよう。これで全部です。何かほかにもっとある筈《はず》なんですか」

「はあ……あの……先生の頸飾《くびかざ》りが……」

がそれを聞くと、聡一郎氏も、にわかにからだを乗り出して、

「ああ、なるほど、頸飾りがないようだね」

「その頸飾りというのは、たしかにこのハンドバッグの中に入っていたのですか」

「はあ、たしかに……あたし品川まで……いえ、あの、品川へんで先生がハンドバッグをお開きになったとき、たしかにその中に、緑色のビロードのケースが入っているのを見たのでございます。それが頸飾りのケースでございまして……先生もこちらで歓迎会がございますので、その時かけて出なければならないからと仰有《おっしゃ》って……」

「その頸飾りというのはどういう品ですか」

「それは私からお答えしましょう。先年家内が外遊した時、イタリアのナポリで手に入れたもので、上質の真珠の頸飾りでした。時価五万円はするだろうと思います」

時価五万円――部屋のなかには急にしいんとした沈黙が落ちて来た。警部も些《いささ》か昂奮のていで、回転椅子のなかでぎこちなく体を動かしていたが、

「するとあなたも奥さんが、その頸飾りを持っていられた事をお認めになるんですな」

「いや、私は家内が持って出るところを見たわけじゃありません。しかし、いま相良君も言ったとおり、こちらで家内のための歓迎宴が準備されていたのですから、それ

に出席するためにきっと持参したろうと思います」

「じゃ、つまり犯人がそれを盗んだという事になりますな」

「そうでしょう。あのコントラバス・ケースの中になかったとすれば……」

そこへさっきの木村という刑事が急ぎあしで入ってくると、何やら警部に囁いた。すると、警部めにやりと嬉《うれ》しそうに笑いやがったが、

「ああ、そう、それじゃおれが合図をしたら例のをここへ連れて来るように」

木村刑事が立ち去ると、警部はふたたびわれわれのほうへ向き直った。

「いや、この頸飾りの一件は非常に興味があります。ひょっとすると、それから足がつくかも知れない。時に相良さん、あなたにちょっとお訊ねしたいことがあるんですが……」

「はあ」

「十九日の晩のことですがねえ。あなたはさくら女史と一緒に大阪駅八時着の汽車でおいでになったのでしたね。それからどうなすったとか仰有いましたね。それをもう一度ここで繰り返していただけませんか」

「はあ……あの……」

相良の顔色はみるみる土色になった。おれはいまにも相良の奴、倒れるのじゃないかと思ったが、それでもやっと気を取り直したらしく、低い声できれぎれにこんなこ

とをいった。

「はあ……それは昨日も申しましたとおり、大阪駅のまえで先生にお別れすると、わたくし、電車で天下茶屋の親戚へ参りまして、そこへ泊めてもらったので、……」

「あ、ちょっとお待ち下さい。あなたはひょっとすると、さくら女史を送ってDビル・ホテルへいらしたのではありませんか。そして女史と一緒にホテルの部屋へ入ったのじゃ……」

「いいえ、いいえ、そんな事、決して……」

「そうですか。しかし、そうすると妙ですな。女史の部屋のドアの把手《ハンドル》に、あなたの指紋がはっきり残っているのですがねえ」

おれはそこではじめて、さっき警部が、相良の指紋をとった理由がのみこめた。それでそっと聡一郎氏のほうを振り返ったが、その聡一郎氏は、ただ不思議そうなかおをして警部と相良の顔を見くらべている。相良は無言のままきっと唇のはしをかんでいたが、顔色はかえってさっきより幾分持ち直して、

「相良さん、この事について御説明願えませんか」

相良がそれでも答えないのを見ると、警部はデスクを叩《たた》いて合図をした。するとさっきの木村刑事がひとりの男を連れて入って来たが、その男を見ると、おれは思わずおやと心の中で呟《つぶや》いた。どこかで見たことのある顔だ。……

「相良さん、昨夜Dビル・ホテルへ現われたさくら女史というのは、厚いヴェールをしていて、ホテルの者に一度も顔を見せなかったというのです。ところであなたはさくら女史とお揃いの毛皮の外套《がいとう》をお持ちですね。恐れ入りますが、その外套を着て、そして顔をヴェールに包んで、ここにいるこの男に見せてやって下さいませんか。この男はDビル・ホテルの番頭さんで、一昨日の晩さくら女史と応対した……」

「いいえ、それには及びません」

突然、相良がすっと立って、デスク越しに警部のほうへ体を乗り出したかと思うと、一句一句に力をこめて、

「一昨日の晩、先生の名を名乗ってDビル・ホテルへ赴いたのは、たしかにわたしに違いございません。しかし、わたくし、決して悪いことをしたのではございません。そのことは先生から頼まれたのでございます。先生は……原さくら先生は、なにかのっぴきならぬ御用がおありとやらで。品川で汽車をお降りになると、東京へ引き返されたのでございます」

アルトの声が爽《さわや》かに部屋の中にひびき渡った。

警部というやつは、やっぱり豪《えら》いものだ。われわれがぼやぼやしているあいだに、ちゃあんとこれだけのことを突きとめているのだから馬鹿にならない。

それにしても、一昨日の晩、Dビル・ホテルへやって来たのが、原さくらではなく、相良千恵子が身替わりをつとめたとは、なんという意外な事実だろう。晴天の霹靂《へきれき》とはまったくこのことだ。してみるとあの晩、おれが躍起となって探しまわっていたのは、さくらではなくて相良千恵子だったのか。なあんのこった！

「相良さん、この事がこんどの事件に対して、どんなに重大な意味を持って来るか、あなたもよく御存じでしょうねえ」

浅原警部はデスクから体を乗り出すようにして、まじまじと相良の顔色を読んでいる。

「はあ――」

相良はようやく気を取りなおしたものの、神経質にからだをもじもじさせながら、捻《ね》じ切るようにハンケチを揉《も》んでいる。一同の視線は、そういう相良のうえに釘《くぎ》づけされたまま動かない。息詰るような緊張のうちに、警部と相良とのあいだに一問一答がつづけられたが、それはだいたいつぎのようなものであった。

「あなたのいまの言葉によると、原さくら女史は途中から東京へ引き返されたということですが、あの晩さくら女史が大阪へ来られたのでないとすると、事件はすっかりひっくり返ってしまいますよ。あなたまさかその事を……」

「いいえ、それはちがいます」

「ちがう？……」

「あの晩、先生はやっぱり大阪へ来られた筈です。そういうふうに打ち合わせがしてあったのですから」

「相良さん、それはどういう事なのです。その間《かん》の事情を詳しく話して頂けませんか。原さんは何故途中から東京へ引き返されたのか、何故、あなたがその身替わりをつとめるようなことになったのか。――事情によっては、捜査の方針を変えなければなりません。で、あなたの御存じの事実を、全部ここでぶちまけて戴《いただ》きたいのですが」

「はあ。……」

相良はしきりにハンケチを揉んでいたが、やがて一語一語選択するような調子で、つぎのようなことを打ち明けたのだ。

「この事はどうせ早晩わかることですから、もっと早く打ち明けておけばよかったのです。しかし、何しろあまり意外な出来事ですから、昨日はすっかり動顛《どうてん》してしまいまして、つい言いそびれてしまったのでございます。わたしが先生の身替わりになって、Dビル・ホテルへ行ったというのは、つぎのような事情からでした。私ども、先生と私とが西下するために、神戸行きの汽車に乗ったのは、十九日の午前十時のことでした。これはまえから予定してありましたことで、東京駅へは御主人の原聡一郎さんやテナーの小野さん、それから、アシスタント・マネジャーの雨宮さんたちが送って下さいました。その時、小野さんが先生に薔薇《ばら》の花束をお贈りになったのです。その時までは別に変ったこともなかったのですが、汽車が動き出すと間もなく、先生は急にソワソワなさいまして、私にこんなことをおっしゃるのです。よんどころない用件があって、自分は品川でおりなければならないから、あなただけさきに大阪へいっていてくれ、……と、こうおっしゃるのです。私がびっくりしていますと、先生はまた早口で言葉をついで、自分の用件というのはすぐ片づく筈《はず》であるから、一汽車おくらせて今晩じゅうに大阪へ着くつもりだとおっしゃいます。御存じでもございましょうが、十時の汽車のあとには、十一時十五分発というのがございまして、これに乗ると、その晩の九時八分に大阪へ着くことになります。先生はこれで後から追っかけていくから……と、こうおっしゃるのです。それから、また先生は急に思いついたように、しかし、自分がこの汽車で大阪へ行くということは、みんなも知っていることだし、マネジャーの土屋さんもそのつもりで待っているのだから、それが一時間もおくれたとなると、変に思われるにちがいない。ついては甚だすまないわけだが、私に一時間身替わりをつとめてくれないかと、こう仰有るのでした」

一同は息をのんで、しいんと相良の一語一語に耳をすましている。針が落ちてもきこえるような静けさというのは、こういう場合に使う言葉にちがいない。そういう静けさのうちに、相良のリサイタルはつづけられる。

「その時、先生のおっしゃるのに、自分とあなたとはからだ恰好《かっこう》もよく似ている。それにこうしてお揃いの外套を着ているのだから、これでヴェールで顔をつつめば、一時、誤魔化すぐらいのことは、なんでもない。だから私の代わりになってDビル・ホテルへ行ってくれ。問題は八時の汽車で大阪へ着いたということがわかればよいのだから、ホテルに長くとどまっている必要はない。なんとか口実をこさえてすぐ外出してくれれば、一時間の後には、自分が外出から帰ったような顔をしてホテルへ行くから……、と、こう仰有るのでございました。しかもそんな事をおっしゃる時の先生のお顔がとても真剣で……なんですか、涙ぐんでさえいらっしゃるように見えましたので、私もお断わりする事が出来ず、お引き受けしたのでございます。ただ、ここで問題になるのはホテルの宿帳のサインと、土屋さんのことでございましたが、宿帳のほうは指を怪我したとかなんとかいって、一時のばすようにしておいてくれれば、あとから自分が行って記帳する。それから土屋さんはきっと大阪駅へ迎えに来ているだろうから、うまくはぐらかして、ひとあし先にホテルへ行ってしまえばよい。そして土屋さんが後を追っかけてホテルへ来るまでに、外出してしまえば問題はない。そこのところは臨機応変に頼む。要するに自分がここで引き返したということが、当分誰にもわからなければよいのだから、くれぐれもうまくやってくれ。この事は自分にとっては、生きるか死ぬかの問題なのだから……」

「生きるか死ぬかの問題……？　原さんはそう仰有ったのですか」

「はい、たしかにそう仰有いました。いいえ、口でおっしゃったばかりでなく、その時の先生のお顔の色、言葉の調子……それがもうとても何かに怯《おび》えていらっしゃるようで……」

「いや、ちょっと待って下さい」

浅原警部はそこで相良の話を押し止《とど》めると、聡一郎氏のほうを振り向いて、

「原さん、あなたにお伺い致しますが、奥さんにはちかごろ、何かそういう事情がおありだったのですか。何か、危険を感じて怯えるというような……」

「さあ、心当たりがありませんな」

聡一郎氏は眉《まゆ》をあげると、どこか憤ったような調子でそういった。

「もっとも、われわれの生活というものは、全然別個のものになっておりまして……あれはあれ、私は私……と、いうように、ふだんはまったく違った生活をしていたも

のですから……しかし、そんな重大な問題が起これば、私に打ち明けて相談しないまでも、素振りとか顔色でわかった筈だが、どうも心当たりがありませんな」

「誰か、ほかにこの事について、お心当たりの方はありませんか」

一同はソワソワと顔を見合わせていたが、誰も心当たりがあると申し出るものはなかった。警部はしかし別に期待していたわけでもなかったと見えて、失望の色もなく、ふたたび相良のほうへ向きなおると、

「いや、話の腰をおって済みませんでした。では、いまの話のつづきをどうぞ……」

「はあ、つづきといっても別に大したことではございません。いま申し上げたようなことを大急ぎで打ち合せまして、先生は品川でおおりになりました。それで私は先生からお預かりしたスーツケースを持って……、はい花束の方は御自分で持っていらっしゃいました。そこで大阪まで参りますと、幸い駅には土屋さんのお姿が見えません。そこで自動車を雇って、Dビル・ホテルへ参りますと、土屋さんの計らいであらかじめ取ってあった先生のお部屋へ入り、五分ほど休んでおりましたが、土屋さんが来て、身替わりが露見しては大変でございますので、間もなくそこを出て、そのまま天下茶屋の親戚《しんせき》の許《もと》へ参ったのでございます。私の知っておりますことはただそれだけで、昨日この事を申し上げればよかったのですが、何しろ取り乱しておりましたし、それにどうせ後から先生も大阪へ来られたとすれば、一列車の相違ぐらい、大して問題に

はなるまいと存じましたものですから……」

相良の話というのはだいたい以上のようなものであった。

相良はこれだけの事を打ち明けてしまうと、やっと肩の重荷をおろしたように、しかしまだいくらか心配らしく、警部の顔をながめていたが、すると警部はまたこんな事を訊《たず》ねた。

「あなたのいまのお話によると、汽車に乗るまでは原女史の様子に、別に何もかわったことはなかったというのですね」

「はい。……」

「それが、汽車に乗ってから、急に様子がかわって、ソワソワしだしたというのですね」

「はあ……あの……それが……」

「どうしたのですか。そうじゃなかったのですか」

「はあ。あの、いまから考えますと、先生の御様子が変わったのは、それより少しまえ、プラットフォームでちょっと妙なことがございまして……その時からじゃなかったかと存じます」

「妙なことといいますと？」

「はあ、あの、それが……」

相良の様子には、また一種の焦躁《しょうそう》があらわれて来た。警部はじっとその顔を視つめながら、

「相良さん、この事件がどんな性質のものか、あなたもよく御存じの筈ですね、どんな些《さ》細《さい》な事柄でも、お気づきのことがあったら打ち明けて下さいませんか。ひょっとすると、この事件に直接関係はないかも知れない……と、そう思われるような事柄でも結構です。事件に関係があるかないか、それを見極め、取捨選択するのがわれわれの役目ですから」

「はあ。……実は……それはこうなのでございます。東京駅へお見送りにいらした小野さんが、先生に薔薇の花束をお贈りになったことは、さっきも申し上げましたわね。先生もたいそうお喜びになってそれをお受け取りになったのですが、その時、花束のあいだから……いいえ、私はその時花束のあいだから落ちたのだと思いましたが、後で先生はそうじゃないとおっしゃいました。とにかく、その時、プラットフォームへ一枚の紙片が舞い落ちたのでございます。ちょうどあの時あたしがそばにいたものですから、何気なく拾って差し上げますと、それは楽譜でございました。あたしがそれをお渡しすると先生は不思議そうにその楽譜を読んでいらっしゃいましたが、急にはっとした御様子で、急いでそれをハンドバッグのなかにおしまいになりました。先生の御様子がおかわりになったのは、その時からではないかと思われるのですが、その

楽譜は汽車が動き出すと、すぐ先生がハンドバッグの中からお出しになって、何かしら一生懸命に読んでいらっしゃいました」

警部は眉をひそめて、

「その楽譜というのはこれですか」

と、デスクのうえにひろげてあったハンドバッグの中身から、一枚の楽譜をとって相良に渡した。相良はそれを手にとると、

「はあ。これにちがいございません。ここに蜘蛛《くも》のような恰好をしたインキの汚点《しみ》がついておりますが、これによく見《み》憶《おぼ》えがございます」

「するとこの楽譜を見てから、原さんの様子がかわったというのですね」

「はあ。……」

「しかし、それはどういうわけでしょう。この楽譜に何か意味が……」

「ちょっと拝見」

その時、横から手を出したのは、コンダクターの牧野謙三だ。問題の楽譜を手にとって眺めていたが、やがて警部のほうへ向きなおると、

「警部さん、御参考までに申し上げておきますが、これは楽譜ではありませんよ」

「楽譜ではない……」

「そうです。なるほど五線紙にはお玉杓子《たまじゃくし》がならんでいますから、ちょっと見たとこ

ろでは楽譜みたいですが、少しでも音楽の素養のあるものが見たら、こんな箆棒《べらぼう》な楽譜ってある筈がないことがすぐわかります。ここには声楽家も揃っていますから、訊《き》いて御覧になればわかりますが、これじゃ全然歌えっこないのです。つまり楽譜の法則に全然適《かな》っていないのです」

「と、いうと、ひょっとするとこれは暗号では……？」

「暗号であるかどうかは私にも分かりません。ただ私の申し上げたいのは、これは楽譜でないということ、ただ、それだけです」

牧野のポキポキとした言葉が終わると、またぞろ部屋の中にはしいんとした静けさが落ち込んで来た。しかも今度の静けさは、以前にも増して深刻な不安と恐怖がまじっていたのを、おれも知っていた。いや、そういうおれ自身なんともいえぬ危懼《きく》と疑惑で、息がつまりそうな気がしていたのだ。

牧野はそれが暗号であるかどうかは知らぬという。しかしそれは一応用心しての言い分で、今までの相良の話をきいていたら、誰だってその楽譜が暗号になっている事に気づかぬ者はあるまい。ところでこの楽譜が暗号であるとすると……そこに一同の不安と疑惑の種があったのだ。馬鹿な、馬鹿な、馬鹿な……それこそ、ほんとうの暗合なのだ。楽壇人なら誰だって、暗号を使う場合、先《ま》ず楽譜を利用しようと思いつくのは当然じゃないか。だが、だが、だが……。

警部は不思議そうに一同の顔を見渡している。その眼にはしだいに疑いの色が濃くなって来る。たまりかねて、警部が何かいおうとした。と、殆《ほと》んど同時に口を開いたのは牧野謙三だ。奴《やっこ》さん咽喉《のど》の痰《たん》を切るように、ぎこちない咳《せき》をすると、とうとうわれわれの心中にわだかまっている、不安の種をぶちまけてしまいやあがった。

「警部さん。あなたのご不審はごもっともなのです。ここにいる連中、みんな胸に一物あるような顔をしている。何か陰謀をたくらんでいるような面つきをしている。しかし、われわれ、決して今度の殺人事件の共犯者というわけじゃないのです。では、何故この連中がこんなに妙なかおをしているかというと、それにはわけのあることで、もしあなたが、東京の警察官なら、すぐわれわれと同じような疑いを持たれた筈なんですが」

牧野はそこでまたぎこちなく空咳をすると、

「藤本章二《ふじもとしょうじ》、――御存じでしょう。『巷《ちまた》に雨の降る如く』で売り出した、有名なレコード歌手、流行歌の寵児《ちょうじ》です。そいつが今年の五月に殺された。犯人はまだわかっていない。事件は迷宮入りのまま今に至っている。この事件でわれわれはずいぶん迷惑を蒙《こうむ》ったもので、つぎからつぎへと楽壇人のスキャンダルが明るみへ出た。だから、われわれにとっては、非常に印象の深い事件なんですが、この藤本章二が殺された時、やっぱり楽譜を握っていたんです。それが、読めない楽譜、つまり今度と同じように、暗号ではないかといわれているのです」

沈黙。――牧野のぎこちない空咳。

「で、警部さんがいま、その楽譜を暗号でないかといわれたとき、一同の頭脳に期せずしてうかんできたのがその事件で、つまり、漠然とした疑いがみんなの胸にこみあげて来た。……と、そういうわけでこの連中、妙にソワソワしているわけなんです」

警部の眉《まゆ》がおそろしく吊《つ》り上った。

「藤本章二の殺人事件、……ええ、聞いています。楽譜の暗号……そういえばそんな事を聞いたことがあるような気もする。そうするとあなた方は、今度の殺人事件と、藤本章二殺人事件のあいだに、何か関係があるというんですか」

「いや、それは、誰も、……少なくとも私はそうは思いません。ひとくちに楽壇人といっても、流行歌手とここにいられる本格的な歌手諸君とは全然畑が違っていまして、……殊に原さくら女史のような大家が、藤本章二君などとどんな意味でも関係があったなどとは考えられないことです。ただ、楽譜の暗号……二つの事件に共通点があるとすれば、唯《ただ》その点だけですが、これとても、音楽家が暗号を作ろうとすれば、当然楽譜に……」

「すると、この中には、藤本章二と識《し》り合いだった人は一人もありませんか」

牧野の言葉をさえぎってぐるりと睨《ね》めまわす警部の眼光に、一同ははっと呼吸をのんだ。おれもちょっと咽喉がつまりそうな気持ちがした。ここに一人、藤本章二と懇意だった人物、いや、懇意というよりも、切っても切れぬ縁のある人物がいることを、みんなはよく知っていたからだ。

「藤本なら、私がよく知っています。あれは私の弟子でした」

志賀笛人のバリトーンの声が、一同の背後からゆっくりときこえた。ああ、とうとう名乗って出やあがった。止《よ》せばよいのに。……

「あなたが……？」

「そうです」

「するとあなたは藤本章二の私生活については、よく御存じの筈《はず》ですね」

「その事ならば、藤本の事件が起こった当時、ずいぶん東京の警察で訊かれたことですよ」

志賀はいくらか悲愁をおびた顔に、疲れたような淡い微笑をうかべて、

「ところが私は何一つ知らないのです。藤本は私の弟子でしたが、その後レコードの方へ転向してしまいましたし、それにあの通りの人気者になったのですから、近頃はずっと疎遠になっていました。ですから、あなたが、この中に、私以外に藤本と、なんらかの意味で関係のあった人物があるのではないかとお訊《たず》ねになっても、私はお答えすることが出来ませんよ。それからもう一つお断わりしておきますが、藤本が東京

で殺されたときには私はこの大阪にいたのです」

「なるほど」

警部はいまの志賀の言葉を、嚙《か》みしめるようにして味わっていたが、やがてぐいと眉をあげると、

「そして、今度の事件で、暗号の楽譜が、東京駅で原さくら女史に渡された時も、あなたはやっぱりこっちにいられたのですね」

テナーの小野竜彦が息詰まるようなあの叫び声をあげたのはその時だった。おれはさっきから気がついていたのだが、小野はだいぶ前から妙にソワソワして、しきりに手を握ったり開いたり、唇をふるわせたりしていたが、ここにいたってとうとう爆発したと見えるのだ。

「違います。違います」

「ええ？　何？……」

警部は弾《はじ》かれるように小野の顔を振り返ったが、相手の顔色を見ると、俄《にわ》かに眉をひそめて、

「小野さん、何がちがうというんですか」

「その楽譜は……その暗号の楽譜は、花束の中から落ちたのではありません。それは相良君の思いちがいなんです。僕……僕の花束にはそんなものは挟んでありませんで

した！」

「ああ、その事ですか。そうそうこの楽譜が誰の手から出たか、これは問題ですね。あなたの花束のなかから落ちたのではないとすると、では、どこから落ちたのです」

「それは僕にもわかりません。その時のことは僕もよく憶《おぼ》えていませんが、こんなに大切な意味を持って来るとは気がつかなかったから、僕は別に気にもとめていなかったのです。しかし、花束の中から落ちたのでないことだけは、僕も誓って断言することが出来ます」

だが、それだけのことに小野は何故あんなにムキになったのだろう。何故あんなに額に汗をうかべ瞳《ひとみ》をとがらせ、呼吸を弾ませていたのだろう。警部も同じような疑いを抱いたにちがいないが、わざと気づかぬふりをして、こんな事を訊いた。

「なるほど。しかし、……いや、するとそのとき原さんのそばにはどういう人がいましたか。あなたと相良さんがいた事はわかっていますが、そのほかに、原女史のすぐそばにいたのは……」

「それは私だったでしょうね」

ゆっくりそういったのは原聡一郎氏であった。

間奏曲

三津木俊助曰《いわ》く。――土屋恭三氏の手記はこれぐらいにしておこう。この手記はまだまだ長いのだし、またなかなか興味ふかく書かれているのだが、これをそのまま続けていたら、由利先生や私は、いつまで経っても登場出来ない。そこで残念ながら、土屋氏の手記はこのへんで打ち切って、これから先は由利先生と私の角度から、この事件を振り返って見ようと思う。むろん、必要に応じて、これから後も、土屋氏の手記を、随所に参照することになるだろう。なお前の章で問題になった楽譜は、暗号としては非常に幼稚で、初歩のものであるが、それだけに諸君が少し頭をはたらかせれば、造作なく解ける筈だと思うから、ここに掲げておくことにする。

第五章　砂　囊

「三津木君、今夜の夜行で大阪へたって貰《もら》いたいのだがね。用件はいわなくても分かっているだろう。蝶々殺人事件だ。こいつ近来の大物だし、それに今後どう発展するか分からない。大阪支社にも腕利きの諸君が揃っているが、関係者が全部東京の人間だし、藤本の事件が絡んで来たから、こっちから一人応援にいったほうがいいと思うんだ」

編集局長の田辺氏から私がこういう命令をうけたのは、十月二十一日の夕刻だった。田辺氏の言をまつまでもない、その日の東京の夕刊という夕刊は、新しく絡んで来た藤本章二殺人事件で、沸きかえっているところだから、待ってましたとばかりに私が飛び出そうとすると、田辺氏がまた私を呼びとめた。

「気が早いね、君は……俺の話はまだ終わってないのだぜ」

「はあ、まだほかに用件がありますか」

「いや、用件というわけじゃないが、君の由利先生だがね。先生はいま体があいているかしら。もし都合がつくようだったら先生をひっ張り出して貰いたいと思うんだが……費用はむろん、一切社で負担することにするがね」

その時、卓上電話の呼鈴《ベル》が鳴り出したので、田辺氏は眉をしかめて面倒くさそうに受話器を取りあげて、二言三言話をしていたが、すぐ、妙に顔を輝かせて私のほうを振り返った。

「噂をすれば影だ。由利さんから君に電話だよ。ひとつしっかり交渉したまえ」

だが、事実は交渉もへちまもなかったのである。私は受話器をかけると歯をムキ出して笑った。

「由利先生も今夜の夜行で大阪へたつそうです。むろん蝶々の一件で、さくらの御亭主聡一郎氏から、出馬懇請の電報が来たんだそうです。私にも一緒に行かないかって……十時に東京駅で落合うことにしました。田辺さん、ほかに用件はありませんか」

だが、この言葉の終わりのほうは、田辺氏の耳に入ったかどうかわからない。私は編集局長の部屋をとび出すと、調査部へとび込んで、関係者一同のメモを蒐集《しゅうしゅう》した。

「三津木さん、大阪へ出張ですか」

「うん、蝶々殺人事件だ」

「今度は由利先生はいかないんですか」

「いや、先生も行くそうだ。また一緒に働くことになるらしいぜ」

「そいつは素敵だ。するといまに素晴らしいニュースがきけますね」

「うん、期して待つべしだ。じゃ、いってくるよ」

由利先生も私も、時間の点はかなり正確なほうである。かっきり十時に私が、東京駅の乗車口で自動車をおりていると、すぐ後からやって来た自動車からおり立ったのが由利先生だったから、思わず笑い出した。

「相変わらず正確だね。君は……」

「そういう先生も。……モンテ・クリスト的ですね」

私たちは顔を見合わせて笑った。

十時十五分の神戸行き。後から考えるとこの列車は、二晩前に原さくら歌劇団の一行が乗り込んだ列車だった。列車の中でわれわれは、あまり事件については語らなかった。事件のどまんなかへ突入するまでは、先生はなるべく想像を加えることを好まない主義だ。それでも私が調査部で蒐集して来たメモを披露すると、先生はただ簡単にふむふむと頷《うなず》いていた。どうやら先生もだいたいのところは調査して来ていたらしい。それから間もなくわれわれはぐっすり眠った。

二十二日午前八時七分大阪駅着。その頃の列車は時間が正確だったのである。駅の食堂で簡単な朝食をすますと、由利先生は北浜のＮホテルへ、私は桜橋《さくらばし》の支社へと、そこでいったん別れた。正午かっきりに私のほうからＮホテルを訪問する約束なのである。

発《た》つまえに長距離をかけておいたので、社では、この事件を担当している島津《しまづ》君が待っていてくれた。島津君とは二年まえまで、東京で一緒に働いていたなかだから話があう。

「やあ！」

「やあ、御苦労さん」

「邪魔者がとび込んで来たぜ。よろしくお引き回しを願います」

「どう致しまして。あんたが来てくれたんで心丈夫や」

島津君、妙なアクセントの大阪弁を使っている。

「ところで、今朝はお手柄だったね。運転手の一件……あれを書いてるのはうちの新聞だけだぜ。大阪駅で読んで嬉《うれ》しかったね。島津君、やったなと思った」

「へえ、おかげさんで、やっと市内版の間にあいました。ときに飯は？　そう、じゃお茶でも飲みながらゆっくり話しをしよう」

そこで私たちは地下室にある社の食堂へおりていった。ところで、私がいま島津君のお手柄といったのはこうである。蝶々の死体の入ったコントラバス・ケース、あいつを中之島公会堂の、楽屋口まで運んだ自動車の運転手と助手がつかまったのである。この事件はまだどの新聞にも書いてなかった。うちの新聞でも、京都駅で買った分には出ていなかったが、大阪で買った市内版には、辛うじて数行出ているのである。

「で、早速ながらあの運転手の一件だがね。そいつをもう少し詳しく話してくれないか」

「うん、その事やがね。こいつ少なからず妙なところがあるんだよ」

と、茶を飲みながら、島津君の話してくれたところによるとこうである。

橋場《はしば》亀吉《かめきち》と阪本《さかもと》銀造《ぎんぞう》――これが運転手と助手の名前だが、この二人が二十日の晩から飛田《とびた》遊廓で流連《いつづけ》をつづけているところを捕えられたのは、昨夜おそくのことである。捕えられて、この事件の捜査本部になっている曾根崎《そねざき》署に連行されると、二人はすぐにコントラバス・ケースを運んだことを自認したが、かれらの申し立てによると、そこにはつぎのようないきさつがあった。

二十日の正午ちょっと過ぎ、野田から桜橋のほうへ空車をとばしていた二人は、福《ふく》島《しま》のとあるアパートのまえで一人の男に呼び止められた。その男は黒っぽい洋服に、黒っぽい外套《がいとう》を着て、黒っぽいソフトをかぶっていたが、外套の襟は立てていたし、帽子はまぶかにかぶっていたし、おまけに大きな黒眼鏡にマスクという扮装《いでたち》なので、人相年ごろはとんとわからなかった。その男は大きなコントラバス・ケースを地面に立てて、自分の体に寄りかからせるようにしてかかえていた。

さて自動車がとまるとその男は、中之島公会堂までと命じて、コントラバス・ケースとともに乗り込んだが、その声はマスクのために聞きとれぬくらい低かった。ところが自動車が桜橋まで来た時である。その男は急に自動車をとめて、用事を思い出したから自分はここで降りねばならぬ。すまないがこのコントラバス・ケースは公会堂の楽屋口まで運んでおいてくれと、相変わらず、低い、もぐもぐとした、ほとんどききとれぬぐらいの声でいうと、多分のチップをはずんで、そそくさと自動車を降りていった。

その様子が妙にうさん臭かったので、橋場と阪本の胸には、ふと疑念が昂《こう》じて来たのである。助手の阪本はうしろのコントラバス・ケースを振り返りながらこんなことをいった。自分はまえに、このヴァイオリンの親玉みたいなものを見たことがあるが、これはそんなに重いものではない。楽士が片手で提げて歩いていたくらいである。しかるにいまの男がそれを自動車に持ち込むところは、とても重そうではなかったか。変だ。何か曰《いわ》くがあるにちがいない。……

そこで二人は中之島をとおり抜けると、天満《てんま》から天神橋《てんじんばし》を渡って、さらに淀川《よどがわ》に沿うて遠く大阪の郊外へ出ると、人目のない川原に自動車をとめて、コントラバス・ケースを開けて中をあらためた。ケースには鍵《かぎ》がかかっていなかったのである。

「そこで蝶々の死《し》骸《がい》を発見して、びっくり仰天ちゅうわけやが、ここに妙なことちゅうのは、蝶々の死骸が薔薇《ばら》の花弁でおおわれていた。この事は新聞にも出ていたから、君も知ってるやろが、その薔薇の花弁のなかに、ちょうど蝶々の胸のうえに、百円札が一枚おいてあったんやそうや」

「百円札……？」

「うん。それがつまり二人を誘惑しよったんやな。そこで長いこと二人は相談したそうや。このまま警察へ届けて出るとなると、百円札も出さんならん。それ阿呆《あほ》らしいやないかちゅうわけや。と、ゆうて百円札のために死骸をかかえこむのもどもならん。で、結局、百円札は猫婆《ねこばば》にして、死体は公会堂の楽屋口へ放り出しとこやないかちゅう事に相談一決したんやが、この相談に手間取ったもんやで、問題のケースを公会堂へ運んでいくのが遅れたのだね」

「なるほど、するとつまりその百円札というのは、二人を誘惑し、ひいては死体の運びこみをおくらせるための、犯人の手だったんだね」

「そやそや、そればかりやない。自動車の発見をおくらせ、ひいては犯罪現場の発見をおくらせることになる。なあ、三津木君、そういうことから考えると、この犯人、とても抜け目のない、計画的な奴やぜ。こら、ひととおりやふたとおりの事件ではない」

私はそれを聞くと嬉しくなって、思わず両手をこすり合わせた。計画的犯人大いに結構。久しぶりにそういう奴にお目にかかれる。

「ところで、その二人、橋場と阪本に、関係者の首実検をやらせたんだろうね」

「うん、それ、昨夜おそくやったんやが、どうもとりとめがない。いまいったように、人相は全然わからなかったし、それから体つきやが、犯人は背の高い、かなりの大男やったそうやが、厄介なことには、関係者の目星《めぼ》しい奴が、どれもこれも五尺六、七寸の大男と来ている。御亭主の聡一郎も、テナーの小野も、バリトーンの志賀笛人も、コンダクターの牧野も、それからマネジャーの土屋も、……みんな堂々たる風采《ふうさい》でね、結局わからんちゅうより仕方がないそうや」

　私はますます嬉しくなった。

「しかし、すると警察でも、犯人はそういう連中のなかにあるという見込みなんだね」

「そやそや。それというのがあのコントラバス・ケース、あれが大阪へ来るちゅうことを知ってるのは、歌劇団の連中しかないわけだろう。それを利用しよったんやから、犯人はまず歌劇団の連中のなかにあるちゅうことになる。ところで、橋場と阪本のいう大男ちゅうのが、この五人しかないわけや。それにさくらとの日ごろからの関係からゆうても、まずこの五人に白羽の矢が立つ、まさか物盗《ものと》りとは誰にも思えんからな」

「そうそう、物盗りといえば、五万円の真珠の頸飾《くびかざ》りがなくなったという話だが、それは橋場と阪本の仕業じゃなかったのかしら」

「いや、それはそうじゃないらしい。警察でもその疑いがあるので、だいぶ二人は締め上げられたらしいが、二人とも百円札は猫糞《ねこばば》したが、死体には指一本ふれなかったとゆうている。二人とも大して度胸のある悪者とも思えないから、これはほんとのことらしい。ところが頸飾りの入っている筈《はず》のハンドバッグは、さくらの死体の下敷きになっていたんだから、橋場も阪本も少しも気がつかなかったというのがほんとらしいんや」

「すると頸飾りを盗んだのは犯人ということになるな。そこで……と」

私はからだを乗り出して、

「いよいよ犯罪の現場だが、それはわかったんだろうね」

「うん、分かったよ。その事は今朝の新聞にもちょっと書いといたやろ。犯人が自動車を呼び止めた福島の曙《あけぼの》アパート、やっぱりそこの一室なんだ。この曙アパートというのは東京の江戸川《えどがわ》アパートみたいな高級な奴で、アパートというよりは共同住宅という感じや、いちいち管理人やなんかの関所を通らないでも、靴のままスーッと二階でも三階でもあがれるようになっている。そこの二階の一室を、先月から借りっぱなしにして、まだ住人がやって来ないのがあるんや。部屋代は三ヵ月分も前払いにしときながら、荷物もまだ運んでなく、空《あき》部屋同然になっている。そこが怪しいちゅうんで調べたところが、果たせる哉《かな》コントラバスがおっぽり出してあった。そればかりやない。破れた砂嚢《すなぶくろ》がころんでいて、砂がいっぱい部屋の中にちらかっているんや」

「砂嚢――？　砂嚢がどうかしたのかね」

私が眉《まゆ》をひそめると、島津君は思い出したように手をうって、

「ああ、その事は記事差し止めでまだ新聞にも出ていなかったな。さくらは絞殺されたことは絞殺されたんやが、そのまえに、何か鈍器で頭部を強打されて、昏倒《こんとう》したらしいんやな。ところが、そのさくらの髪の毛や外套にいっぱい砂がついている。それが何んのわけかさっぱりわからなんだんやが、現場を見てはじめてわかった。さくらは防空演習に使う砂嚢で、頭をぶん殴られたんやな。ぶん殴った拍子に砂嚢が破れて、砂が散った……と、そういうわけやが、その砂嚢ちゅうのは、曙アパート備えつけのもんやそうな」

「すると、そこが殺人の現場であることにはまず間違いないわけだね」

「そうなんだよ。相良がゆうてるように、さくらは一汽車おくれたが十九日の晩に大阪へ着いたにちがいない。それから、どういう口実でか、犯人に曙アパートへひっぱり込まれた。まえにもいったようにそのアパートは、誰でも勝手に靴のままスーッと入れることになってるから、人眼につかないでもすむんやな。しかも、その部屋は角になっているんやが、隣室の住人というのが、その晩、誕生日で友人仲間を大勢集めて、レコードをじゃんじゃんかけて底抜け騒ぎを演じていたから、ちょっとやそっとの物音では、誰も気がつく気づかいはない。そこで砂嚢でぶん殴って、昏倒しているさくらを絞殺して、死体は一晩、その部屋へかくしておいた。そして、翌日になってアシスタント・マネジャーのポケットからコントラバスのチッキの合い札を誤魔化して、駅からコントラバス・ケースを受け出して曙アパートへ運び込み、それに死体を詰め込んで運び出した……と、そういう順序になるんやろと思っている」

「なるほど……すると十九日の晩に大阪にいた男、つまりマネジャーの土屋恭三が犯人という事になるのか」

「もう一人ある。志賀笛人というバリトーンが。……犯人はつまりこの二人のうちどっちかだが……」

それからわれわれは、五か月前に東京で起こった、藤本章二の殺人事件について語り合っていたが、するとそこへ、由利先生から、電話がかかって来て、これから福島の曙アパートへ出向くから、私にもそちらへ行くようにというのであった。ところがその時先生は、いつにない昂奮した声でつぎのような言葉を付け加えたのである。

「曙アパート……君も知ってるだろ？」

「ええ、いまその話を聞いたところです。さくらが殺された現場でしょう」

「現場……？　うむ、今までそう思われていたんだが、ところがまた新事実が発見されたのだよ」

「新事実……？」

「そうなんだよ。それでまた、何もかもすっかりひっくり返りそうなんだ。三津木君、これは素晴らしい事件だよ。犯人が考えに考え抜いた計画的殺人なんだ。実に、実に、実に、……」

第六章　流行歌手の死

私はもうかなり長いあいだ由利先生とおつきあいをしているが、このように昂奮した先生の声を聞くのははじめてだった。電話の受話器をふるわせてきこえて来る先生の言葉の一句一句が、何かしら異様な戦慄《せんりつ》を私の心臓に叩《たた》きこんだ。

「島津君、先生がこれからすぐに福島の曙アパートへ来いというんだ」

「ああ、そう、行って来たまえ」

私の緊張が感染したのか、島津君もその瞬間、付け焼刃の大阪弁を忘れていた。

「君は？」

「いや、万事はあんたにまかせまっさ。僕はほかに用事がある。ひょっとすると、出掛けるかも知れんが、ここへ電話をかけてくれたら、いつでも連絡がつくようにしておきます。自動車を呼びましょうか」

島津君の呼んでくれた自動車で、桜橋の支社をとび出した私の心臓は、期待と緊張でまだドキドキと躍っていた。そしてこの昂奮はその日いちにちつづいたのである。

後から思えばこの一日こそ、蝶々殺人事件の捜査の過程で、まず最初にわれわれを訪れた、いわば第一期のクライマックスであった。つぎからつぎへと、その日のうちに暴露していった一連の新事実は、捜査に関係していたわれわれのすべてを、異様な昂奮のなかに叩きこんだのである。

「三津木君、こりゃふつうの殺人事件じゃないぜ。犯人によって実に実に綿密に計画された犯罪なんだ。実に、実に……」

電話の受話器をふるわせてきこえて来た、あの由利先生の言葉は、決してでたらめでもなければ誇張でもなかった。私の長い記者生活のうちでも、これほどエキサイティングな経験は、そう沢山はなかった筈である。

だが、私はいまそのほうへ筆をすすめていくまえに、ここで一応、いま問題となっている藤本章二殺害事件について、ごく簡単にお話ししておきたいと思う。数か月まえに起こったあの流行歌手の殺人事件こそは、このたびの蝶々殺人事件のために、まことに奇妙な前奏曲をかなでていたのであったから。

昨日私が本社の調査部で蒐集《しゅうしゅう》して来たメモによると、藤本章二の殺害されたのは、その年の五月二十七日の晩のことであった。この事件は当時非常に世間を騒がせたものだったが、不幸にも私はあまり詳しくこの事件に関係しなかった。それというのがこれと殆《ほと》んど時を同じゅうして起こった、某大官暗殺未遂事件のほうを担当していたからで、その事件が片づいた時分には藤本事件のほうも、もう当初の昂奮《こうふん》は色褪《いろあ》せて、特別にわれわれの探訪意欲を刺激するような要素はどこにも発見されなかった。そしてそのままこの事件は、七つさがりの雨のように、ぐずぐずと、未解決のまま、その時までつづいていたのである。それにしても、藤本章二が殺害された当時の世間の騒ぎは大きかった。いったいがこの男はその人格のなかに、とかく世間の問題となりそうな要素を多分に持っていた。かれがレコード界にデビューしたのは、それから二年ほどまえの、昭和十年頃のことで、最初のヒット盤は「巷に雨の降る如く」で、このレコードがかれの人気を決定したのである。

あの有名なヴェルレーヌの詩を、日本流に甘くかみくだいたあの歌は、藤本の柔かな声と囁《ささや》くような唄《うた》いぶりでレコードへ吹きこまれ、日本の女の子の心臓をときめかしたものである。歌詞もよかったし作曲のすぐれていることもたしかである。しかしこの歌があれほど大きな人気をかちえたのは、やはり藤本のあの独特の唄いぶりによるのだろう。その証拠には、終戦後、ときどきこの歌が、ほかの歌手によって放送されることがあるが、どうも最初藤本の唄った時ほどの効果は持っていないようだ。

それはさておき、この一曲によって藤本は一躍レコード界の寵児《ちょうじ》になった。和製ティノ・ロッシーというのがかれにつけられた折り紙だった。当時かれは二十六歳であった。

その後かれはつぎからつぎへとレコードへ吹き込んだが、そのいずれもがかれの甘い、柔かな声と、囁くような唄いぶりに、極度に効果を持たせようとする歌詞と曲であったことはいうまでもない。そしてそのどれもが相当ヒットした。

男性であるところのわれわれにはよくわからないが、女の子にとってはかれの唄声は一種不可思議な魅力をもっているらしい。当時ある閨秀《けいしゅう》作家が大胆に告白したところによると、性的昂奮をおぼえるというのである。

ある批評家はかれのことを閨房の歌手と罵《ののし》った。かれのあの囁くような甘い唄いぶりは、情痴の泥沼をのたくっている閨房の嬌声《きょうせい》にすぎないというのである。しかしこういう酷評もかえって藤本の人気をたかめこそすれ、それを傷つける種にはならなかった。藤本の第二回目の大ヒットは、おそらく惨劇の直前に吹きこまれた「母のまぼろし」であったろう。もっともこのレコードがヒットしたのは、唄そのもののよさもあったろうけれど、それ以上に当時ひろく世間に知られていた、藤本自身の数奇な生立ちに対する好奇心が、手伝っていたことを拒むわけにはいくまい。

その当時の婦人雑誌や大衆雑誌に出る藤本自身の身の上話によると、かれは自分の両親がどういう人間であるか、それさえ知らぬ孤児であったということである。物心つく頃から九つの年まで、かれは横浜の近郊にある小さな牧場の管理人夫婦によって育てられた。はじめかれはその管理人夫婦を自分のまことの親と思っていたが、間もなくそうでないことがわかった。かれは生後一か月もたたぬ頃、その夫婦に預けられた里子だったのである。この管理人夫婦はかれが九つの年に、ある不幸な出来事のために同時に死んだ。その死があまり突然であったために、かれらは章二に実の親の名前を打ち明けるひまがなかった。しかも後には章二の身許《みもと》を示すような、どんな書類ものこっていなかったし、管理人夫婦の身寄りの者も、誰一人章二のまことの親を知っていなかった。親のほうから引きとりにもやって来なかった。こうして後年、有名な某作曲家に認められて、レコード会社へ入って一躍流行歌の寵児となるまでの、かれの長い数奇な放浪生活がはじまったのである。

「そういうわけで、私は自分の両親がどういう人たちであるか知らないのです。ただ母については、ひょっとするとあれがそうではないかというおぼろげな記憶があります。私が六つか七つになる頃まで、年に一度か二度のわりあいで、私に会いに来てくれた婦人があります。その人はいつも、子供の好きそうなキャンディやおもちゃや、どうかすると着るものまで持って来てくれました。そして牧場の隅っこなどで、一時間か二時間、子供の私を相手に飽きもしないで語りつづけてはかえって行くのでした。その時分の私にとって、その婦人の来るのが、どんなに楽しみでありましたろう！　いまでも眼を閉じると瞼《まぶた》のうらにありありと、婦人のまぼろしがうかんで来ます。むろん長い歳月のためにそのおもかげは、自分勝手に修飾されたり扮飾《ふんしょく》されたりして、婦人のほんとうの面影とはだいぶちがったものになっているかも知れません。しかし、それでも構わないのです。瞼にうかぶこのまぼろしを、母と思って私はいつまでもいつまでも抱きしめていたいのです」

第二のヒット盤「母のまぼろし」は、そういうかれの心境をみずから歌につづり曲に編んで、レコードに吹きこんだものである。当時の藤本は若い女性ファンにとりかこまれて、その生活は無軌道を極めており、渋谷《しぶや》にあるかれの住居は、近所の人たちから桃色の伏魔殿とさえ罵られていたものだが、その母を慕う心情だけは、さすがに深く切なく純粋なものがあったと見えて、あのゆるやかにレコードから流れ出る、「母のまぼろし瞼にあれど」という、すすり泣くような唄声のなかには、なんともいえぬほど清らかなノスタルジャが脈打っていたものである。

このレコードが売れに売れて、町という町にかれの唄声が流れているその真最中に、藤本章二は殺されたのであった。

まえにもいったようにそれは五月二十七日の晩のことであった。当時かれは少し耳の遠い老婢《ばあや》と二人で、渋谷の代官山《だいかんやま》に居を構えていたが、その晩老婢はひと晩ひまを出されて親戚《しんせき》のもとへ泊まりにいっていた。こういう事はそれまでにも珍しくなかったそうで、つまりそれは老婢にも見られたくない来客のあることを意味しているらしかった。

ところがその翌朝早く老婢がかえって見ると、藤本はパジャマのまま応接間のピアノに凭《もた》れて死んでいた。何か鋭利な刃物で心臓を抉《えぐ》られたらしく、そこから流れ出した血が、ピアノの白い鍵盤《けんばん》を、真《ま》っ紅《か》に染めていたという。

　土屋恭三氏の手記にもあるとおり、この事件のために楽壇全体がどれだけ大きな迷惑を蒙《こうむ》ったか、測り知れないものがあった。被害者をとりまく桃色のスキャンダルは申すまでもなく、楽壇の内部にわだかまる不快な暗流がつぎからつぎへと明るみへ出されて、世の顰蹙《ひんしゅく》をかった。楽壇人同志のあいだに泥仕合が演ぜられて、世間の物嗤《ものわら》いの種になったりした。

　こうして楽壇全体に大きな波紋を投げかけながら、しかも肝腎《かんじん》の事件そのものは、ついに解決されずじまいであった。凶器も発見されなかったし、犯人の足どりもわからなかった。その晩、藤本の家へ入っていく女の後ろ姿を見かけたなどといいふらす者もあったが、それもどこまで信用してよいかわからなかった。こうして一切が五里霧中の底に沈澱《ちんでん》してしまったなかに、唯一つの物的証拠と見られたのは、藤本の死体の右手がかたく握りしめていた楽譜の断片である。それは無理に引き裂かれたらしく揉《も》み苦茶になっていたうえに、ごく短い小節しか残っていなかったが、それにも拘《かかわ》らずこの楽譜の断片が、つよく捜査当局の注目をひいたのは、これが読めない楽譜であったからであり、それからひいて、暗号ではあるまいかと想像されたからである。

　藤本のように翳《かげ》の多い生活を送っている人間が、人に知られたくない通信に暗号を用いるという事は頷《うなず》けないことではないし、その暗号に楽譜を選ぶというのもごく自然な考えかたである。そこで問題はこの暗号の解読と、暗号通信の相手を発見することであるが、これは残念ながら二つとも成功しなかったようだ。何しろその楽譜というのが、あまり短い小節だったので、ただそれだけでは、どんな暗号解読の名人でも、そこからキイを発見することは不可能だったからである。だからこの事実からわかった事は、その楽譜が暗号であるらしいという唯《ただ》それだけで、そしてこの一点が藤本事件とこのたびの蝶々殺人事件を結びつける鎖となったのである。

では、藤本事件はこれくらいにして、ふたたび話をその日の事に戻そう。

第七章　重いトランク

桜橋と福島とでは眼と鼻のあいだだから、自動車でいくと五分とはかからなかった。私の乗った自動車が、大きな曙アパートの角を曲がろうとする時、アパートの正面についた二台の自動車のなかからどやどやと警察の人たちが降りるのが見えた。由利先生もそのなかにまじっていた。その人たちはいったん、アパートの正面玄関へ入っていったが、すぐまた出て来て、こちらのほうへやってくるので、私もすぐに自動車をとめてとび降りた。

「どうしたのです。ここじゃないのですか」

近づいて来た由利先生に尋ねると、

「いや、ここはここだが、問題の部屋は裏から入ったほうが都合がいいのだそうだ」

私たちは警察の人たちの後について歩いていった。

ここで一応、このアパートの構造を簡単に述べておこう。島津君もいっていたとおり、このアパートはそんじょそこらにある木造の安普請とはちがって、鉄筋コンクリート五階建ての堂々たる建物であった。大きさもこのアパート一つで一ブロックを占有していた。建物全体はコの字型になっており、正面玄関はむろん、右の縦線にあたる建物の中央にあるのだが、私たちの目指す部屋は右翼にあたる部分の二階にあった。この両翼に住んでいる人たちは、ふつう正面玄関から出入りしないで、翼の先端にある階段を利用するのである。むろんコの字型の建物の、左のひらいた部分には、鉄の門がついていたが、それは形式だけのもので、四六時中開放されたままになっている。だから両翼の建物に住んでいる人たちは、いついかなる時間にでも、自由に出入りすることが出来るし、また、誰の眼にもかからずにそうする事も、決してむずかしいことではなかった。つまり、島津君もいったとおり、これはアパートというよりも集団住宅という感じで、一つ一つの部屋が厳重に戸締まりが出来るようになっているから、建物全体としてはむろん開放的に出来ているのである。私たちもむろん裏の階段から入っていった。

さて、問題の部屋は右翼の二階のいちばんとっつきにあった。即ち階段を登っていくと、二階の踊場のすぐまえに、玄関のドアがついていた。そしてそのドアのまえに和服の刑事が一人立っていた。

「難波《なんば》署のほうからはまだ誰も来ないかね」

刑事の姿を見るとすぐ、われわれの先頭に立っていた人がそう訊《たず》ねた。後でわかったことだが、この人が浅原警部であった。

「いいえ、どなたもお見えになりません。誰か来ることになっているんですか」

「うむ、証人をひとり連れて来ることになっているんだが、……じゃ、われわれのほうが早かったかな」

刑事がドアをあけてくれたので、われわれは部屋のなかへ入っていった。

ここでちょっと、われわれ——と、いうより由利先生の立場を説明しておこう。先生はもちろん警察の人たちにとっては門外漢である。それにも拘らず警察官同様、現場捜査に立ち会って、少しも邪魔にされないのは、かつて警視庁の捜査課長をしていた過去の経歴にもよるのだろうが、それにもまして先生の人柄が、誰からも尊敬され、敬愛される先生の人格が大きくものをいうのである。それに先生は決して警察の捜査の邪魔したり、出し抜いたりするようなことはしなかった。外国の探偵小説に出て来る名探偵みたいに、自分の知っている事実を故意にかくしたり、警察官を出し抜いて喜んでいるということは決してなかった。先生は知っているのである。現代のような複雑な社会機構のなかで起こる犯罪捜査では、その最後の断案は個人の知恵が決定するとしても、断案の基礎となるべき、もろもろの材料の蒐集《しゅうしゅう》には警察網のひろい大きな組織をからねばならぬということを。だから先生はいつも警察のよき協力者であり助言者であった。それに虚栄心や名誉心の微塵《みじん》もない人であるから、事件解決と同時に先生はいつも一歩うしろへ退いて、あらゆる光栄や讃辞は、いつも自分と協力した警察官に譲っておしまなかった。だから警察の人たちにとっては、由利先生は邪魔者どころか、反対にまことに重宝な存在になっているのである。

それはさておき、いまわれわれの入っていったフラットは、八畳と六畳の二間つづきで、ほかに小玄関と台所と湯殿がついている。部屋には日本流に押し入れや床《とこ》の間がついているが、床《ゆか》はセメント張りだし、窓も洋風である。つまり住む人の好みによって、畳を敷いて日本式に住むことも出来るし、また絨緞《じゅうたん》やベッドで洋風の暮しをしようと思えば、それにも大して不自然でないように全体が設計されているのである。

いまわれわれの入った部屋には、むろん畳も絨緞もしいてなかった。いや、畳や絨緞のみならず、いかなる家具もそこにはなかった。日本流に設計してあるとはいえ、そうして畳も家具もないところを見ると、やはり鉄筋コンクリートの固い、いかつい感じはまぬかれなかった。そしてそういうがらんとした奥の八畳の床に、ケースからひっぱり出したコントラバスが投げ出されて、チョコレート色の肌をさむざむと光らせていた。そして床いちめんに細かい砂がとび散っており、部屋の片隅に破れた木綿の砂嚢《すなぶくろ》が、餡《あん》のはみ出た饅頭《まんじゅう》みたいに投げ出してあるのだった。

浅原警部は部屋の番をしてた刑事のほうを振り返って、

「で、部屋のなかはよく調べてみたろうね。指紋や足跡や遺留品らしいものは？」

「何もありません。何しろこのとおり固い床ですから、足跡は一つも残っていないのです。それに御覧のとおりの厚い壁ですから、ここでちょっとやそっと暴れても、隣の部屋にわかる気遣いはありませんよ」

刑事は拳骨《げんこつ》を固めて壁を叩《たた》いてみせたが、それに対して浅原警部も由利先生も、ほとんど何の反応も示さなかった。二人とも至って冷淡な顔をしている。この時私には、二人のこの無表情の意味が、どうもはっきりのみこめなかった。殺人はここで行なわれた筈《はず》なのである。それにも拘らず二人の顔には犯罪現場に臨むときのあの緊張した気が欠けているのである。私は不思議に思っていると、由利先生が警部のそばにより、床の砂嚢を指さしながら何か囁《ささや》いた。すると警部もすぐに頷いて、かたわらの刑事になにか命じていた。刑事はうなずいてすぐこのフラットを出ていったが、間もなくホームドレスを着た若い婦人をつれて来た。

「やあ、どうもお呼び立てしてすみません。あなたが隣室にいらっしゃる宮原さんの奥さんですね」

「はあ、あの、さようでございます」

宮原夫人はエプロンを揉《も》みながら、ひどく怯《おび》えるような顔色をしているが、しかしいっぽう、なみなみならぬ好奇心を持っていることもその顔色からうかがわれた。

「実はちょっとおうかがいしたいことがありましてね。ほかではありませんがあの砂嚢ですが……」

警部に指さされて、破れた砂嚢のほうへ眼をやったとたん宮原夫人はまあというように大きく眼を瞠《みは》った。

「この砂嚢を御存じですか」

「ええ……あの、知っているどころではございませんわ。それ、宅の砂嚢でございますわ」

「お宅の……間違いありませんか」

「決して。それ、主人の浴衣《ゆかた》のお古をこわしてこさえたものですから……なんでしたら、廊下へ出て見ていただけばよくわかりますわ。私どもの部屋のまえに、それとお揃いの袋がございますから」

「なるほど、すると間違いはありませんね。ところで問題はこの袋が、いつお宅のまえからなくなったかという事ですが、それについてお心当たりはございませんか」

「はあ……あの……それは多分昨日か一昨日のことだろうと思います」

「昨日か一昨日というと、二十日か二十一日ということになりますね。それよりもっと前じゃないのですか」

「いいえ、そんな事はございません。二十日の朝にはたしかにこれ、私どもの部屋のまえにあったのですから」

警部はそれを聞くと意味ありげに由利先生の顔を見た。私もちょっと驚いて宮原夫人の顔を見直した。

「奥さん、どうしてあなたはそれをはっきり覚えていらっしゃるのですか。あなたは毎日砂嚢を点検なさるのですか」

「いいえ、そういうわけではございませんが、このアパートの管理人さんは、防空について非常にやかましいのです。それに組長さんがまた大変御熱心な方で、ときどきなんの前触れもなしに防空資材の点検をなさいます。二十日の朝も回覧板がまわってまいりまして、近くまた予告なしに防空資材の点検をするから、よく整備しておくようにといって参りましたので、わたくし一応宅の資材を調べてみたのです。砂嚢は隣組共同で使うぶんのほかに、各戸いつでも使用に耐えるものを、十個ずつ用意しておくようにと言われておりますので、わたし二十日の朝も数えてみたのです。その時たしかに十個ございました」

宮原夫人はこの証言がどのような重大な意味を持っているか、もとより知ろう筈はなく、ごくさりげなく言ってのけたが、私はそれを聞くと驚いて浅原警部と由利先生の顔色をうかがった。

殺人は十九日の晩に行なわれたのである。その事についてはもう一点の疑いをさしはさむ余地もない筈である。そしてこの砂嚢はその殺人の際に用いられたものと、いままで信じられて来たのだ。それにも拘らず二十日の朝には、まだこの砂嚢がお隣のドアのまえにあったとしたら、これはいったいどういうことになるのだろう。

この時間的な矛盾は、妙に私の心を不安にさせたが更にそういう私の不安をいっそう掻《か》き立てたのは、その時の由利先生と浅原警部の顔色だった。二人はまた、意味ありげな視線を見合わせたが、しかしそこには私の予期したほどの動揺はあらわれていなかった。

警部はいくらかぎこちない空咳《からぜき》をすると、やがてまた宮原夫人のほうへ向きなおった。

「それではついでにもう一つお訊ねいたしますが、十九日の晩のことですがねえ。あなた……いや、あなたでなくてもどなたでもいいんですが、誰かがこの部屋へ出入りするところを見た人はありませんか」

「はあ……あの、その事については昨夜も刑事さんからお訊《たず》ねをうけたのですけれど、そんな話、どなたからも承ってはおりません。このお部屋はいまどなたも住んでいらっしゃらないのですから、ここへ誰かが出入りしていたとしたら……それをどなたか御覧になったとすれば、妙に思われる筈ですから、きっと私の耳に入った筈だと思うんですけれど」

「二十日の朝はいかがです。奥さんが砂嚢をお調べになったのは何時頃のことですか」

「さあ、ハッキリとは覚えておりませんけれど、多分十時前だったろうと思います」

「それから後、誰かがこの部屋へ入るのを御覧になったというような事は……」

「いいえ、あの、存じません。二十日の朝はわたくし買物に出かけたものですから……防空資材を調べておいてから、すぐに出かけていったのです。はあ、多分十時少しすぎだったろうと思います。帰って参りましたのが、一時ちょっとまえでしたから、そのあいだの事は何も存じません」

「そうですか。いや、有難うございました」

「はあ、いえ、あの……でも、ここで何か間違いがあったのでしょうか。わたしのあの砂嚢は……」

「いや、あれはいま少しあのままにしておいて下さい。ここでどんな事があったか、それはいずれお耳に入ることと思いますが、奥さんのほうでも、この部屋についてはこれは妙だと思われるような事にお気づきになったら、すぐに警察のほうへ報《し》らせて下さい」

ちょうどその時、ドアの外にどやどやと足音がきこえて来たので、浅原警部は刑事に命じて、まだ未練気たっぷりの宮原夫人を無理矢理に立ち去らせた。それから自分も二人を追って、急ぎあしに玄関のほうへ立ち去った。それではじめて私は由利先生と二人きりになれたわけである。

「先生はあのことを御存じだったのですか」

「あの事とは？」

「砂嚢についての時間的矛盾のこと……」

「ああ、あれ……いや、私も知っていたわけではないが、しかし、ああいう時間的矛盾があっても、少しも不思議じゃないのだ」

「と、いうのは？」

「と、いうのは、さくら女史はあの砂嚢で殴られたのではないかも知れないと思いはじめていたからだ。しかし、その事なら君にもすぐわかって来るよ。どうやら証人がやって来たようだから」

「証人というのは？」

「自動車の運転手だよ、いや、コントラバス・ケースをはこんだ運転手じゃない。別の自動車の運転手だがね。その男が今朝、ほら、君のほうの新聞に出たろう。さくらの死体を入れたコントラバス・ケースは、福島の曙アパートのまえから運ばれたという記事、あれを読んで、自分もあることを思い出し、あわてて難波署へ駆け込んだというわけだ。その報告がさっき電話で捜査本部のほうへ連絡されたから、そこでその証人をここへ連れて来て貰《もら》うことにしたのだよ。まあ、黙ってきいていたまえ。三津木君、これは実に面白い事件だよ」

　玄関のまえの廊下で、何やら声高に話していた浅原警部は、間もなく若い男をつれて引き返して来た。その男は一見して自動車の運転手とわかる風態《ふうてい》をしていたが、その男も、そして警部も、ともにひどく昂奮《こうふん》して、双眸《そうぼう》を星のように輝かせていた。

「先生、やっぱりこの部屋にちがいないそうですよ」

　そういった浅原警部は、強いて昂奮をおさえつけようとするために、声がひどくしゃがれていた。

「おお、そう」

　由利先生は軽くうなずいて、

「こちら、名前は？」

「へえ、私は河辺《かわべ》康夫《やすお》というんです」

「河辺君はその時この部屋のなかへ入ったのですか」

「いいえ、部屋のなかまでは入りませんでした。しかし、そのドアの前まで手伝って一緒に持って来たんです。あとはその男ひとりで、引きずってドアの中へ入ったんですが、それはたしかにこの部屋にちがいありませんでした」

「ああ、そう、それじゃ河辺君、もう一度その時のことをここで繰りかえして貰えませんか。君がはじめてその男に出会ったときのことから」

「へえ……」

河辺康夫はそこでちょっと唇を舌でしめすと、やがてこんな話をしたのである。

「二十日の朝の十一時頃のことなんです。はっきりとした時間は申し上げられませんが、十一時から十一時半までのあいだのことでした。三越《みつこし》の横を空車で流しているところを、その男に呼び止められたんです。その男は三越の横の出口のそばに立っていました。へえ、ずいぶん背の高い男でしたが、帽子をまぶかにかぶっているし、外套《がいとう》の襟を立てているし、それに黒眼鏡にマスクをかけていたので、顔のところは少しも分からなかったんですが、行き先をきくと福島までといいます。で、送っていくことにしたんですが、するとその男は足下においてあった大きなトランクを指して手伝ってくれといいます。で、私は自動車からおりて、その男と二人でトランクを自動車につみこんだのですが、それはもう実に重かったんです。トランクを積み込むと、その男もあとから乗り込み、それからすぐにこのアパートまで来たんですが、するとその男は二階の部屋まで手伝ってくれというんです。で、そこのドアのところまで二人でトランクを担ぎあげたんです。それから後はさっきも申し上げましたとおり、その男が一人でうんうん言いながら、ドアの中へ引きずりこみましたので……へえ、私の知っているのは、唯《ただ》それだけのことなんです」

「なるほど、そして君はその事と今度の事件と、どういう関係があると思うのですか」

「それは……それは……私にもよく分からないんです。でも……でも……今朝の新聞を見ると、原さくらという人の女の死骸《しがい》は、このアパートの前から運ばれたということですし、それに新聞に出ている犯人の風態が、トランクの男にたいそうよく似ておりますし、それにその男の素振りがどうも妙だったんです。私も一度、いったいトランクの中に何が入っているのかと思ったので、階段をあがるとき、わざと落としてやったんですが、その時の相手のあわてようといったら……そりゃもう、物凄《ものすご》い声で唸《うな》りやがったのです。それに……それに……トランクですが、大きさといい、重さといい……」

「つまり、そのトランクの中に原さくらの死骸が入っていたのじゃないかというんですね」

「へえ……」

さきほどから妙に不安をかんじていた私は、そのとたん、電撃を受けたようなはげしいショックをかんじたのである。ああ、なんと、それではさくら女史は、この部屋で殺されたのではなかったのか。

第八章　マネジャーとその助手

その日の新日報社の夕刊はまたしても、大阪じゅうに大きな昂奮をまきちらした。社会面のトップには、二十日の午前十一時頃曙アパートへ運びこまれた、不思議な、重いトランクのことが、出来るだけ煽情《せんじょう》的な表題を使って書き立ててあった。そのトランクの中にさくら女史の死体があったのだろうというようなことは、出来るだけ控え目にしか書いてなかったが、しかし、少し注意ぶかい読者ならば、すぐにそれと察しられるような書きぶりがしてあった。そこにはまた、トランクの形状や大きさや特徴などが、出来るだけ詳しく述べ立ててあった。また、そのトランクの主であるところの、顔をかくした紳士のことも詳細に書いてあった。

実は、この記事を書いたのは私なのである。そしてこれは浅原警部と由利先生の指示によるものであった。

「このトランクがどこから来たか。河辺運転手が三越の横の出口で拾いあげるまえ、どこをどういう径路を辿《たど》ってそこへ来たか、われわれもむろん、全力を尽して捜査しますが、ここはひとつ新聞社の力をお借りしたい。今日の夕刊で出来るだけひとの注意を惹《ひ》くようにこの事を書き立ててみてくれませんか」

これが浅原警部の注文であった。

「それからそのトランクがここから更にどこへ行ったか、三津木君、その点も忘れないように書き加えておいてくれたまえ」

由利先生もそばからそう注意した。

そこで私は社へかえると、島津君と相談して、注意ぶかくこの記事を書き上げたのだが、その時の島津君の昂奮たらなかった。

「なんじゃ、そんならあの曙アパートの一室は、犯罪現場じゃなかったのか」

「どうもそうらしいんだ。あそこはただ、死体詰めかえのために用いられた、いわば楽屋に過ぎないらしいんだよ」

「あそこが犯罪現場でないとすると、じゃ、さくらはどこで殺されたんだろう」

「さあ、それだ。それを決定するために、トランクの出どころを突き止める必要があるんだよ」

島津君は私のかいた記事を読みながら、

「これだけ大きなトランクをかついで、町のなかを歩き回るわけにはいかんから、どこからやって来たにしろ、三越の横の出口まで、そいつを送っていった自動車がある筈《はず》やね」

「そうなんだ。その自動車の運転手の注意を、この記事によって喚起しようというわけなんだよ。由利先生の説によると、ここに少なくとももう三台の自動車を発見しなければならないというんだ。一台はいま君のいった、三越横までそのトランクを運んだ自動車、一台は空になったトランクを曙アパートから運び去った自動車、更にもうあと一台は大阪駅からコントラバスを曙アパートまで持ちこんだ自動車だ。しかし、事実はその間に、足跡をくらますために何度か自動車を乗り換えているだろうから、もっと多くの自動車を探し出さねばならんだろうというのだ」

「うへっ！　しかし犯人は何だってそんなややこしい事をやりよったんやろ。そんなにまでしてさくらの死体を、コントラバスのケースに詰めて送らんならん必要があったんやろか」

「さあ、それだよ。そこにこの事件のなみなみならぬ深さがあるんだ。由利先生もいっていたが、これは実に、計画に計画された事件なんだよ。じゃ、島津君、あとは君にまかせるよ。僕はこれから　ホテルへ行ってくる」

「よっしゃ、何かあったらまた頼みまっさ」

Nホテルへ私が着いたのは三時頃のことだったが、その時ホテルの表にトラックが着いて、原さくら歌劇団のマークのついたトランクやスーツケースを降ろしているところだった。多分その時まで会場にあったものを、改めてホテルへ引きとることになったのだろう。玄関に立ってそれを宰領しているのは、五十前後の、色の浅黒い、背の高い人物だったが、これこそさくらのマネジャー土屋恭三氏であった。

素顔の土屋恭三を見るのは、この時がはじめてだったが、ずっとまえ、中学の初年ごろに私は二、三度この人の舞台を見たことがある。それはもう、浅草オペラが救いがたい凋落《ちょうらく》の泥沼に沈みつつある時分であったが、その時の土屋の舞台が、あたかもそれの悲しい運命を象徴しているように思われた。帝劇歌劇部の第一期生として養成され、ひところは日本人には珍しい声量として喧伝《けんでん》された土屋のバスももう全盛期の生彩はみるかげもなく失われて、歌の途中で声がかすれたり、息切れがしたりした。そしてそういう弱点を補うためにする、悪どい科《しぐさ》や、野鄙《やひ》な台詞《せりふ》が、いっそう私の心を暗くしたものだが、それでも私はいまだに、この人のメフィストフェレスを忘れることが出来ない。

いま見る土屋恭三は、年齢のせいか、さらに当年の面影をうしなっているが、眼鼻立ちの立派さはさすがであった。この人がさくら女史のマネジャーをしていることは、今度の事件ではじめて知ったが、声をうしなったカナリヤの、これが悲しい運命だったのだろう。私はこの土屋氏のそばをとおり抜けて、玄関のなかへ入っていったが、その時重いトランクに押しつぶされそうな恰好《かっこう》で、よたよたとホールを横切っていく青年のすがたが私の眼をとらえた。その青年は腰を二つに折り曲げ、まっ赤な顔をして、トランクを運びこんでいるのであった。ワイシャツいちまいになっているにも拘《かかわ》らず、青年は額から頸筋《くびすじ》から、滝のような汗を流していた。

私がホールへ足を踏み入れたとたん、その青年はどたーんと大きな音をさせてそのトランクを落とした。と、その刹那《せつな》、私の背後からその凄い罵声《ばせい》がとんで来た。

「馬鹿野郎！　気をつけなくちゃ駄目じゃないか」

それは土屋恭三であったが、その声を聞いたとき、私は自分が怒鳴られたようにドキリとした。

「だって、土屋さん、このトランクとても重いんですぜ」

怒鳴られた青年は、トランクをそばにおいたまま、フーフーいいながらハンケチで頸筋の汗を拭《ぬぐ》っている。

「なんだい。それくらいのもの。おいおい、雨宮君、何をぐずぐずしているんだ。早くしないといつまで経っても玄関が片づかなくて困るじゃないか」

私はいままでその青年を、ホテルの使用人だとばかり思っていたのだが、いまの土屋氏の一言で、はじめてそれがアシスタントの雨宮順平君であることを知った。

マネジャーの土屋氏に対して、この雨宮君はまことに奇妙な対照をなしている。身長はおそらく五尺二寸あるなしだろう。年齢は二十六、七だろうが、顔つきにも態度にも、大人と子供が交錯していて、父《と》っちゃん小僧といった感じだ。土屋氏がどんなにいらいらして怒鳴りつけても、この青年は少しも表情をかえない。それでいて、別に反抗しているようなふうもなく、狡《ず》るそうなところは微塵《みじん》もなかった。いったいが感じが鈍いのだろう。

　雨宮君はひといき入れると、また大きなトランクを背負って、よたよたと歩き出した。その恰好がいかにもおかしかったので、私は笑いをかみ殺しながらロビーへ入っていった。見るとロビーの隅に由利先生が、ひとりの紳士と向かいあって坐《すわ》っていた。その紳士というのは五十前後の年輩で、霜降りのスコッチの服に、意気なネクタイをしめている。頭髪にはもうだいぶ白いものがまじっているが、つやつやとした血色のいい皮膚は、処女のように綺麗《きれい》であった。紳士はゆったりと葉巻をくゆらしながら、由利先生と何か話していた。

　私はその人の顔をひとめ見ると、すぐそれを原聡一郎氏と睨《にら》んだが、果してそのとおりであった。私が近づいていくと由利先生はやあと眼顔で迎えて、すぐ聡一郎氏に私を紹介してくれた。

「ああ、そう、君の名前はまえから聞いていましたよ。今度はまた御苦労様」

　聡一郎氏は私の顔をまともから見ながら愛想よくそういった。その言葉の調子には、特別に熱心なところもないかわりに、さりとてまた、とってつけたような軽薄さもなかった。思うに工業倶楽部《クラブ》などで、財界の連中とつきあっている時の、これがふつうの調子なのだろう。

私は話の邪魔をしてはならぬと思って、黙ってかたわらに控えていたが、二人のあいだには、別に取りとめた用件があったわけではないらしく、聡一郎氏は大阪の食物の話かなんかしていた。そういうところをはたから見ていると、自分の妻をああいう恐ろしい状態で、突然うしなった人とはどうしても思えなかった。そして、その事が非常に私の注意をひいた。

この時また向こうのほうから、口ぎたなく雨宮君をののしる土屋氏の声が聞こえた。するといままで晴れ晴れとした顔で話しつづけていた聡一郎氏はふいと眉《まゆ》をひそめた。そして気になるふうで玄関のほうへ眼をやったが、しかも土屋氏の罵声がなかなかやみそうにないのに気がつくと、氏はしだいに落ち着きをうしなって来た。そしてしまいにはとうとう耐《たま》らなくなったように、つと立ち上がると、

「僕はちょっと失敬する。用事があったらいつでもいってくれたまえ」

そう言いすてすたすたと大股《おおまた》でロビーを出ていった。

それがあまり突然だったので、私はちょっとどきりとした気持で、氏のうしろ姿を見送っていた。私はきっと、土屋氏が場所柄もわきまえず、あまりがみがみ助手を叱りつけるので、見るに見かねてたしなめにいったのだろうと思ったが、そうでもなか

ったらしく聡一郎氏は、二人のほうへ見向きもしないで、そのまますたすたと階段をあがっていった。

私はあっけにとられた気持ちで、由利先生のほうへ振り返ったが、先生のおもてには、その時、妙に渋い、皮肉な微笑がうかんでいた。先生はおもむろにこういった。

「ああいうえらい人物でも、やはり心中の不快はかくし切れないものと見えるね」

私はその時の言葉を、なんの気もなく聞き流してしまったのだが、後にいたってはたと思いあたることがあったのである。先生のこの言葉のなかには、今度の事件の真相をつきとめるうえでの、重大な意味が秘められていたのであった。

だが、先生はそういったことを悔むように、すぐに言葉を転じて、

「時に、例の記事は書いてくれたろうね」

「ええ、書いて来ました。あと三時間もすれば夕刊が出る筈です。うま〳〵あれで問題の自動車がつり出せればいいですがねえ」

「ふむ」

「時に、こちらの連中はどうしてるんです。誰も姿が見えないようですね」

「さっきまで小野と相良がその辺にいたが」

由利先生がロビーのなかを見回しているとき、また玄関のほうで土屋氏が、がみがみと口穢《くちぎたな》く雨宮君を叱りつける声がきこえた。私が眉をひそめると、由利先生は白い

歯を出して笑いながら、

「マネジャーいささか逆上しているんだよ。疑われているという意識があるものだから、心平かならざるものがあるんだね」

「警察ではやはりあの男に眼をつけているんですか」

「そうのようだね。犯行の時間に大阪にいた唯一人の人物だからね。なんといっても、一番風当たりが強いのだ」

「で、先生の御意見は?」

「私――? はははは、私はまだ白紙だよ。なんぼなんでも顔を見ただけで犯人を当てるわけにはいかないからね。私は千里眼じゃない。しかし、ねえ、三津木君、犯人が誰にしろ、そいつは少なくとも一つだけ、非常に大きなへまをやっている」

「大きなへまとは?」

「頸飾りを盗んだこと、――それだよ。この事件が非常に計画的な事件であることは君も認めるだろう。何しろ犯人は一ヵ月もまえから、曙アパートのあの一室を借りて用意していたんだからね。ところでその時からすでに犯人は、頸飾りを盗むことを考えていたろうか。恐らくそうじゃなかろうと思う。盗んだのか隠したのか、とにかくこの事だけは犯行後、突発的にやった事にちがいないのだ。ほかのあらゆる部分が念入りに計画されているのに、それだけが突発的な行動だったとしたら、私はそこから犯人の計画がくずれて来やあしないかと思うのだ。五万円もする真珠の頸飾りといえば、そうやすやすと始末をつけるわけにはいかないからね」

由利先生はそういいながら、胸のポケットに指をつっこむと、

「だが、そういう問題はもうしばらく向こうへ押しやっておくことにしよう。あのトランクがどこから来たか、そしていまそれがどこにあるか、それがわかるまでは私は万事白紙でいたいのだ。それよりも三津木君、この暗号を研究してみようじゃないか」

そういいながら由利先生がポケットから取り出したのは、多分警察でうつして来たのだろう、例の読めない楽譜であった。

第九章　テナーの懊悩《おうのう》

「三津木君、この楽譜はいろんな意味において実に興味があるよ」

由利先生はうつしとった楽譜をデスクのうえにひろげながら、

「まず第一に、これが暗号とすれば、その点、もう間違いはないようだが、ここにどんなことが書かれているかということ。これはいうまでもないことだね。第二に、この楽譜によって、こんどの事件と藤本章二殺しがはじめて結びつけられたこと。私はこの点に非常に興味をかんじるんだよ。なぜって、この楽譜さえなければ、誰だって

二つの事件を結びつけて考えるものはなかろうからね。同じ楽壇人とはいえ、さくら女史と藤本章二とじゃ、性質もちがっているしスケールもちがう。まさか二つの事件に関係があろうとは、誰だって考え及ばなかったろう。そういう意味でこの一枚の紙片の持つ意義は、非常に重大なものになって来る。それから第三に、この楽譜がどこから来たかということ、これがまた実に興味がある。相良の説によると、この楽譜はテナーの小野がおくった花束から舞いおちたというのだが、小野は頑強にそれを否定しているそうだ。もしかれの言葉を信ずるとすれば、ではそのときさくら女史のそばには誰がいたかということになる」

「誰がいたんです。その時さくら女史のそばには……」

「まず御亭主の原聡一郎氏。これがいちばんちかくに立っていたそうだ。それから少しはなれたところにアシスタント・マネジャーの雨宮順平君、それから相良ももちろんいたね」

「小野をいれると四人ですね。コンダクターの牧野はいなかったんですか」

「牧野は見送りに来なかったそうだ。ところで以上四人だが、四人が四人ともさくら女史がプラットフォームから楽譜をひろいあげるところは見ているんだ。しかし、誰もそれがどこから舞いおちたかは知らぬといっている。むろん、私のせいですなんて名乗るやつはひとりもいない。つまりこの楽譜は幽霊によって手渡しされたも同様なんだ。幽霊楽譜なんだよ、これは。……」

「しかし先生、そのことはこの楽譜を解いていけば、いくらかはっきりするんじゃありませんか」

「そう、私もそれに期待をもっている。すっかりわかるかどうかは疑問だが、何かのヒントにはなろうと思っている」

　由利先生があまり落ち着いているので、私はなんだかもどかしくなって来た。

「それじゃ先生、早速とりかかろうじゃありませんか。とにかくこの暗号を解くのが、何よりも先決問題でしょう？」

「いや、それならもう解けているんだよ」

「エ？」

　私は思わず由利先生の顔を見直した。先生はにこにこしながら、

「いや、まだ当てはめてはいないんだがね、だいたい解けていると思うんだよ。私は不思議でならないのだが、さくら女史ともあろうものが、どうしてこんな簡単な暗号で満足していたものかねえ。だいぶまえに私は音楽の専門家にきいたことがあるが、楽譜を暗号に利用しようと思えば、何十通りだって出来るそうだ。ちょっと苦労しさえすれば、結構唄《うた》えるような楽譜につくりあげるのだって造作ないって話だ。唄えるように作る、つまり読める楽譜をつくるということは重大なことだよ。暗号も、それ

が暗号だということが簡単に看破されるようじゃ、価値の半分はなくなるわけだからね。さくら女史にそれくらいのことがわからぬ筈《はず》はない。それにも拘《かかわ》らずこんな簡単な、もっとも初歩の暗号をつかっていたとすれば、ここに一つより解釈のしようはない。つまり暗号通信の相手というのが、素人であったこと、楽譜に対して盲目であったこと」

「そんなに簡単に解けるのですか、これは。……」

「と、思うね。はははは、講義はこれくらいにして、それじゃひとつやってみようか」

　由利先生はデスクのうえに体を乗り出すと、

「この楽譜を見ていちばんに気がつくことは、使われている音符が五種類であること、即ち二分音符から三十二分音符までの五種類だね。もっとも全音符もたったひとところだけ使われているが、これはあまり少ないから、何か特別の意味をもつものとして、一応考慮に入れないことにする。さて音符が五種類で線は五本だ。しかしこの線のほうは、線と線とのあいだも使用されているのだから、これは十と見ることが出来る。五つと十との組み合わせ、こういえば君にだってすぐ分るだろう」

「五十音ですね」

「そうだ、そうだ、アイウエオだよ。ただこの場合、どの線が基本になるか、即ちどこがア行になるかということが問題だが、この楽譜には調子記号がないだろう？　だからもっとも基礎的なものとかんがえて、一応下一線をア行としてみる。私は思うんだがこの楽譜では、その時その時で、ハ調とかロ調とか移調することによって、ア行の位置をかえていく。まあそれによってせめて複雑さをますのが関の山であったと思う。さて、ここでは一応下一線をア行とすると、即ち表のような五十音図が出来るわけだ」

　由利先生はそこで次のような表をつくると、

「さあ、三津木君、これを楽譜にあてはめてみたまえ。もしこれで意味をなさないようだったら、移調することにして、ア行の位置をかえてみるんだね」

　だが、その必要はなかったのである。私は表を参照しながら、ひとつ、ひとつ音符の下に仮名を記入していったが、すぐそれが、ひとつひとつの意味を持って来ることに気がついて、非常な昂奮《こうふん》をおぼえて来たのだ。

　それはだいたい下の楽譜のようになるのである。由利先

	下1線	1線	1間	2線	2間	3線	3間	4線	4間	5線
𝅗𝅥	ア	カ	サ	タ	ナ	ハ	マ	ヤ	ラ	ワ
♩	イ	キ	シ	チ	ニ	ヒ	ミ	イ	リ	ヰ
♪	ウ	ク	ス	ツ	ヌ	フ	ム	ユ	ル	ウ
𝅘𝅥𝅯	エ	ケ	セ	テ	ネ	ヘ	メ	エ	レ	ヱ
𝅘𝅥𝅰	オ	コ	ソ	ト	ノ	ホ	モ	ヨ	ロ	ヲ

生は私の記入した楽譜を手にとって眺めながら、

「なるほど、これでもだいたい意味はわかるね。この三番目の、上一線にある全音符はンという字を指すのだろう。それからユの字のうえにはフェルマーター、即ち延長記号がついているから、これはユーと発音するにちがいない。それからアタコのコには付点が二ついている。これは濁点の意味でゴとなるのだろう。この付点は一つの奴がハの字についているが、それはパということになるらしい。更にそのパにはフェルマーターがついているからパー、即ちアパートだね。つぎにテの音符にはやはり付点が二つついているから、さて、これをデと訂正して、全部を改めて書き直してみると、……」

と、いいながら、由利先生はつぎのように楽譜のはしに書きそえた。

――キケン。トチューヨリヒキカエシ、アタゴシタノアパートマデキタレ
私たちはしばらくしいんとその一行を視つめていたが、

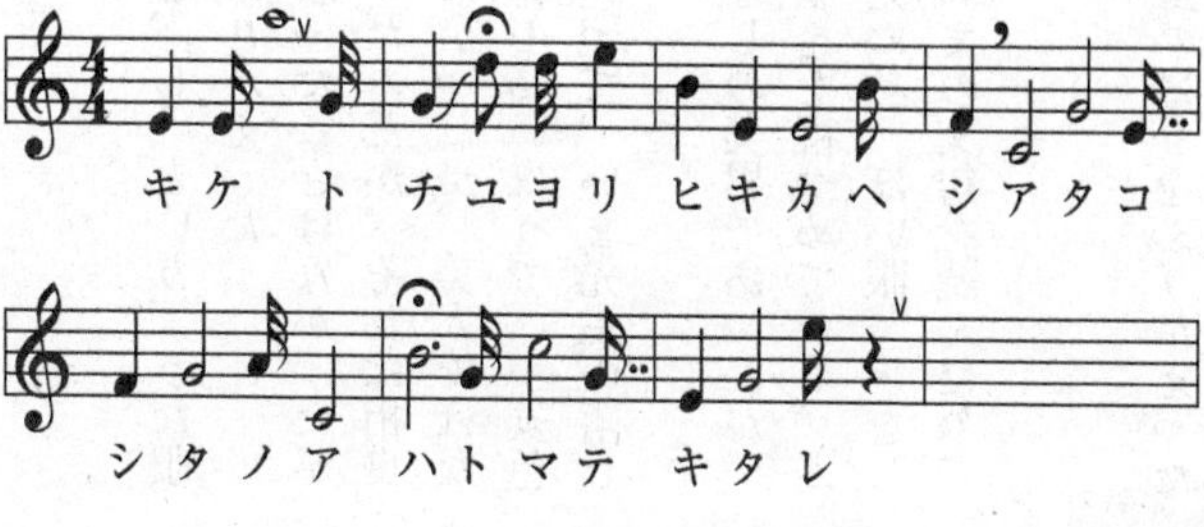

私は昂奮をおさえることが出来なかった。思わず体を乗り出すと、

「先生！　……それじゃ、さくらは……」

その時である。先生がふいに楽譜のうえにハンケチを落すと、しっというような眼《め》配《くば》せしながら、ぐいと顎《あご》をしゃくったので、驚いてうしろをふりかえった。

私は演芸記者ではないから、その人たちにいままで一度も会ったことはなかったが、写真ではたびたびお眼にかかっている。だからひとめでわかったのだが、それは相良千恵子と小野竜彦であった。相良は写真でみるほど美人ではなかったが、美人ではないだけに親しみやすいという感じである。日本の女としては背の高いほうで、小麦色の肌がすがすがしい。その相良は、私の肩越しに大きく眼を瞠《みは》って、いま先生の落としたハンケチを魅せられたように視つめている。

小野は相良のすぐうしろに立っていた。これはもう掛け値なしの美男であったが、かれもまた相良の肩越しに、眼《ま》ばたきもしないでテーブルのうえを視つめている。ふたりともなんともいえぬ暗い、それでいてまた、なんともいえぬ熱っぽい眼つきをしているのが、妙に私の気になった。ひょっとするとこの連中いまの文句を読んだのではあるまいか。

「まあ。……あの……暗号が解けたんですわね」

だいぶたってから相良が、たゆとうようにそう呟《つぶや》くと、小野のほうをふりかえった。

小野はあわてて大きく唾《つば》をのみこむと、ふっとそっぽを向いてしまった。

「はははは、まあ、お掛けなさい」

「ええ、あの……お邪魔じゃありません？」

「なに、もうすんだところですよ」

「暗号、お解けになりましたのね」

「え、まあ、どうやらね。お読みになったんじゃありませんか」

「あら！」

相良はふっと頬をそめると、さぐるように小野の横顔に眼をやりながら、

「いい、そんなひまはありませんわ。先生がすばやくおかくしになったんですもの」

そういいながら相良はわれわれのそばへ来て腰をおろした。小野はやっぱり立ったまま、ぼんやり窓の外をながめている。

「ははははは、なに、お読みになったのなら、お読みになったでかまわないのですよ。いずれわかることですからね」

先生はハンケチをとると、楽譜を折ってポケットにおさめた。

「時に、何か私に御用ですか」

「はあ、あの…………小野さん、やっぱりあなたからおっしゃってよ」

「僕……？」

小野はそっぽを向いたまま、

「いや、僕は困るんです。お願いだから君から話して下さいな。僕、どうも、こんな話、うまく出来ないんです」

「何ですか、ひどくこみいった話のようですね」

由利先生はふたりの顔を見くらべながらおだやかにわらった。

「あら、そうじゃないんですよ。この人ったらお坊っちゃんですからね。人前へ出ると、きまりが悪くて口が利けないんですのよ。それじゃあたしから申し上げましょうねえ。実はあのマネジャーの土屋さんのことなんです」

「はあ、土屋君がどうかしましたか」

「いいえ、別にどうってことはないんですけれど、さっき、小野さんが御用がおありになって、土屋さんのお部屋へお入りになったんですって、そしたら……」

「そしたら？」

「あら、そんなに乗り出していただくほどの話じゃないんですのよ。小野さんが土屋さんのお部屋へお入りになると、あいにく土屋さんのお姿が見えなかったので、お待ちになるつもりで、そこの椅子に腰をおろしたんですって。するとデスクのうえにひらいてあるノートが眼にうつって……小野さん、そうでしたわね」

「そ、そうです。僕、なにも、それを、ぬすみ読むつもりはなかったんだが」

「なるほど、なるほど、そのノートに何か書いてあったんですね」

「ええ、そうなんですの。こんどの事件のことがはじめからすっかり……ねえ、先生、こうなると誰だって、ちょっと読んでみたくなりますわね。小野さんついそれを読んでおしまいになったんですって。ところがこの人、こんな人でしょう。読んでしまってからひどく気がとがめて、あたしにどうしたらいいかって御相談にいらしたのよ。であたし、誰かを傷つけるようなことが書いてあるのですかって、お伺いしたんですが、そんなことはない、だいたいにおいて公平に書いてある。それに、事件の発端から、非常に詳しく書いてあるとおっしゃるので、それならば、いっそ、先生のお耳に入れておいたほうがよくはないか。何かの参考になるかも知れないし、土屋さんだって、そうなればかえってお喜びになるかも知れないって、そうあたしがお奨《すす》めしたんです。ねえ、小野さん、そうでしたわねえ」

小野は無言のまま、子供のように首をふってうなずいた。先生はこの話をきいているうちに、しだいに眼をかがやかして、

「土屋君が詳細に覚え書きを作っていてくれているとは有難いですね。そういえばあの人はマネジャーだから、こういうことには最適任ですね。それは是非拝見しましょう。いや、土屋君のみならず、関係者の諸君が、そうしてめいめい見聞を書きとめておいてくれると、われわれは大助かりなんですがね。たとえば小野君なども……」

「僕……？」

と、小野は何気なくふりかえったが、

「そうですよ。君なども二十日の午前中、どこで何をしていたか、正直にいってくれると……」

と、由利先生の言葉をきいたとたん、弾《はじ》かれたように二、三歩テーブルの前から飛びのいて、

「先生！　それは、どういう意味ですか」

と、大きく呼吸をはずませた。

「いや、私のほうからそれをきいているんですよ。君は二十日の朝八時に、みんなと一緒に大阪へ着いて、それからすぐにこちらにやって来た。ところがここへ来るとすぐまた出ていって、二時ごろ会場へやって来るまで、一度も姿を見せなかったでしょう。いったいどういうわけで、ここを出ていったか、また二時頃までどこで何をしていたか、それを正直に言ってもらえると、だいぶ手数がはぶけるんですがねえ」

小野は無言のまま、怯《おび》えたように、うえからじっと先生の眼を視すえている。意気な蝶《ちょう》ネクタイがはげしくふるえるのが私の眼をひいた。先生はまた言葉をついで、

「そのことについて、こんなことを私にしらせてくれた人がいるんですよ。君がこちらへ着いて間もなく、十二、三の女の子がやって来て、君に一通の手紙をわたした。

女の子は手紙をわたすとすぐ立ち去ったが、そのあとで君がひらいた手紙のなかから出て来たのは、たしかに楽譜のようであった。……と、こういう人がいるんですがね」

　小野の顔にはいよいよ怯えのいろが濃くなった。額にはねっとりと汗が吹き出した。

「誰が……誰が、そんなこと、いうんです」

「そうですね。これはいっても構わんだろう。雨宮ですよ。雨宮君はそのときには別に気にもとめていなかったが、後になって楽譜のことが問題になって来たものだから、ふとその時のことを思い出したんですね。ひょっとすると、君の受け取った楽譜というのも、暗号だったんじゃあるまいか。そういえば、君は一心にそれを読んでいたが、急に顔色をかえると、すぐここを飛び出していった……と、こう雨宮君がさっき僕に耳打ちしてくれたんですがね」

　小野の眼から急に生気が抜けていった。かれはふらふらするようなからだを、やっとかたわらの椅子の背で支えていた。相良は唇をかみながら、まじまじとその横顔を視つめている。その瞳《ひとみ》をふいとかすかな影がかすめてとおったが、それは憐憫《れんびん》だったか、疑惑だったか、すぐ長い睫毛《まつげ》をふせてしまったので、私にもその意味を捕捉《ほそく》することは出来なかった。

「それで……それで……」

　小野は乾いた唇をなめながら、

「あなたはそのことについて、どう考えていらっしゃるのです」

由利先生はおだやかにほほえむと、少しからだを乗り出して、

「私？　いや、私はなにも考えていない。白紙ですよ。だから君にその空白を埋めていただきたいと思っているんです。ねえ、小野君、こういうことはなるべく警察の耳に入らないうちに、はっきりしておいたほうが有利なんじゃないですか。いまのような話を浅原警部が聞けば、当然、さくら女史の暗号通信の相手は君だということになりますよ」

小野の顔色がまた蒼《あお》くなった。

「そして、東京駅であの楽譜をわたしたのは、やはり君だということになりますよ」

「それはちがいます。それは……それは……」

小野の顔にははげしい苦悶《くもん》がたたかっていた。椅子の背をつかんだ指に、恐ろしく力が入っていた。どこか憑《つ》かれたもののような顔つきで、

「それはちがうんです。なるほど、僕はあの日の朝、楽譜の通信を受け取りました。しかし、しかし、東京駅でのあの楽譜をわたしたのは……」

だが、そのとき、あわただしくロビーへ入って来る足音に、小野の告白はそこでふっと途切れてしまった。気抜けがしたように、がっくりかれはかたわらの椅子に腰を落とした。

第十章　薔薇と砂

「小野君、ああ、相良君もここにいたね。この夕刊を見たまえ、この夕刊を。——また変なことになって来たぜ。トランクがどうしたとかこうしたとか……」

入って来たのは黒いセミドレスを着た背の高い、痩《や》せぎすな男で、頰も鼻もそぎおとしたように細くとがっているが、それでいて、鋼鉄の針金のような強靭《きょうじん》な感じのする男だった。コンダクターの牧野謙三である。

牧野は夕刊を読みながら、ロビーのなかほどまでやって来たが、そこで私たちの気配に気がつくと、眉《まゆ》をひそめてふっとその場に立ちどまった。

「ああ、これは失礼。御用談中だったのですね」

だが、そこへまたひとりの男が入って来た。背の高いことにおいては牧野とおなじだが、牧野にくらべるとよほど体に幅がある。髪は短く刈っていたが、その髪にはもうかなり、白いものがまじっている。私はひとめみて、それをバリトーンの志賀笛人と睨《にら》んだ。

「牧野さん、何かまた夕刊にかわったことが出ていますか」

「ああ、志賀君。ちょっとこれを読んでみたまえ。なんだか謎のような書き方がしてあるが、また事件が新展開をしたらしいよ。いったい、こりゃどういうふうに片づくのだろう」

「どれどれ……」

志賀笛人は新聞を受け取ると、アームチェアの腕に腰をおろして読み出した。そこへまたボーイが入って来た。

「由利先生というかたはいらっしゃいませんか。浅原さんからお電話ですよ」

「ああ、そう、有難う」

先生は急ぎ足でロビーを出るとカウンターのほうへいった。

「ええ、そう、由利です。ああ、そうですか」

由利先生の声がロビーのほうまで聞えて来る。みんな聞くともなしにその声をきいている。先生の声はそこでちょっと途切れたが、そのときである。突然なんともいえぬ、太い、深い、唸《うな》るような呻声《うめきごえ》がロビーのなかで起こったのである。

「おお、おお、おお……」

それはまるで、牛の吠《ほ》えるような、幅のひろい、深みのある呻声だった。私たちは驚いて、弾かれたように声のほうへ振り返ったが、みると志賀笛人の大きな背中が、波のようにゆれている。

「おお、おお、おお……」

志賀の咽喉《のど》から、またバリトーンの幅と深みのある呻声がもれたが、つぎの瞬間、かれは新聞を足下に投げ出すと、両手で頭をかかえて、がっくりテーブルに突っ伏した。私たちは驚いてさぐるようにお互いの顔を見合わせていたが、そのときカウンターのほうから、

「え？　え？　な、なんですって？　それじゃ……」

と、由利先生のせきこんだ声がきこえて来たので、私たちはまたぎょっとしてそのほうを振り返った。

「ええよござんす。それじゃこれからすぐ行きます」

受話器をかけると由利先生が手招きしたので、私はすぐ帽子をとって立ち上がった。

「先生、どこから……？」

先生はそれに答えるかわりに、ロビーのほうへ二、三歩ひきかえすと、

「小野君、いまの話ね、あれ、よく考えといたほうがいいですよ。いずれかえって来てからお伺いしますから、それまでによく思案しておいて下さい」

小野は放心したように、ぼんやり横をむいたままうなずいた。相良はじっと唇を噛《か》んだまま、虚空のある一点を凝視している。牧野はさぐるように私たちと小野の顔を見くらべている。志賀は両手で頭をかかえたまま、ついに顔もあげなかった。

外へ出ると先生はすぐ自動車を呼び止めた。

「大阪駅へ……」

「大阪駅……？」

私は驚いて、鸚鵡《おうむ》がえしに訊《たず》ねたが、先生はなんともこたえなかった。

大阪駅のまえで自動車から降りると、

「先生、これからどこへ行くんですか」

「駅長室だよ」

「ああ、そう、それじゃ僕、ちょっと電話をかけて来ます。すぐあとから行きますから」

私は自動電話へとびこむと、社を呼び出して島津君につないでもらった。島津君はうまいぐあいに社に居合わせた。

その時、私が島津君に電話をかけたというのは、いうまでもなく、解読されたあの暗号電報に関してであった。

「それでね、さくら女史は十九日の朝、品川で汽車をおりると、愛宕下《あたごした》のアパートへ出向いたんじゃないかと思われるんだ。だから至急東京の本社と連絡をとって、愛宕下のアパートというのを虱潰《しらみつぶ》しに調べてもらいたいんだよ。しかし、これはまだ発表するのは早いから、向こうのアパートでどんなことを発見しても、記事にしないようにね」

「よっしゃ。そらわかっとるが、しかし、三津木はん」

「なんやね」

私も釣り込まれて思わず大阪弁になった。

「こらいったいどないなるねン。さくらの奴、大阪で殺されたんか、東京で殺されたんか、どっちゃだんね」

「ま、待ってくれ、そいつも間もなくわかるだろうよ」

それにしても島津君はいいことをいった。まったくいまのところ、さくらはどこで殺されたのか、どっちとも解釈が出来るのであった。私はいまさらのように、この事件の奥の深さに驚嘆せずにはいられなかった。

駅長室の周囲にはなんとなくものものしい空気がかんじられたが、正直なところ、私はそこのドアをひらくまで、いったいどういう新事態が起ったのか、見当もつかなかったのである。ところが一歩そこへ踏み込んだ刹那《せつな》、私ははっとして万事を了解した。

私の眼にいちばんに飛び込んで来たのは、床のうえの大きなトランク。そしてそのトランクをと見こう見しているのは、見《み》憶《おぼ》えのある運転手の河辺康夫君だった。

河辺君は顔をあげると、

「そうです。このトランクにちがいありません。ほら、そこにある傷、そのことについてはお昼にも申し上げたでしょう。それが間違いのない目印なんです」

「ああ、そう、いや御苦労さま。用事があったらまた来てもらうが、今日はこれでかえってよろしい」

浅原警部は河辺君を送り出すと、注意ぶかくドアをしめた。それで、この部屋に残ったのは、浅原警部と由利先生、それに二人の刑事と私だけになった。駅の人たちは捜査の妨げとならないように、暫時御遠慮というところらしい。

「どうです。お掛けになりませんか。錠前屋《じょうまえや》が来るのには、まだひまがかかりましょう」

「ああ、このトランク、まだあけてみないのですね」

「うん、厳重に錠がおりているんでね。それで浅原君がいま錠前屋を呼びにひとを走らせたところなんだ」

私たちはその古びた、大きなトランクのまわりに椅子を引き寄せて腰をおろした。

警部は敷島《しきしま》を出すと、

「どうです。一本」

「いや、私はこれをやりますよ」

由利先生はマドロス・パイプを取り直して、マイミクスチュアを詰めていた。

ここで思い出したから、ことのついでに言っておくが、由利先生の愛用するマドロス・パイプ、これがこの事件の終わりにおいて、なんともいえぬ変挺《へんてこ》な、なんともいえぬ滑稽《こっけい》な、それでいてなんともいえぬ薄気味悪い役目を演じたのである。

だが、それはもう少しさきの話である。

「いったい、このトランクはどこにあったのですか」

「駅の一時預かりにあったんだよ」

私は思わず口笛を吹いた。

警部はゆっくり煙草をくゆらせながら、

「それにしても、これがこんなに早くわかったというのは、半分以上は僥倖《ぎょうこう》なんですよ。曙アパートからトランクを運んでいった自動車……というのを目標に、全市に手配させたんですが、それがうまく当たったんですよ。しかも、例によって二、三度、途中で乗り換えているらしいんですが、最後のやつ、即ちここへ乗りつけた自動車が、最初に見つかったわけなんです。その運転手がなぜこのトランクを憶えていたかというと……ちょっとそのトランクを動かしてごらんなさい」

私はすぐそのトランクに両手をかけたが、力があまって思わずそこによろめいた。

「こりゃ……空ですね」

「そうなんですよ。こんな大きな図体をしながら、あまり軽かったものだから、運転手も妙に思ったんですね。それで印象にのこっていたんですよ。ところで、このトランクについては、もう一つ面白い話があるんです」

浅原警部は煙草の吸い殻をすてると、ポケットから手帳を出して、

「このトランクは二十日の正午頃、一時預けに預けたきり、今日に及んでいるんですね。ところがそのあいだに、チッキ係のものが、自分のほうの荷物に少し事故があって、一時預けのほうまで調べたことがあるんですね。ところが、そのチッキ係が、このトランクに見憶えがあるというんです。ほらその傷——それがやはり目印なんですね。で、その男を呼び出していろいろききただしてみたところが、このトランクはたしか二、三日まえに扱ったことがあるというんです。それで、その時日を確かめたところが、このトランク、二十日の朝早く汽車でここへ着いて、その日の午前中に受け取り人に渡したような記憶があるというんです。そのときには私も昂奮《こうふん》しましたね。トランクの行方と同時に出どこまでわかろうというんですからね。そこでたしかにこのトランクかと念を押すと、たしかにこれにちがいない。そこにある傷が目印だし、それにとても重かったので、よく印象にのこっているというんです」

私は思わずいきをのんだ。由利先生も体を乗り出して、

「そして、こいつどこから来たんですか」

さあ、それですよ。それがまた実に面白いんです。そこで私はさっそく控えをしらべてもらったんですが、こいつ、なんと東京から発送されているんですよ。十九日の

夜の十時十五分東京発の汽車に積み込まれて、二十日の午前八時七分にこっちへ着いているんです。つまり歌劇団の連中といっしょに、大阪へ着いているんです。しかもその受け取り人というのが……」

　と、浅原警部は急に声を落とすと、

「土屋恭三の名前になっているんですよ」

私はいまにも心臓が、シャツを破っておどり出しそうな気がした。由利先生も口をつぼめて、口笛を吹くような真似をした。

「それじゃ、さくら女史はやっぱり東京でやられたんですか」

浅原警部は薄眼で私を見ながら、ゆっくり、重々しく首をたてにふった。由利先生はパイプをくわえたまま、しばらくトランクを視つめていたが、やがて警部のほうへ向きなおると、

「だが、そうなると浅原さん、念のために、一応こういうことをたしかめておいたほうがいいですね」

「はあ……？」

「相良の説によると、さくら女史は一汽車遅らせて、こちらへ来るということになっていたというんでしょう？ つまり十九日の朝の十一時いくらかの汽車に乗り、その夜の九時過ぎにこちらへ着く、と、そういう予定になっており、事実、いままでわれ

われは、その汽車で女史はこちらへやって来たとばかり思っていたんですね。だが、こうなると、果たしてその汽車にさくら女史が乗っていたかいなかったか、それを一応たしかめておく必要があると思いますね。あれほどの女性ですから、乗っていたとしたら、どんなに人眼をしのぶ恰好《かっこう》をしていたところで、気づかれぬ筈《はず》はない。ひとつ、あの列車の車掌やボーイを調べてみたら……？」

由利先生は急に途中で言葉をきると、浅原警部の顔を見直した。

警部の意味ありげな空咳《からぜき》に気がついたからである。

警部はいくらか勿体《もったい》ぶった口調で、

「実は、そのことについては、私もだいぶまえから気がついていたんです。で、ここへ来るまえに、駅長にあらかじめその手配を頼んでおいたのですよ。幸い、問題の列車の車掌とボーイが二人とも非番でしてね、ちょうどこちらにいたところなので、駅長が呼び出しておいてくれました。それでいま、あなたのおっしゃったような事を、調べてみたばかりなんですよ」

由利先生はからだをまえに乗り出すと、

「で、その結果は……？」

「ネガチヴ。……つまり二人とも絶対にさくら女史は乗っていなかったと断定するんですね。あれほどの女性ですから、乗っていれば気がつかぬ筈はない。げんに自分は検札して歩いたのだが、たしかにさくら女史はいなかったと車掌は断定している。また、ヴェールで顔をつつんだような女など、ひとりも乗っていなかったと、これは車掌もボーイも力をこめて断定しているんです」

「ふうむ」

　由利先生は鼻から太い息をもらすと、

「そして、相良はさくら女史が品川でおりるところをたしかに見ているんですね。おりるようなふりをして、ほかの箱に乗ったというようなことは……」

「いや、そんなことはありません。相良はたしかに品川駅で、さくら女史が急ぎあしで、ブリッジをわたっていくのを見たといっているんです。だから、絶対にその列車には乗らなかったんです。もっとも、これは相良の言葉を信用するとしてですがね」

「いや、相良の言葉は信用していいですよ。少なくとも、その件に関する限りはね」

　由利先生はそこでさっき解読した、楽譜の暗号をだまって警部に差し出した。警部はそれを見ると大きく呼吸をはずませて、

「あ、そ、それじゃさくら女史はこういう通信を受け取ったので、愛宕下のアパートへ引きかえしたんですね」

「そうですよ。そして、相良にいったとおりつぎの列車で大阪へ来るつもりだったのでしょう。ところが、その列車にさくら女史が乗っていなかったとすると、そこで何

か間違いが起こったのだということになりますね。十一時のつぎの列車だと……？」

「そのつぎの列車は午後になります。だからそれだと九時から十一時、即ちさくらが殺されたと推定されている時刻には、列車はまだ東京と大阪のあいだを走っていることになります。まさか列車の中で殺されたとは思えないから、これは当然、殺人は東京で行なわれたということになる」

「そしてこのトランクに詰めて……」

私は足下のトランクから、急に血でも吹き出しそうなかんじがした。

「そうなんですよ。そして、そのことは時間的にも不合理ではないのです。このトランクは十九日の夜の十時十五分東京発の列車に積みこまれているんでしょう。だから九時頃に東京でさくらを殺して、このトランクに詰め、すぐ東京駅へ運んだとすれば、十分間《ま》にあうんです」

「そして、そいつは土屋恭三の名前を使っているんですね」

「そうです、そうです。しかし土屋はその時刻には、ちゃんと大阪にいるんですから……だから、犯人が誰にもせよ、そいつは十九日の晩の十時十五分までは東京にいたもので、そして、二十日の午後には大阪へ来ている人物、そして、歌劇団の事情に精通している人物。と、そういうことになりますね」

ちょうどそこへ刑事が錠前屋をつれて来た。錠前屋はトランクのまえにかがみこんで、しばらくガチャガチャと七つ道具を使っていたが、すぐ、造作なく錠を外した。

「ああ、有難う。いや、御苦労さま、もう帰ってもいいよ」

錠前屋が怪訝《けげん》そうな顔をして、未練たっぷりの気配で出ていくと、警部はいよいよその蓋《ふた》に手をかけた。空《から》とはわかっていても、さすがに気が騒ぐのか、ちょっと由利先生と眼を見交わしたが、すぐ勢いよく蓋をはねあげた。

私たちの眼はいっせいにトランクの中へとびこんだ。

果たして中は空だった。かなり古いトランクだが、内側の貼り紙がところどころ破れているほかは、別に変わったことはなさそうだった。由利先生は身をこごめて、トランクの中を覗《のぞ》きこんでいたが、やがて手をのばして、底の貼り紙の破れ目へ指先をつっ込んだ。しばらく先生は貼り紙の裏を探っていたが、やがてにやりと笑うと、私たちのほうへ手を差し出した。その指先に拾いあげられたのは、萎《しぼ》んで、色褪《いろあ》せた薔薇の花弁であった。

警部はううむと唸《うな》りながらその花弁を受け取って手帳にはさんだ。

先生はまたかがんで、貼り紙の裏を探っていたが、やがて起《た》ち上がると、手品師のようにぱっと私たちのまえに掌《てのひら》をひろげてみせた。

その掌には砂がいっぱいついていた。

第十一章　彼女と五人の男

「どうも妙なことになって来ましたね」

「うむ」

「これで事件は東京へうつるわけですね」

「いや、東京へうつるというよりは、事件は東京と大阪の両方へまたがっているのだ。ねえ、三津木君、今日私はこの事件を、実に考えに考えた事件といったろう。私の予感は間違っていなかったのだ。犯人は悪魔のような知恵でこの事件を計画しているのだ。そいつは全く死にもの狂いにちがいないよ」

　午後九時三十八分、大阪発上り急行列車。

　私たち、由利先生と私とは、いまその列車のなかにいる。私たちのほかに、木村刑事も問題のトランクとともに同じ列車に乗っている筈だった。

　由利先生が東京行きを決意したのは、問題のトランクが発見された直後だったが、浅原警部のほうでも、そのトランクがいつの何時頃、東京駅で受け付けられたか確める必要があったので、部下の木村刑事を、トランクとともに東京へ派遣することになった。そこでいったん別れた私たちは、再び大阪駅のプラットフォームで落ち合ったのだが、私はその前に桜橋の支社へおもむいて、島津君と今後の手筈について詳しく打ち合わせて来た。由利先生と警部の一行はそのあいだ、トランクをもってＮホテルへおもむいたのだったが、その時の情景については、汽車に乗ってから由利先生がこんなふうに語っている。

「例のトランクだがね、あれは原さくら歌劇団のものだそうだ。だから東京公演のあいだじゅう、向こうの楽屋にあった筈なのだが、それがいつなくなったか、土屋マネジャーも雨宮助手も気がつかぬといっている。衣裳のほうでなくなったものは何一つないそうだから、東京で公演中、誰かが衣裳《いしょう》はほかのトランクにうつし、空っぽになったトランクだけを持ち出して、今度の事件に利用したんだね」

「誰が持ち出したか、それはわからないのですね。宛名は土屋恭三になっていましたが、むろん、土屋は知らぬといってるんでしょうね」

「うむ、土屋は十八日の晩東京をたっているんだが、そのときは確かにこのトランクも、東京の会場にあった筈だというんだ。土屋はたつまえに雨宮助手にこまごまと、あとの手配を命じて来たが、そのときも、トランクは八個ある筈だからといっておいた。ところが雨宮君が荷造りしたとき、トランクは七個しかなかったそうだ。しかし、衣裳道具を調べたところが、別に足りないものはなく、全部七個のトランクにおさまっているから、土屋さん、数を間違えたのだろうと、雨宮君は別に気にもとめず、いままですませて来ていたんだそうだ」

「どうもあの雨宮君というのは、軽率な人ですね。あのコントラバスの一件といい……」

「そうなんだよ。そこが犯人の目のつけどころなんだよ。もし雨宮君がわざと軽率をてらっているのでないとすればね」

「な、なんですって？」

私は驚いて由利先生の顔を見直した。由利先生は意味ありげに私の瞳《ひとみ》を視つめながら、

「三津木君、正直のところ私はまだ一切五里霧中なのだよ。犯人が非常に悪賢い奴で、念に念を入れて計画していることはわかっていても、その計画がいずれの方向を指しているのか、私にもまだ判断がついていないのだ。一切はまだこんとんとしている。しかしそのこんとんの中から。唯《ただ》一つ私に暗示をあたえるものがある。それがあの雨宮君なのだ。今度の事件で雨宮君が、どういう役割りを演じているにしろ、あの男こそ、悲劇の大きな原動力にちがいない。——と、私はそういう確信を持っているんだよ」

由利先生は暗い溜息《ためいき》をつくと、それっきり黙りこんでしまった。こういう場合、こちらからどんな質問を切り出しても、もうこれ以上、口をわらぬ先生であることを知

っているので、後は自分で考えてみるより仕方がなかった。私は考えてみた。雨宮君がどういう意味で、悲劇の原動力になっているのだろう。あの小柄で、ひょうきんな、馬鹿か利口か分からぬような、父っちゃん小僧の雨宮君が、どういう意味にしろ、悲劇の原動力などといわれる代物とは思えない。あの男が犯人――？　だが、そう考えることは、不可能を通り越して滑稽《こっけい》にさえかんじられる。結局私には、由利先生の言葉が、わからないというよりほかなかった。

　私は多少いまいましくなって来たので、雨宮君のことは強いて念頭から揉《も》み消すと、もう一人の人物のことを考えてみた。志賀笛人のことである。さっきホテルのロビーで、夕刊を見たときの志賀笛人の驚きは尋常ではなかった。あの男はなにをあのように驚いたのだろう。あの男はトランクのことを知っていたのだろうか。

　そこで私が何気なく、そのことを切り出すと由利先生は驚いたように私の顔を見直した。

「夕刊を見て――？　志賀が――？」

「ああ、あの時、先生は電話をかけていられたんですね。ええ、そりゃとても大変な驚きかたでしたよ。奴《やっこ》さん、いっぺんに五つも十も年齢《とし》をとったように見えましたよ」

「そういえば、さっきもひどくしょげかえっていたようだが。それで、その夕刊というのを君、持っていないかい？」

「ええ、ここに持っていますが、別に変わったことも出ていないんですよ。トランクのこと以外にはね」

私の出した夕刊を由利先生は丹念に読んでいたが、

「なるほど。トランクのこと以外に、別にあの男を驚かすような記事も出ていないね」

「そうですよ。そしてあの男が、トランクに関して何か知っていることがあるとしたら、むしろ反対に驚きをかくすはずだと思うんですがね。おや。どうかしましたか」

由利先生の眼が、急に新聞のある一点に釘着《くぎづ》けになったので、私は思わずそう訊《たず》ねた。

「いや、——これはこの事件と関係のないことだが——洋画の佐伯淳吉《さえきじゅんきち》が自殺したね。欧州航路の船の中で——」

「ああ、その事ですか。私もそれにはちょっと驚きました。いい画家でしたがね」

洋画家佐伯淳吉が自殺したという記事は、私の書いたトランクの記事のすぐ下に、上海《シャンハイ》特電として載っているのだが、それによるとこうである。佐伯淳吉はフランスへ行く途中、大洋丸の船室で、服毒自殺をとげている。それは船が日本を離れてから間もなくのことであるらしく、上海入港の直前にボーイが発見して大騒ぎになったが、遺書らしいものはまだ発見されていない。しかし、佐伯を識《し》っている他の船客の話によると、乗船以来、佐伯はひどくメランコリーになっていたから、発作的に毒を呷《あお》ったものであろうというようなことが書いてあった。そしてそのあとに友人の談としてつぎのような記事が書きそえてあった。佐伯淳吉が五十幾つという年齢まで、独身を守りつづけて来たのは、某有名婦人に報われざる恋情を抱きつづけて来たからである。佐伯がこんど急にフランス行きを決心したのも、その婦人との仲が、最近いよいよ苦しくなって来たからで、東京をたつまえにかれがさる友人に洩《も》らしたところによると、二度と日本へは帰って来ないという決心だったらしい。そういうところから見るとあるいはかれは、その時すでに自殺を決意していたのではあるまいか、云々《うんぬん》。

「その記事を読んで私が驚いたのは、佐伯の自殺も自殺ですが、世の中には似たこともあればあるもんだと思ったからなんですよ」

「似た事——？」

「ええ、実はあの志賀笛人というのが、佐伯と同じ立場なんですよ。これは楽壇雀のいうことですから、たしかな事はわかりませんが。志賀が独身でとおしているのも、やはり失恋のためだというんです。ところで、志賀の失恋の相手ですが、これはいうまでもなくおわかりでしょう？　原さくらなんですよ」

「ううむ」

と、由利先生は急に大きく眼をみはった。

「するとさくらと志賀の関係は、同じ歌劇団に属しているというだけのことじゃないんだね」

「いや、ちかごろじゃ、まあ。それだけの関係になっています。少なくとも上べだけはね。しかし、志賀の恋情はいまだにブスブスと胸の中でくすぶっているというのが、一般の定評なんです。さくらもむろんそれを知っている。知っていながらよろしく操っているんですね。さくらという女は、いつも周囲に讃美者をおいとかないと、納まらない女なんです」

「世の中には往々にしてそういう女があるもんだが――しかし、そうすると志賀の失恋もずいぶん久しいものだね。いずれ、さくらが結婚するまえからの事だろうから」

「そうですよ。帝劇でオペラの旗上げがあった時分からのことですからね。その頃のさくらといえば、なにしろ噂の中心人物だったらしいですね。あの女に首ったけだったのは、志賀笛人ばかりじゃない。コンダクターの牧野も、マネジャーの土屋もみんな狼のひとりだそうですよ。もっともあとのふたりは、さくらが原聡一郎氏の手に落ちると、諦《あきら》めをつけてさっさと結婚しておりますから、志賀ほど純粋じゃなかったのでしょうが」

「うむうむ、するとなんだね、原さくらの歌劇団は、さくらの昔の恋人たちによって、構成されているといってもいいわけだね」

「ははははは、そういうことになるかも知れません。いや、昔の恋人たちばかりじゃない。現在の恋人も入っているわけですよ。小野とさくらの仲は、ちかごろもっぱら評判だったようですからね」

「おやおや、すると志賀に牧野に土屋に小野と、新旧あわせて四人の恋人か。いや、四人じゃない、御亭主の原聡一郎も、当然そのなかへ入るから、つまり彼女をとりまく五人の男というわけか」

先生の口ぶりは、ごく軽い調子のものだったが、しかしその顔色には救いがたいほど暗いものが漂うていた。思うにそのとき先生の頭には原聡一郎氏のことがうかんでいたにちがいない。由利先生と原聡一郎氏が、いったいどういう仲なのか、私にも詳しいことはわからなかったが、事件直後、聡一郎が先生に出馬を請うて来ているところを見ると、以前から親しい識り合いだったにちがいない。先生としては、しだいに明るみへ出ていくさくらの醜聞を、友人のためにも聴くに耐えなかった事だろう。

しばらく私たちは、暗い沈黙のまま、汽車の動揺に身をまかせていたが、やがて私はふと思い出して訊ねた。

「ときに先生は、小野にあのことを訊ねてみましたか。ほら、二十日の朝、小野が暗号の楽譜を受け取ったことについて……」

「うむ、きいてみたよ。しかし、小野にはまだ決心がついていなかったらしい。だから東京からかえって来るまでに、よく決心しておくように言っておいたのだが。……」

「小野はきっと何か知っているにちがいありませんよ。さっき先生がその事を切り出したときの、あいつの顔色ったらなかったですからね」

「そう、あの男は何か知っている。相良もなにか知っている。いや、小野や相良ばかりじゃない。土屋も志賀も牧野もみんなそれぞれ何か知っているにちがいない」

「すると、知らぬは亭主ばかりなりけりということになりますかな」

「いや、御亭主がいちばんよく識っている」

「え？」

由利先生の言葉の調子に、妙に力がこもっていたので、私も思わずふりかえった。先生は暗いかおをいよいよ暗くして、

「知らぬは亭主ばかりなりというような言葉は、原聡一郎氏に限っては通用しないのだ。いや、通用するはずがないのだ。私は以前からあの人をよく識っているが、眼から鼻へ抜けるような利口な男というのはあの人のことだよ。だから、さくらと数多くの男たちとの間にどのような交渉があろうとしても、あの人の知らない筈《はず》はないのだ」

「じゃ、先生、知っていて妻の非行を、大目に見ていたということになるんですか」

「大目に見ていたか、妻を絶対信用していたか」

だが、後のことは可能性が薄そうに思われる。さくらのように、常に男たちに取りかこまれ、男たちにちやほやされていなければ、一日も過せぬような女を、絶対に信

用するということは、聡一郎氏がどんなにお人好《よ》しにしろ、ちょっと頷《うなず》けないことである。むしろ寛大な御亭主であったというほうが、聡一郎氏の人柄にふさわしいように思われるが、しかし、人間の寛大さには、おのずから限度があるものだ。さくらがそれを甘く見て、ある限度を踏みこえたら……？　そして聡一郎氏の堪忍袋の緒が切れたら……？

　そこまで考えて来て、私は思わずゾッと身をすくめたが、由利先生があのノートを取り出したのはそのときだった。

「そのノートは……？」

「土屋君の覚え書きだよ」

「ああ、それが……」

「立つまえに土屋君に強要して借りて来たのだ。奴《やっこ》さん、なかなかうんと言わなかったが、絶対に誰にもしゃべらないということにして、無理に強奪して来たんだよ。さっき、自動車のなかで、ちょっと読んでみたが、相当辛辣《しんらつ》に書いてあるようだ」

　この時、私たちの読んだ手記というのが、物語の冒頭に掲げているものである事はいうまでもない。それはだいたいその頃までには、私たちのすでに知っていた事実ばかりだったが、しかしまえにもいったように、由利先生はこの手記の中にこそ、事件の最初の端緒をつかんだのであった。

だが、そのときには私も、この手記が、それほど重大なものであるとは気がつかなかった。だから先生とふたりで読んでしまうと、私はまもなく眠ってしまって、横浜の手前で先生に起こされるまでは、前後を知らず高鼾《たかいびき》だったのである。

汽車が東京駅へ着いたのは七時半であった。大阪から電話がかけてあったと見えて、駅には警視庁の等々力《とどろき》警部が出張していた。等々力警部とはいままでいくつかの事件で行動をともにしているので、由利先生も私も顔馴染《なじ》みである。折りからトランクをかついでおりて来た木村刑事を紹介すると、それから四人で手荷物預りのほうへ行った。ここへも大阪から連絡があったと見えて、十九日の夜の当番だった男が、私たちの来るのを待ちかまえていた。その男はトランクを調べると、すぐこんなことをいったのである。

「はっきりとした事はいえませんが、多分このトランクだったと思います。昨夜、大阪から電話があったので調べておいたのですが、十九日の晩、大阪の土屋恭三氏あての荷物は沢山出ています。その大半は、十時十五分発の神戸行きが出る少しまえに受け付けたものですが、これはその列車に間にあわず、次の汽車に積み込みました。ところが、一つだけそれより少しまえに受け付けた荷物があるんです。それが即ちこのトランクで、このほうは十時十五分の汽車に積み込むことが出来ました。受け付けた時刻ですか、帳簿によると九時四十五分ということになっていますが……」

由利先生と私とは、そこで思わず顔を見合わせた。このトランクが十九日の夜の九時四十五分にここへ持ち込まれたとしたら、当夜大阪にいた土屋恭三や、神戸にいた志賀笛人は、完全に嫌疑の圏外へおかれるわけである。

「ところで、このトランクを持ち込んだ人物ですがね、それについて記憶はありませんか」

由利先生の質問を、待ち受けていたように係りの男が答えたのはこうであった。

「それなんです。私もそれをなんとかして思い出したいと考えてみたんですが、何しろこういう場所ですから――唯《ただ》たいへん背の高い、堂々とした体軀《たいく》をした男だったように思うんですが、それ以上のことはどうも……」

係りの男はいかにも残念そうであった。由利先生もあまり多く期待していなかったと見えて、別に失望したような色も見せなかったが、ふと思い出したように、

「いや、御尤《ごもっと》もです。ところでその男ですがね。顔は憶《おぼ》えていないとしても、そいつが変装とまではいかずとも、何とかこう、人眼をしのぶような、顔をかくしていたとか――そういうところはなかったのですか」

「さあ。――どうも思い出せませんね。お話のような様子だと、こっちでも妙に思って印象にのこっているんでしょうが、――どうも記憶がありません」

これを要するに東京駅のチッキ係でえた知識は、問題のトランクが十九日の晩の九

時四十五分に受け付けられたという事だけで、その他の点に関しては、何一つわからないといってもよかった。

「いや、有難う、それだけでも大いに参考になります」

それから私たちは等々力警部の案内で、駅の食堂へ行くと、そこで簡単な朝飯を食べた。事件が俄《にわ》かに東京にうつって来たので、等々力警部もだいぶ昂奮《こうふん》しているらしく、

「――それで、昨夜大阪から報告があったので、愛宕下のアパートを虱潰《しらみつぶ》しに調べさせたのですがね。今朝になってやっとそれじゃないかと思われるのが判明したんです。殺されたさくらの本名は清子というんじゃないんですか」

「そうです、そうです。江口清子というのが、あの女の嫁ぐまえの名前なんですよ」

「それじゃ、やっぱりそうでしょう。愛宕下に清風荘といって、ちょっと気の利いた洋風アパートがあるんですが、そこの一室を原清子という名義で借りているものがあるんです。ところで、管理人のいうのに、この原清子というのは、そこに住んでいるわけじゃないらしく、つまり、なんですな、そこを逢《あ》い引《び》きの場所として借りていたらしいんですな。ときどき男と女がやって来ては、一時間ばかり過してかえっていったそうです」

由利先生と私は思わず顔を見合わせた。

「それで何かね。アパートの管理人は、それが原さくらだということを、いままで知らなかったのかね」

「そうらしいんですよ。私もさっき電話でちょっと報告をきいたばかりだから、詳しいことはわからないが、女のほうはいつも黒いヴェールで顔をつつんでやって来たそうです」

「じゃ、君はまだ現場を見ていないんだね」

「そうです。ちょうどここへ来ようとしているところへ、愛宕のほうから電話がかかって来たので、ひとつ先生を誘っていっしょに見に行こうと思っていたところですがね。現場へは見張りをつけて、誰も入らせないようにしてあります」

「よし、それじゃ早速出かけよう」

出かけるまえに食堂の電話をかりて、本社へかけてみると、田辺編集局長はまだ来ていなかったが、代わりの者が出て、社のほうでも大阪の島津君からの報告によって、今朝がた清風荘を発見して、目下五井君が出向いている筈であるということだった。さいさきよしと私の心は躍った。

原さくらがひそかに逢い引きするような男を持っていたとしたら、そこから事件の謎はほぐれていくのであるまいか。私はそのとき簡単にそう考え、事件もこれであらかた片づいたように思っていたが、いずくんぞ知らん、原さくらのこの不思議な逢い引きによって、事件がいっそう奇怪な色彩を帯びて来ようとは。

第十二章　もう一つの死

　清風荘というのは愛宕山のすぐふもとにある、小じんまりしたアパートで、規模の大きさにおいては大阪の曙アパートよりだいぶ落ちるが、小綺麗《こぎれい》な点においてははるかにまさっている。注目すべきは、このアパートもやはり靴のまま出入りが出来ること、管理人の関所を通らずとも、勝手に横の入り口より出入りが出来ること、いたって人眼につかぬ場所にあること。――つまりそういう点において、曙アパートとよく似ている。なるほど、男と女が密会するには恰好《かっこう》の場所であった。

　アパートのまえで自動車をおりると、社の五井君が私の姿を見つけてすぐそばへよって来た。

「やあ、御苦労様」

「御苦労様。いま社へ電話をかけてみたんだが、君がここを発見したんだってね。で、問題の部屋をあらためて見たの？」

「それがねえ、残念なことをしましたよ」

　五井君は肩をすくめて、

「このアパートを発見したのは、僕のほうが一足さきなんですよ。今朝六時過ぎに突き止めてやって来たんです。で、管理人に交渉して問題の部屋を見せてもらおうと思ったんですが、奴《やっこ》さん、なかなか承知しない。押し問答をしているところへ警察の連中がやって来やあがってね、このとおり外へ追い出されちまったんですよ。いまいましいっちゃありません」

「ああ、そう、まあいいよ、君もいっしょに来たまえ。なに、構うもんか」

アパートの横の入り口からはいると、すぐとっつきに物置きのような部屋があり、そのつぎが問題の部屋であるらしかった。廊下はそこで曲がっているので、問題の部屋は角になっているわけで、しかも、廊下を曲がると、すぐまたそれは、向こうへ曲がって走っていた。だから問題の部屋というのは、正面玄関から入るとすると、一番奥にあるわけで、しかも鍵《かぎ》の手にまがった廊下の片側に、その部屋が唯一つだけあることになる。前にもいったように、小じんまりとして、小綺麗なアパートだが、その代わり廊下も狭く、天井もひくい採光のぐあいが不十分なので、妙に薄暗いかんじがするのは、必ずしも早朝のその時刻のせいばかりではなかったろう。横の入り口からはいって、一度曲がったところにドアがあり、そのドアのまえに刑事がひとり立っていた。

「なるほど、こりゃ、人里離れたかくれ家みたいなところだな」

由利先生は私をかえりみてわらった。妙に深刻なわらいであった。

刑事がドアをひらくと、私たちはなだれこむように部屋のなかへ入っていった。部屋のなかは二間になっており、片隅には炊事も出来るように簡単な台所がついていたが、むろんそこは使用されたような形跡もなくがらんとしていた。だが、奥の間には簡単ながら、眼をみはるような、気の利いた家具調度類がおいてあった。

壁にかかったカーテン、気持ちよさそうな寝椅子、三面鏡、椅子、テーブル。……寝椅子の頭のほうに、クッションがひとつ、くしゃくしゃになっておいてあるのを見ると、私はなんともいえぬほど、厭《いや》な気になった。この部屋のたたずまいこそは、さくらが御亭主の信頼を裏切っていた、何よりの証拠ではあるまいか。だが……

部屋の中を見回すまえに、突如、私の眼はある一点に釘着《くぎづ》けされてしまったのである。

「先生！」

「え？　なに、何かあったの？」

「御覧なさい。あの三面鏡のまえを――」

「ああ、あの写真をね。君はあの写真を知っているの？」

三面鏡のまえには、額《がく》にはまった若い男の写真が立ててある。等々力警部もそれに眼をやると、ふいに大きく眼を瞠《みは》った。つかつか側へよると、ひったくるように額をとりあげたが、私たちをふりかえった眼には、深い感動のいろがあらわれていた。

「先生、これでいよいよ今度の事件が、藤本章二殺しに関係があることがはっきりして来ましたよ。先生、こりゃ、藤本の写真ですよ」

「藤本の……」

由利先生は額《ひたい》に手を当てて、ちょっと戸惑いしたような眼つきをしたが、すぐ、

「どれどれ」

と、覗《のぞ》きこんだ。

「ううむ、これが藤本なのか。ところで、等々力君、ここに挟んである赤ん坊の写真はどういうのだろう」

私も先生のうしろから、額のなかを覗きこんだが、なるほど、ガラスにはまった藤本の半身像の下に、手札型ほどの可愛い赤ん坊の写真がはさんであった。それは生後八、九か月ごろの、やっと寝返りが打てるようになった赤ん坊の写真で、ベビー服を着て、揺籃《ゆりかご》から乗り出している姿が、西洋人形のように可愛かった。

「先生、こりゃ、藤本の幼時の写真にちがいありませんぜ。どっかほら、面差しに似ているところがあるじゃありませんか」

そういわれてみると、なるほど似ているようにも思われた。しかし、なにしろ生後八か月か九か月の赤ん坊の面影から、二十六、七の青年のすがたを発見するのはむず

かしかった。

「なるほど、そうかも知れない。ここにこうして、同じ額縁のなかにおさめてあるところを見るとね。しかし、問題はなぜ、赤ん坊当時の写真を、一緒にここにはさんでおいたのか、誰が二十何年も昔の写真を持っていたのか。……」

由利先生の疑惑にこたえるように、そのときさっと私の頭におどりこんで来たのは、かつて読んだ藤本章二の身の上話である。私は突然、なんともいえぬほどの昂奮《こうふん》に身を焼かれて、舌がからからになる感じだった。

「先生、この写真――この赤ん坊の写真は、さくら女史が持っていたんじゃありますまいか。と、いうことは、さくら女史こそ、藤本章二の生みの母では――？」

由利先生と等々力警部は、一瞬ポカンとして私の顔を見直した。だが、つぎの瞬間、等々力警部は、猛烈にガリガリと小鬢《こびん》をこすった。これが昂奮したときの、奴さんのくせなのである。

「そうだ。……そうかも知れない。……いや、きっとそうにちがいない。でなければ、藤本の赤ん坊時代の写真を、ここに一緒に額にはさんで飾っておく筈《はず》がない。藤本の身の上話は、私もまえに読んだことがある。そうなのだ。藤本はさくらの息子なのだ。さくらのかくし子なのだ。あの声、歌のうまさ……あれはさくらの遺伝なのだ」

由利先生は大きくみはった眼で、その写真と、私たちの顔を見較べていたが、やが

てこれまた、ひどく昂奮したように顎《あご》をこすって、

「等々力君、これはもう一度藤本の過去をよく調べてみる必要があるね。あの男の生い立ちを徹底的に洗ってみる必要があるね。ところで……と、これはこれとして、十九日の朝、品川で汽車をおりたさくらは、ここへ引き返して来たにちがいないと思われるが、何かそれを証明するような証拠はないか」

その証拠はすぐ見つかった。品川でおりたさくらは、スーツケースは相良千恵子にあずけていったが、小野竜彦から贈られた、薔薇《ばら》の花束だけは自分で持っていったという。さくらはそれからすぐこの部屋へやって来て、薔薇の花束を、テーブルのうえにおいたにちがいない、花弁がふたひら、テーブル掛けの皺《しわ》のあいだにはさまっていた。

「よし。これでいよいよ、さくらがここへ引き返して来たことはたしかとなったと。何かほかに――」

その時である。寝椅子の下を覗いていた刑事が、異様な叫びをあげたのは。――

「ど、どうしたんだ。何かあったのかい」

「砂が――砂が寝椅子の下に掃きこんであるのです」

私たちは一様に、寝椅子の下をのぞきこんだ。見るとなるほど、掃きよせられた砂がひとかたまり、寝椅子の一番奥に小さな山をつくっている。警部はすぐに寝椅子を

のけてかかろうとしたが、由利先生はこれをとめると、反対にわれわれを部屋の隅に追いやっておいて、寝椅子のまえに敷いてある絨緞《じゅうたん》をめくってみた。果たしてそこには掃き残された砂がいちめんに散らかっており、しかも、その砂のうえには、四角いものをおいた跡がくっきりとついているのである。

「トランクをおいた跡ですね」

等々力警部が押し殺したような声で囁《ささや》いた。

「うむ、あとであのトランクを持って来て、この跡と合わせてみるんですね。多分間違いないと思うが……」

「先生、するとさくらはこの部屋で殺されたのですね」

冷たい戦慄《せんりつ》が私の背筋をつらぬいて走った。

「そうらしい。いや、そうにちがいありませんね。さくらはここで砂嚢《すなぶくろ》でぶん殴られ、昏倒《こんとう》しているところを絞殺された。犯人はそれからさくらの死骸《しがい》をトランクに詰めて、東京駅へ運んでいったんです」

警部の説明を、由利先生は黙ってきいていた。冷たい戦慄が、また私の背筋をつらぬいた。

さくら女史の殺されたのは、十九日の夜の九時から十二時までの間であると推定されている。だから、九時頃ここで絞殺されて、トランクへ詰め込まれたとしても、九時四十分頃には、十分東京駅へ運んでいける勘定である。

だが、それにはよほど慎重に、はじめから計画しておく必要があったろう。なるほど、由利先生がこの事件を、考え抜いた犯罪だというのも無理はない。……

しばらく私は、憑《つ》かれたような顔をして、このまがまがしい砂の跡を眺めていたが、やがて、由利先生が夢から覚めたように、

「いや、ここはこのままにしておいて、管理人によく事情をきいてみようじゃないか。さくらはいつごろからこの部屋を借りていたのか。……」

そこで私たちはつぎの間に出ると、あいだのドアをピッタリしめきって、改めて廊下に待たせてあった管理人を呼びこんだ。ところが、この管理人の話というのが、また少し意外なのであった。

「さっき、警察のかたがお見えになって、この部屋になにか御不審があるようでしたから、私もいま、帳簿をしらべてみたのですが、原清子という婦人がお見えになって、この部屋の契約をしていかれたのは、六月五日のことでした。そして……」

「六月五日だって？　君、そりゃ去年の六月かね、今年の六月かね」

警部が驚いたように訊《き》き返した。

「もちろん、今年の六月ですよ。それで半年分の部屋代をおいていかれたので、多少心もとないところもあったんですが、まあ、お貸しすることにしたんです。そのとき、

御婦人の話によると、自分は物を書くのが商売だが、自宅では客が多くて困る、そこでここを勉強する場所にしたいので、ときどきやって来るだけだ、というようなことでした。それから二、三日して、椅子やテーブルや長椅子が運びこまれて来ましたので、私もすっかり安心しまして……そりゃ、こういうアパートを経営しておりますと、ずいぶんいろんな御商売のかたがありますから、われわれはなるべく、立ち入らないことにしておりますので。……だから、ごくたまにしかいらっしゃらないようだし、いらしても、すぐお帰りのようでしたが、別に気にもとめずにいたわけなんです」

「じゃ、君はここへ、ときどき若い男が出入りするという事は、知っていなかったのかね」

「いや、それは存じておりました。しかし、私自身、いちどもその男というのを見たことはありませんので。……この向こうにいらっしゃる川口さんの奥さんが、そんな話をしていらっしゃったが、男が来るとすると、多分、横の出口から来たのでしょう。原さんにしてからが、めったに玄関からおいでになることはなかったのですから」

「ところで、君は原清子という婦人が、どういう婦人か知っていないのかね」

「いや、それも存じておりました。それを教えて下すったのも川口さんの奥さんなのです。実は、はじめのうち私はあの方があんな有名なかただとは少しも気がつかなかったのです。いつもヴェールで顔をつつんでいらっしゃるし、いや、たとい顔を見たところで、私などにわかる気遣いはなかったんですが。――ところが一と月ほどまえに、川口さんの奥さんが御注意して下すったので、驚いてそれとなく調べて見ますと、清子というのはあの方の本名だということがわかりましたし、また、契約するときにあの方がお書きになった御本宅というのも、ちゃんと牛込《うしごめ》のお宅になっておりますので、少しも怪しい節はありません。それでまあ、ああいう有名な方であってみれば、人に知られたくないかくれ家が欲しいのであろうと思って、私は別に気にもとめなかったのです」

「しかし、君はその婦人がちかごろ大阪で殺されたことは新聞で見ているだろう。それだのに、どうしてその事を警察へ届け出なかったのだね」

「はい、それは存じておりました。川口さんの奥さんからも、その事については御注意を受けました。しかし、大阪で殺された事件と、このアパートと何の関係がありましょう。もし関係があるようならば、いずれ警察のほうからお調べがあるだろうから、それまで待っていたほうがよかろう……と、そう思っていたものですから」

　等々力警部はいまいましそうに舌を鳴らしたが、ここにおいて私ははじめて、犯人の賢明なやりかたに気がついたのである。あれが東京で起こった事件ならば、この管理人もすぐに届け出たことだろう。それを妨げるためには、殺人をあくまでも大阪で起こった事件と見せかけておく必要があったのだ。むろん、このアパートの存在は、いずれ警察の注意をひくにいたるだろう。しかし、それが遅ければ遅いほど、犯人にとっては有利なことがあったにちがいない。ひょっとすると犯人は、このアパートの存在が、こんなにも早く発見されると思っていなかったのかも知れない。

「うむ、まあ、これまでの事は仕方がないが、今後、気をつけて、何か妙に思われるようなことがあったら、すぐに届けて出るように」

警部は苦虫をかみつぶしたような顔をしていた。由利先生はおだやかに、

「すると、その婦人が原さくら女史であることに、最初気がついたのは、川口という奥さんなんだね」

「はい、さようで」

「じゃ、ちょっとその奥さんに、ここへ来ていただきたいのだが、いまいるかしら」

「さあ、多分、いらっしゃると思いますが、呼んで参りましょうか」

「ああ、ちょっと来てもらって下さい」

管理人が出ていったあとで、私は由利先生にこういった。

「先生、どうも妙ですね。さくらがこの部屋を借りたのが、六月に入ってからだとすると、いったいここで逢《あ》っていたのは誰なんでしょう。僕はてっきり藤本章二だと思っていたんですがね」

「私にもわからない。しかし、さくら女史の密会の相手が藤本でないことだけはたし

かだね。六月といえば、藤本が殺されてから後のことだからね」

「どうもわけがわからない。いったい藤本事件と今度の事件と、どういうように関係しているんだ」

警部が吐き出すように呟《つぶや》いたときである。若い断髪の婦人が、おずおずしながらドアのところから顔を出した。

「ああ、川口さんの奥さんですね。さあ、どうぞこちらへお入り下さい」

「はあ、あの管理人さんが、何か御用がおありのようにおっしゃるものですから……」

「ええ、ちょっとあなたにお訊《たず》ねしたいことがありましてね。あなたはこの部屋の主が、原さくら女史だってことを、まえから御存じだったそうですね」

「はあ、あの……はっきり知っていたわけじゃないのですけれど、ひょっとすると、そうじゃないかと思って……」

「と、いうのは……？　ここへ出入りをする婦人の顔を、はっきり御覧になったわけじゃないのですか」

「いえ、あの、それが……いつもヴェールをかぶっていらっしゃったものですから……お顔をはっきり見たわけじゃございませんの。でも、ちょっと妙なことがございまして……」

「妙なことというのは？　奥さん、それをひとつ話していただけませんか」

由利先生のおだやかな応対に、しだいに落ち着いて来たのか、川口夫人は間もなく、つぎのような話をはじめたのだった。

「あの方がこの部屋をお借りになったのは、たしか六月のはじめ頃だったと憶《おぼ》えています。あたし、廊下を曲がったすぐとっつきの部屋にいるものですから、出来ることならおちかづきになりたいと思ったんですけれど、管理人さんのお話によると、ここにお住まいになるわけではなく、時々勉強においでになるだけだ、何かものをお書きになる方だとか――それでまあ、あたしどんな方かと思って……」

大いに婦人らしい好奇心をもやしていたわけであったらしい。

「ところが、そのうちに私の気がついたのは、この部屋へお見えになるのはその婦人だけではなく、もう一人若い男の方が、おりおり横の入り口からやって来られるのです。ええ、その人、いつも人眼をしのぶように、こっそりやって来るようでした。いいえ、その人と原さんが……つまりヴェールをかぶった御婦人ですわね。そのお二人が御一緒にお見えになった事は一度もないようでした。いつもわざと別々にお見えになるらしく、かえりのときも、別々にかえって行かれるようでした。いえ、あたし、何も隙見をしていたわけではありませんから、お二人がこの部屋で、何をしていらしたのか、そこまでは存じません」

川口夫人はちょっと頬を染めると、

「ところが、一度妙なことがございました。原さんがこのお部屋へお見えになってから間もなくのことでした。誰か廊下を走っていく人がありましたので、あたしが驚いてドアをあけてみますと、いつも来る若い男の人が、向こうのほうへ……つまり、玄関のほうへ逃げるように走っていくのです。あの廊下はそこから間もなく、右のほうへ曲がって玄関へ出られるようになっているのですが、男の方はすぐそこを曲がって姿は見えなくなりました。何かあったな！　あたしはそう思いましたが、まさか後をつけていくわけには参りません。それにちょうど手の離されない用事があったものですから、そのときはそのままにしてドアをしめてしまいましたが、それから十分ほどして、そっとこのお部屋のまえまで来ますと、中から男の方と、ヴェールをかぶったいつもの婦人が出て来たのです」

「ああ、ちょっと待って下さい、その男というのが、いつも来る若い男なんですか」

「いいえ、ちがいます。いつも来る若い人は、さっきもいったように玄関のほうから逃げていった後なんです。それに……それに、そのときヴェールの婦人と一緒に出て来た人を、あたしよく知っているんですが、その人はいつも来る若い人とはちがっているのでした」

「ほほう、その男を御存じ？　いったい、それはどういう人物なんですか」

「テナーの小野さん……はい、あたしあの方のファンなのでよく知っているんですが、そのとき、ヴェールの婦人と一緒に出て来たのは、テナーの小野竜彦さんなんです」

私たちは思わずどきっと顔を見合わせた。由利先生は眼を輝かせて顎《あご》を撫《な》でながら、

「なるほど、そしていつも来る若い男とはまた別なんですね」

「ええ、ちがいます。小野さんをここで見かけたのは、後にも先にもそのときが一度きりでした」

「そして、それはいつ頃のことなんですか」

「いまからちょうどひと月ほどまえのことだったと思います。そのとき、ヴェールの婦人はとても取り乱した様子で、いまにも倒れそうな恰好《かっこう》で、なんだか泣いていらっしゃるような御様子でした。小野さんはそれを抱くようにして、横の出口から出ていきましたが、そのとき小野さんが、先生、しっかりなさらなきゃあいけません……と、いうような事をおっしゃったのが、ふとあたしの耳に入ったものですから、あたしははじめてはっと気がついたのです。小野さんが先生とお呼びする方、そして原という姓を持っていらっしゃる方——ひょっとするとあれは、原さくらさんではないかと、そのときはじめて気がついたものですから、管理人さんにも御注意をしておいたのです」

さあ、いよいよわからなくなった。

原さくらが逢い引きをしていた男があるときいたとき、私はすぐに小野を思いうか

べた。ところがここへ来てみると藤本の写真が飾ってある。そこでさくらの密会の相手は藤本ではないかと思ったが、時日からいうと、藤本ではあり得ないことがわかった、そこで私の考えは、また逆戻りして、小野に集中されていたのだが、川口夫人の話によると、いつもここへ来る男は、小野とはまたちがった男であるという。と、すればいったい、それは何者なのだ。さくらの周囲には、若い男が何人いるのだろう。

「ところで、奥さん、いつもここへ来る男ですがね、いったい、それはどういう男なのですか。輪郭だけでもおわかりになりませんか」

「ええ、それが……いつも廊下ですれちがっても、すぐ顔をそむけてしまうものですから、それに大きな青眼鏡をかけて、マフラーで顔半分かくすようにしているので……でも、大体において中肉中背の、色の白い、若い方であることはわかりました。それから、……ああ、そうそう、その人、いつもレンコートか、オーバーコートの襟を立てているのですが、一度だけオーバーのまえがひらいていたので、下に着ている洋服が見えたのですが、それが大変印象的でした。裾《すそ》のひらいた、長いフロックコートのようなもので、上着の襟の折り返しが色変わりになっているのが、とても粋《いき》で、それにいつもステッキっていうんですか、ケーンというんですか、気の利いた細身の棒をかいこんでいるのが、とても洒《しゃ》落れているのでした」

「なんですって、その男、細身のステッキをかいこんでいる、そして、上着の襟の折り返しが、色変わりになったフロックを着ているというんですか」

その時だしぬけにわれわれの間に入って来たのは五井君だった。

「はあ、あの……たしかにそうでした。もっともオーバーのまえのひらいているのを見たのは、たった一度でございましたが」

「そしてそいつ、ソフトをまぶかにかぶって、青眼鏡をかけ、マフラーで顔をかくしている……？」

「え、え、そうですわ。その通りですわ」

「五井君、どうしたんだ。君はそういう男を知っているのか」

「三津木さん」

五井君が咽喉《のど》をしめつけられたような声でいった。

「その男なら、僕はさっきここであったんですよ。ええ、そこの出口のまえで……僕はまだ、問題のこの部屋が横の出口のすぐ中にあるなんてこと知らなかったものだから、なんの事もなくやりすごしたんですが、そいつ、横の出口からとび出すと、逃げるように立ち去っていきましたよ」

由利先生はそれをきくと、急に大きく眼を瞠《みは》って、まるで睨《にら》み殺すように五井君の顔を見すえた。

「君、そりゃほんとですか。そして、君がそいつに出会ったのは、いったい何時ごろのことなんですか」

「あなたがたがいらっしゃる一時間ほどまえ、いや、もう少しまえになりますか。七時半ごろの事だったと思います」

「三津木君」

由利先生はすぐに私のほうを振り返って、

「君、すぐ社のほうへ電話をかけてね、大阪のほうへ連絡をとってくれたまえ。昨夜から今朝へかけて、原さくら歌劇団のもので、Nホテルからいなくなったものはないか、ひとつそいつを大至急きいてくれたまえ」

私はすぐに管理人の事務所へ走っていった。そこから本社へ電話をかけると、ちょうど幸い、田辺編集局長が出て来ていたが、編集局長は私の声をきくと、向こうのほうから嚙《か》みつきそうにいった。

「三津木君、君はなぜ東京へ引き揚げて来たのだ。昨夜Nホテルで大変なことが起こったんだよ」

「わかっています。誰か姿をくらました奴があるんでしょう？」

「うむ、アルトの相良千恵子が昨夜から姿を見せないそうだ。だがおれのいうのはその事じゃない。昨夜また、Nホテルで人殺しがあったんだよ」

「えええ、な、なんですって？」

私は受話器も砕けよとばかりに握りしめた。全身がシーンと凍りついたようになった。

「そして、いったい、殺されたのは誰なんですか」

「アシスタント・マネジャーの雨宮順平。――いま、島津君から電話で報《し》らせて来たんだ。君、すぐ大阪へ引き返してくれたまえ」

第十三章　五つの窓

私たち、私と由利先生とが東京に出張している留守中、大阪ではどんなことが起こったか、それを述べるためには、もう一度土屋恭三氏の手記を利用するのが便利である。上京するまえ、土屋氏から手記を借用した由利先生は、氏の労をねぎらうとともに、今後も見たこと、聴いたことのひとつひとつを、書き止めておいてくれるように懇請したのだが、土屋氏はその約束を守って、私たちが東京へたった後の出来事を、詳しく、ノートに書き止めておいてくれたのである。いま私はその手記のなかから、この物語に必要な部分だけ、抜萃《ばっすい》してお眼にかけようと思う。

土屋恭三氏の手記

ああ、頭が痛い。ほんとうは今夜のおれは、何も考えず、何も書かずに寝たいのだ。雨宮順平のあの恐ろしい死にざまを思い出すと、骨の髄までゾッと凍りつくような気がする。こんなときには酒でも呷《あお》って、ぐっすり朝まで寝たいのだ。しかし、約束は約束である。この事件の終わるまで（いったい、この事件に終わりというものがあるのだろうか）自分の見聞したところを、細大洩《も》らさず書き止めておくということを、おれは由利先生に約束しておいた、何も起こらなかったのならともかく、あんな恐ろしいことが起こった以上、おれはいやでも、約束を守らねばならない。

だが。……いったい、何から書きはじめていったらいいのだ。あの事件が起こるまえには、いったい、どのような事があったか。……

そうだ、相良千恵子なのだ。原さくらが殺されたときも、相良は妙な役割りをつとめていたが、今度の事件でも、あの女は妙なきっかけをつくっている。いったい、あの女は……？

相良がホテルにいないということに気がついたのは、たしか、夜の九時過ぎだった。その時、おれは自分の部屋で、ぼんやり考えごとをしていたのだ。恥かしいことを打ち明けるようだが、おれは心細くてたまらなかったのだ。越し方、行末をかんがえると、世の中が不安でたまらなかった。それにまた、さっき警部がはこびこんだあのトランクだ。警部も由利先生もあのトランクについては、はっきりしたことはいわなかった。しかし、きょうの夕刊に出ていた記事や、さっきの二人の口ぶりから察すると、さくらはあのトランクに詰められて、曙アパートへ運びこまれたらしい。しかも、由利先生が今夜東京へ出張するというようなことをいっていたところから見ると、トランクは東京から発送されたものにちがいない。——と、すると、いったいこれはどういうことになるのだ。さくらはいったいどこで殺されたのだ。

そんな事をとりとめもなく考えていたときだった。雨宮君がきょときょとしながらドアをひらいたのは。……

「土屋さん、あなた相良さんを御存じじゃありませんか」

「相良君？　相良君になにか用かい」

「いえね、警部さんがまたやって来て、相良さんに訊《き》きたいことがあるというんです。で、探してみたんですが、どこにも見えないんです」

「警部がまた来ているのかい？」

「ええ」

「しかし、相良君がいないという筈《はず》はないだろう。裏にも表にも刑事が張り番しているんだから」

「ええ、だからホテルの中をずっと探してみたんですが、どこにも姿が見えないんです」

おれは舌打ちしながら立ち上がった。

「とにかく、階下《した》へいってみよう」

四階の自分の部屋から階下へおりてみると、帳場のまえに浅原警部が、むずかしい顔をして立っていた。

「相良君がいないんですって？」

「うむ、どこにも見えないんだ」

「何か相良君に御用ですか」

「いや、用件のほうは大したことじゃありません。しかし、無断で外出したということになると問題だから。……」

警部の声は嶮《けわ》しかった。

「無断で外出――？　しかし、そんなこと、出来っこないじゃありませんか。裏にも表にも刑事さんが張り番をしているんだから。誰も相良君の外出するところを見た人はないんですか」

「ない。第一、宵からこのホテルを出ていった婦人はひとりもないのだ」

いま、このNホテルに投宿しているのは、われわれ原さくら歌劇団の一行ばかりではない。ほかにも相当客がある。警察でもまさか、そういう客の全部を缶詰めにするわけにはいかん、だから歌劇団に無関係な一般客は、自由に出入りすることが出来る。

しかし、表玄関にも裏出口にも、刑事が張り番をしていて、出ていく客があるごとに、ジロリと鋭い一瞥《いちべつ》をくれる。歌劇団の一行が、一般客のようなかおをして、抜け出そうなどとしようものなら、忽《たちま》ちそこでとっつかまっちまうという寸法だ。

「それなら、ホテルの中にいる筈ですね。探して見ましょうか」

「うむ、いま、刑事やホテルの人に頼んで探してもらっているんだが」

「われわれもお手伝いしましょう。雨宮君、君も探したまえ」

「探すったって、どこを探せばいいんです」

「誰かの部屋へ入りこんで話しこんでいるのかも知れん。みんな、部屋にいるんだろうな」

「ええ、そうだと思いますが……」

「じゃ、ひとりひとり訊いて見給え。そして、相良君が見つかったら、すぐに階下へおりて来るように伝えるんだ」

「御苦労様、じゃ私は支配人の部屋で待っているから、そういってくれたまえ」

警部の声もいくらかおだやかになった。

おれはそこで雨宮君にわかれると、一人で食堂へおりていった。食堂にも相良千恵子はいなかった。コントラバスの川田君と、トロムボーンの蓮見君が、二人で酒を飲んでいた。

「ああ、君たち相良君を知らないかね」

「相良君？ いいえ、知りませんよ」

コントラバスの川田君がそっけない調子でこたえた。無愛想な奴だ。

「土屋さん、いったい、われわれはいつまでこのホテルに缶詰めにされているんです。こんな調子がつづいたら、いまに体に菌《きのこ》が生えちまう」

トロムボーンの蓮見君が、不平を鳴らした。

「そんなこと、おれが知るもんか」

「土屋さん、僕のコントラバスはいつ返して貰《もら》えるんです。警察へまかせておいて、うっかり傷でもつけられちゃうと、――こっちは気が気じゃない」

「そんなこと、おれが知るもんか。警部に訊いて見たまえ」

食堂を出ると、おれは三階から四階まで、順繰りに探していった。歌劇団の連中は、三階から四階までの部屋に分宿していたのだ。このホテルは五階建てだが、五階には歌劇団の一行はひとりもいない。もっとも、一部屋だけ五階を借りて、衣裳《いしょう》道具をつめこんであるが、まさか、そんなところへ相良があがっていく筈はあるまい。

相良はどこにもいなかった。志賀と牧野は部屋にいなかったが、ほかの連中はたいてい自分の部屋にいた。おれが相良のことを訊くと、

「どうしたんだ。いま雨宮君も訊きに来たぜ。何かあったのかね」

すでにベッドへ入っていた聡一郎氏は、不思議そうなかおをして訊き返した。

「相良さん？　いいえ、知りません。さっき雨宮君も探していましたがねえ」

小野は蒼白《あおじろ》いかおをして、寝もやらず、部屋の中を歩きまわっていたらしかった。

聡一郎氏と小野の部屋は三階にある。

おれはだんだん不安になって来た。警部の不機嫌も無理がないように思われて来た。張り番の刑事が、絶対に外へ出た筈はないと主張する以上、相良はこのホテルの中にいるにちがいない。それだのに、どこにも姿が見えないというのはどういうわけだろう。

おれは四階をひととおり探しまわったが、依然として相良の姿は見えなかった。もっとも、四階でも、ただ一部屋だけは探さずに来たが、その事が、後になってあんな大きな意味を持って来ようとは、その時おれがどうして知ろう。

探さずに来た部屋とはほかでもない。コントラバスの川田君と、トロムボーンの蓮見君の部屋だ。この二人は一部屋を共同でつかっているのだが、二人がさっき地下の食堂で、酒を飲んでいたことを、思い出したから、その部屋だけは素通りして来た。もしあの時、二人の部屋のドアをひらいて、ひとめでも中を覗《のぞ》いていたら——？

それはさておき、結局おれは相良を探し出すことが出来ないで、もう一度階下へおりて来た。そして警部の待っている支配人の部屋のドアをひらいた。その時なのだ。

あの物音がきこえたのは。……

　ガチャーン！

と、ガラスの毀《こわ》れるような音だった。それはホテルの、どっかずっとうえのほうできこえたようだ。と思うとつぎの瞬間、ドサッと、何かをたたきつけるような音がした。警部は、おれより早くこの物音を耳にしていたにちがいない。おれがドアをひらいたときには、窓をひらいて外を覗いていた。

ここで一応、支配人の部屋の位置を説明しておかねばならんが、そこはホテルの側面に当たっており、窓の外、一間ほど向こうには、隣のK信託会社の高い建物が立っている。その窓の外は、K信託会社とホテルの間にある、一間ほどの通路になっているのだが、その通路のあとさきを見回していた浅原警部は、突然、ぎょっとしたように後ろへ身をひいた。そしてふりかえった拍子に、おれと視線があうと、

「あっ土屋さん、誰か向こうに落ちている！」

叫ぶとともに、すぐ窓から外へとび出した。おれも驚いて、部屋を横切ると、警部のあとにつづいて窓から外へとび出した。

その通路を右へいけば、表通りへ出る。左へいくと淀川につき当たる。警部は左のほうへ走っていたから、おれもそのあとについていった。

警部は間もなく、ホテルの一番奥まで来ると、路面に身をかがめ、マッチを擦って

何やら調べていた。おれもすぐおいつくと、警部の背後から路面に眼をやった。マッチがすぐ消えたのでよくわからなかったけれど、ぐんにゃりとした人の形が、くろぐろと横たわっている。

警部は反射的に身を起こして、ホテルの建物を振り仰いだ。両側を高い建物でくぎられたその通路は、ほとんど真っ暗といってよかったけれど、ただ一つ、すぐ眼のうえの四階の部屋に電気がついていて、窓がひらいていた。そしてその窓から、誰やら下をのぞいていた。

「誰だ。そこにいるのは……？」

「私ですよ。何かあったんですか」

「誰ですか。あの声は？……」

「牧野君ですよ。コンダクターの牧野謙三……」

「ああ、そう、牧野さん、そこあなたの部屋ですか」

「いいえ、僕の部屋じゃありません」

「じゃ、誰の部屋なんです」

牧野はちょっと部屋の中をふりかえったが、すぐまた下を向いて、

「川田君と蓮見君の部屋のようです」

「で、二人はそこにいないんですか」

「ええ、いません」

「川田君と蓮見君なら、食堂で酒をのんでいますよ」

おれはそばから注釈してやった。

「牧野さん、それじゃどうしてあなたはその部屋にいるんです」

警部の声には、どこか鋭いものがあった。

「僕——？　僕ですか。僕は、実は、いまこの部屋のまえを通りかかったんです。そしたら、部屋の中からガチャンとガラスの毀れるような音がしたので、驚いてドアをひらいてみたんです」

「うむ、うむ、そして……」

「そのとき、部屋の電気は消えてまっくらでした。そこでスイッチをひねってみると、窓がひらいてぶらぶらしている。それに窓ガラスが毀れているので、びっくりして下を覗いてみたんです。しかし、警部さん、何かあったんですか」

四階からでは、暗い路面の様子は見えんらしい。警部はふうむと唸《うな》ると、改めてホテルの窓を上から下まで順繰りに眺めた。それから噛《か》みつきそうな調子でこう訊《たず》ねた。

「牧野さん、するとあなたはガラスの毀れる音をきくと、すぐにドアをひらいたんですね」

「すぐ——？　ええ、まあ、すぐですね」

「するとその時、部屋の電気は消えていた。そこであんたはスイッチをひねって電気をつけた。その時、部屋の中には誰もいませんでしたか」

「いいえ、誰もいませんでしたよ」

「あんたがドアをひらいて、スイッチをひねるまでの間、つまり、部屋の中がまだ真っ暗なあいだに、誰かが、あんたのそばをすり抜けて出ていった。——と、いうようなことはありませんか」

牧野はちょっと考えていたが、

「まず、そんなことはないと思いますね。御存じのとおり、スイッチはドアのすぐ右側にあります。だからスイッチをひねったときには、僕はドアのすぐ中に立っていたんですからね」

「それからあんたは、すぐ窓のそばへ寄って、下を覗いた。あんたが窓から覗いているあいだに誰かあんたの背後から出ていった。——というようなことはありませんか」

牧野はまたちょっと考えたが、

「さあ、それはどうも受け合えません。そんなこと、僕はちょっとも考えていなかったんですからね。しかし、誰かこの部屋にかくれていたとすれば、スイッチをひねったとき、僕の眼につく筈《はず》だから、まず、その可能性もなさそうに思えますね」

「どうしてです。かくれていたとすれば、あんたの眼につかん筈じゃありませんか」

牧野はまた、部屋の中を振り返ると、

「警部さん、あなたがそんなことをいうのは、この部屋を御存じないからですよ。一度こちらへ来てごらんなさい。ここは人がかくれておれそうなところはどこにもない。しいていえば、先《ま》ずベッドの下くらいだが」

「ベッドの下？　では、ひとつ、ベッドの下を調べてみてくれませんか」

「警部さん、いったい、どうした……」

だが、言葉の途中で、牧野のすがたは部屋の中へかくれてしまった。

おれは警部と牧野の押し問答をきいているうちに、なんともいえぬ胸騒ぎをかんじてきた。警部がなぜあんなにしつこく、牧野を追究していったか、その理由がしだいにのみこめて来たからだ。

物体が斜めに落下するものでない以上、いまそこに横たわっている人物は、縦につらぬく五つの窓か、あるいはその真上の位置、屋上から落ちて来たものにちがいない。ところが屋上はしばらく別として、五つの窓のうちでは、四階の窓以外はどこもぴったりしまっていたのだ。むろん、そのほかの窓ももっとよく調べてみなければ、はっきり断言することは出来んが、さしあたり開いている四階の窓に警部が眼をつけたのは当然だろう。

間もなく牧野が顔を出した。

「警部さん、やっぱり誰もいませんよ。第一、ベッドの下はとても低くて、人がかくれるなんて、出来っこなさそうですぜ。しかし、いったい、何事が起こったんです」

「いや、それはいまにわかる。とにかくあんたはそこにいて下さい。誰も部屋の中へ入れんように」

われわれの声をききつけたのだろう。そのまえから、あちこちの部屋に電気がつくと窓がひらいて、人の顔がひとつずつ覗いていた。三階の窓には小野の顔も原聡一郎氏の顔も見えた。四階の窓からはバリトーンの志賀笛人や、ほかの歌劇団の連中ものぞいていた。みんな呼吸をのんで、暗い路面を見下ろしている。

しかし、不思議なことには、牧野の覗いている窓の列だけは、そこをのぞいては一階から五階まで、どの窓もひらかなかった。

「ああ、ちょっと、三階から覗いていらっしゃるのは、原さんじゃありませんか」

「ああ、私だが、警部さん、何事が起こったんですね」

聡一郎氏の睡《ねむ》そうな声がきこえた。

「いや、ちょっと……。時にあなたのすぐ右側の部屋ですがね、それは誰の部屋ですか。いや、そっちじゃない。あなたからいえば左側の部屋ですがね」

「ああ、奥のほう。——これは相良君の部屋だがね」

畜生！　警部の舌打ちする音がきこえた。

「牧野さん、牧野さん」

「はあ、なんですか」

「あんたのいまいる部屋の真上ですがね。その部屋は誰の部屋か御存じありませんか」

「ああ、それなら私が知っていますがね」

そう言葉をはさんだのはおれである。

「ああ、そう、誰の部屋？」

「あれは空き部屋ですよ。いや、われわれが借りているのだから、空き部屋というわけにもいかんな。つまり、衣裳《いしょう》道具をおくために、借りてあるんです」

警部がまた、畜生というように唸った。

そこへ支配人があたふたと駆けつけて来たので、警部はくるりとそのほうへ向き直ると、

「ああ、ちょうどよいところでした。あの二階とこの一階の部屋ですがね。いまだに窓がひらかないが、誰もいないんですか」

「いったい、何事が起こったんです。ええ、あの二階は、いまたしかにあいてる筈です。一階のこの部屋は、物置きに使ってるんですが」

警部はそこでまた、畜生ッと唸ったようであった。おれにも警部の焦躁《しょうそう》の理由が、しだいにはっきりのみこめて来た。警部は四階の窓以外に、ある可能性を探そうとし

ているのだ。ところで、縦につらぬく五つの窓を、上から順々にいっていくとこういう事になる。

衣裳道具をつめこんである部屋――。川田君と蓮見君の合部屋――相良千恵子の部屋――空き部屋。物置き。

「警部さん、いったい、な、何事が――」

支配人の問いに対して、警部はかすかに首をふった。それからマッチを擦ると、足下にかがみこんだ。支配人が大きく呼吸を吸いこんだのも無理はない。そこには一人の男が不自然な恰好《かっこう》をして倒れている。顔のうえにはふっさりとオーバーがかかっていた。

マッチが消えたので、警部がまた一本擦った。それからオーバーをとりのけた。おれは思わず呼吸をのんだ。倒れているのは雨宮順平君だった。

「窓から落ちて――死んだのですか」

警部は首をふると、あわててまたマッチを擦り足して、雨宮君の咽喉《のど》を照らした。おれはまた、大きく呼吸を吸いこんだ。咽喉のあたりにくっきりと、無残な指痕がのこっている。……

「絞殺されて、それから窓から突き落とされたのですよ」

マッチが消えた。おれは暗闇のなかで、ぞうっと鳥肌の立つのをおぼえたのである。

第十四章　トロムボーン

　おれはいったい、いつまでこんな事を書かねばならんのだ。さくらの一件ですっかり参りこんでいるのに、また今度は雨宮君だ。しかも、相良の行方はわからない。雨宮君のことがあったので、ひょっとすると相良もどこかで殺されているんじゃあるまいかと、おれも警察の連中に手伝って、ホテルの中を虱潰《しらみつぶ》しに調べてみたが、相良の姿はついに発見することが出来なかった。しかも裏と表に張り番していた刑事は、絶対に外へ出たというようなことはないといっている。第一、宵から一人も外へ出た婦人はないと言い張るのだ。すると、相良はいったいどうして、どこへ消えてしまったのだ。おれには何がなんだかわけがわからん。だが、これは少し後のことである。

　間もなく騒ぎを聞きつけて、刑事が露地へ駆けつけて来たので、それに死体の張り番をさせておくと、警部はすぐに四階の部屋へあがっていった。おれもそのあとからついていった。見るとドアのまえには川田君と蓮見君が、硬張《こわば》った顔をして立っている。向こうの方の廊下には、志賀笛人が相変わらずメランコリーなかおをして立っていた。

　部屋へ入ると、ベッドのはしに腰をおろして、牧野謙三が煙草を吸っていた。警部の顔を見ると、牧野はピクリと頬をふるわせたが、立ち上がろうとはしなかった。警部はつかつかと部屋を横切ると、窓のそばへ寄って、毀《こわ》されたガラスを調べていた。この窓は観音びらきに、外へ開くようになっていたのだが、左手の窓ガラスが四枚こわれて、ジグザグとした孔《あな》があいている。

「あなたが電気のスイッチをひねった時、この窓はひらいていましたか」

　警部が牧野のほうを振り返った。牧野はつかれたようなかおでうなずくと、

「ええ、開いていましたよ。左右とも殆《ほと》んど直角に、外へ向いて開いていましたよ」

　それから牧野はごくりと咽喉仏《のどぼとけ》を鳴らして唾《つば》をのみこむと、

「警部さん、窓の下に倒れているのは誰なんです。いや、あれが誰だか、そんな事は問題じゃない。あの男――あるいは女は、この窓から突き落とされたんですね。ところが、ガラスの毀れる音がきこえたつぎの瞬間、私はこの部屋へとびこんだ。さっき、警部さんがなぜあのように執拗《しつよう》に、この部屋から出ていったものはないかとお訊《たず》ねになった理由が、私にもようやくわかって来ましたよ。そうですよ。誰もこの部屋からとび出したものはない。しかも御覧のとおり、ここにはどこにも隠れるような場所はない。だから……だから、結局、私が突き落としたということになるんだ。私以外に、あの男――あるいは女を突き落とす機会のあったものはないということになるのだ」

　警部は眼《ま》ばたきもしないで、牧野の顔を視つめていたが、やがてその眼で部屋の中

を見回した。おれも警部の視線をおうて、あたりを見回したが、なるほど牧野のいうとおりだ。がらんとした部屋の中には、どこにも人の隠れておれそうな場所はない。左右の壁際に、ベッドがひとつずつおいてあったが、そのベッドも低くて、とても人間が這《は》いこめそうな空間はなかった。たとい、無理をして這いこんだとしても、今度は出るのが大変だから、牧野がいかに窓の外に気をとられていたとしても、そこから誰かが這い出したとしたら、気づかぬという道理はない。

「牧野さん」

と、警部は牧野の顔を真正面から見据えながら、

「あなたはいま、あの男——あるいは女とおっしゃったが、すると、ここから突き落とされたのが、女かも知れないというお疑いを持っていらっしゃるんですね」

牧野はぼんやりとした眼で、警部の顔を見返すと、

「だって、それは……さっきから雨宮君や土屋君がしきりに相良君を探していたじゃありませんか。だから僕は、相良君が突き落とされたんじゃないかと——」

相良の名をきくと、警部の眉《まゆ》が、ふいにビクリと大きくふるえた。そうだ。相良……相良はどうしたのだ。われわれはそのときまで、相良のことをすっかり忘れていたのだ。

警部はおれにむかって何かいおうとした。

だが、そのときである。おれのそばに立っていた蓮見君が、ふいに大きな声で何か叫んだかと思うといきなり部屋のなかへとびこんだ。そして、牧野のからだを突きのけるようにして、ベッドのうえからとりあげたのは……トロムボーンである。

「誰だ、誰だ、誰だ！　おれのトロムボーンをこんな事にしたのは……」

いまにも泣き出しそうな蓮見の声、われわれの眼はいちように、蓮見君のつかんだトロムボーンにひき寄せられたが、見ればなるほど、トロムボーンのエヤー・パイプがおそろしくひんまがっている……（以下略す）

以上でわれわれが東京へ向かった晩、大阪のホテルでどんなことが起こったか、だいたいおわかりになったことと思うから、土屋氏の手記はこのくらいにして、再びわれわれ自身の冒険に筆を戻すことにしよう。

午後八時大阪駅着。

この列車は去る十九日の夜、原さくらが乗って来ることになっていた列車だった。その列車で私たちが大阪へ舞いもどって来たのは、Nホテルで雨宮君が殺された、その翌晩のことである。思えばなんというあわただしい事件であろう。私たちが東京から大阪へやって来たのは昨日の朝である。そしてその夜、東京へもどったかと思うと、いままた大阪へ舞い戻って来た。いったい、われわれは何遍、東京と大阪のあいだを往復しなければならないのだ。由利先生も私も、いたって頑強なほうであったが、さすがにその夜は疲れていた。大阪駅からまっすぐに、Nホテルへ駆けつけたときには、二人とも口を利くのも大儀であった。

しかし、事件のほうではなかなかわれわれを休息させてくれない。電報をうっておいたので、Nホテルには浅原警部がわれわれを待ってくれていた。警部はすぐに、われわれを支配人の部屋へとおすと、昨夜の出来事を詳しく話してきかせたが、それを聞いているうちに、由利先生の顔からは、しだいに疲労のいろが抜けていった。薄眼をとじたまま、先生は暫《しばら》く黙って考えこんでいたが、やがて体を乗り出すと、

「すると、こういう事になるんですね。その時あなたはこの部屋にいられた。すると、上の方でガラスの毀れる音がした。つづいてどさっと物の落ちる音がした。そこで窓をひらいて外を見ると、露地の奥に雨宮君が倒れていた。ところで……と、その時あなたはすぐうえをごらんになりましたか」

「むろん、見ましたよ。一種の反射運動として見たんですね。しかし、問題の四階の窓以外は、どこもしまっていたようでした。もっとも暗くてよくわからなかったが、死骸《しがい》を落として窓をしめたとすれば、何かこう、気配ぐらいしやあしなかったかと思うんです」

「死骸の骨折の状態などから見れば、およそどのくらいの高さから落ちたか——そう

いうことはわかりませんか」

「いや、私もそれを考えたから、医者に訊ねてみたんですがね。すると医者のいうのに、少なくとも三階より上の窓から落ちたにちがいないというんです」

「すると、やはり四階の窓という可能性は、非常に大きくなって来るわけですね。しかも、ガラスの毀れる音をきいて、すぐ問題の部屋へとびこんだ牧野氏は、絶対に誰もいなかったことを証言しているんですね」

「そうなんです。奴《やっこ》さん、それで非常に気を揉《も》んでいるんです。つまり、自分以外に、雨宮を突き落とす機会を持ちえたものはないということに、証言したあとで気がついたんですね」

警部はそこで、にやりと意味ありげに笑った。

「なるほど、誰もその部屋を抜け出したものがないとすると、牧野氏に疑いがかかって来るというわけですね。しかし、実際に誰もそこを抜け出すことは出来なかったろうか。犯人も窓の外へ出ていったというようなことは考えられませんか」

「いや、その事も考えてみましたよ。と、いうのは、このホテルはどの部屋にも、窓の外の左側のところを、樋《とい》が縦に走っているんです。これはふだんは樋ですが、非常の際、つまり火事などの場合、それを伝って逃げられるように、いたって頑丈に、また、滑り易いように出来ているんです。だからそれを伝って滑りおりたのでは……と、考えてみたんですが、そうすると、しかし、どうしても私の眼につかねばならぬ筈《はず》なんです」

「と、いうのは……？」

由利先生がぐいと眉をあげたのは、この話に先生が、いかに興味をおぼえたかという証拠であったろう。

「と、いうのは時間の問題ですね。最初私は、ガラスの毀れる音をきいた。その瞬間立ち上って窓のそばへ走りよるとすぐ窓をひらいて外を見た。ちょうどそれは雨宮君の死体があそこへ落ちるか落ちぬの瞬間なんです。窓をひらいた。首を出した。その瞬間どさっと音がしたので、私はそっちの方を向いたのです。だから、犯人が死体を突き落として、後から自分が滑りおりたとすれば、どんなに敏捷《びんしょう》にやったところで、私の眼につかぬという筈はないのです。また、同じことが牧野氏にもいえるんですよ。牧野氏もガラスの毀れる音をきいて、すぐ部屋の中へとびこんだ。スイッチをひねった。そして窓のそばへ駆け寄った。と、こういうんです。それにも拘《かかわ》らず犯人の姿を見ていない。実際、牧野氏がスイッチをひねったときには、まだ窓のガラス戸がぶらぶら動いていたというのだから、死体を突き落としてから、間一髪の直後だったにちがいない。犯人がいかに身軽な奴でも、四階の窓から滑りおりるには、相当の決心がいる。死体を突き落とす。樋にとりつく。それにはどんなに敏捷にやったところで、多少の時間はかかります。それにも拘らず、牧野氏も私も、犯人の姿を見ていないのだから、まず樋をつたって逃げたという可能性は、ないものと思わなければなりませんな」

これは警部の一種の自虐であった。こうして犯罪を非常に不可能なものにすることによって、自ら陥る焦躁《しょうそう》を、警部は、一種の自嘲《じちょう》的な快感をもって抉《えぐ》り出しているのだった。

「ところで、関係者一同のアリバイは？」

「さあ、それがまた困るんですよ。牧野氏は別として、ほかの連中、みんな自分の部屋にひとりで引きこもっていたというのだから、アリバイの立証も、やりようがないのです。もっともコントラバスの川田と、トロムボーンの蓮見。この二人はだいぶまえから、騒ぎが起こるまで、食堂で酒を飲んでいたので、問題はありません。それからマネージャーの土屋、これは立派にアリバイがあります。私が雨宮君の死骸を見つけて、びっくりしてふりかえったときには、土屋君はもうこの部屋にいたんですから」

由利先生はそこでまた、黙然として考えこんでいたが、やがて警部のそばにある、トロムボーンに眼をつけると、

「ああ、これが蓮見君のトロムボーンですね。なるほど、恐ろしくひんまがっている」

由利先生はトロムボーンをとりあげると、

「これをこんなふうにひんまげるには、相当の力がいりますね。ときに指紋は」

「雨宮君の指紋がついていましたよ。もちろん、持ち主の蓮見君の指紋もついていましたがね。そのほかには誰の指紋もついていないんです。だから、これは私の考えですが、犯人に襲われた雨宮君は、このトロムボーンで防ごうとしたんですね。で、格闘のはずみにこういうふうにひんまがったんじゃないかと思うんです」

「しかし、それなら、犯人の手も、少しはこれに触れたでしょうがね。そうすると、どこかに犯人の指紋が残っていなければならぬ筈だが。――雨宮君や蓮見君の指紋を残して、自分の指紋だけを拭《ぬぐ》い消すということは、かなり難しいことですからね。ときに、四階の問題の部屋には、格闘したらしい痕《あと》がありましたか」

「ありました。絨緞《じゅうたん》がかなり皺《しわ》になっていましたし、それに雨宮君は、絞殺されるとき、ベッドに倒れかかったんですね。ベッドの足の鉄柵《てっさく》に、血のついた髪が二、三本こびりついていたんですが、たしかに雨宮君の髪の毛にちがいないというんです。それから、トロムボーンに犯人の指紋が残っていなかったというのは、犯人がそれに触らずにすんだか、それとも手袋をはめていたか、どちらかでしょうね」

「ホテルの中でですか。そう、犯人が手袋をはめていたとすれば、手袋をはめなければならぬ理由があったのでしょうね。いや、それでだいたい話は分りましたから、それでは問題の部屋というのを見せて貰《もら》いましょうか」

由利先生が立ち上がりかけたときである。刑事がドアをひらいて、こんな事をつたえた。

「あの――小野という男ですがね。あの男が是非、由利先生にお話ししたいことがあるといっているんですが」

由利先生と私は思わず顔を見合わせた。先生はちょっと首をかしげたが、

「いや、鉄は熱いうちに打たねばならん。ぐずぐずしてると、また気が変わると困るから、警部さん、四階のほうは後回しにして、小野の話というのを先にきこうじゃありませんか」

「安井君、小野をすぐここへ連れて来給え」

刑事が出ていくと、由利先生は思い出したように、私のほうを振り返った。

「そうそう、忘れていた。三津木君、週刊グラフというのは、君の社から出ているんだったね」

私は驚いて由利先生の顔を見直した。

「ええ、そうですよ。しかし……」

「そのグラフだがね、バックナンバーが、大阪の支社にも取りそろえてあるだろうか」

「ええ、そりゃ、あるだろうと思います。しかし、先生、週刊グラフに何か……」

「いや、理由はあとで話す。君、すまないが、支社の人に電話をかけて、去年の……

そう、十月から十二月までの分をすぐにここへとどけるようにいってくれないか。ちょっと見たい事があるのだ」

私はすぐに島津君へ電話をかけた。

「よっしゃ、すぐ持っていく。しかし、三津木さん、事件はいったいどんな様子や」

「僕にもまだわからない。しかし、先生、なんだか当たりがついているらしいぜ。とにかく大急ぎでとどけてくれたまえ」

私が電話をきったところへ、小野が蹌踉《そうろう》たる足どりで入って来た。

第十五章　おののくソプラノ

一晩のうちに、こんなに窶《やつ》れた男を、私はまだ見たことがない。昨日の小野も、かなり憔悴《しょうすい》していたが、今夜はさらに眼が落ちくぼみ、頬がとげとげしくとがっているのは、昨夜一睡もしなかった証拠である。光を失った眼で、小野はわれわれ三人の顔を順繰りに眺めていたが、やがて大きく咽喉仏《のどぼとけ》を動かすと、

「先生、先生はあのアパートを発見なすったんでしょうね。そして、そして、あの部屋にある……」

「小野君、まあ、掛けたまえ。君のいうのは、この写真のことじゃないかね」

先生が折り鞄《かばん》の中から取り出したのは、清風荘の一室で発見した、藤本章二の写真だった。小野はそれを見ると、大きく呼吸をはずませたが、やがて、くずれるように椅子に腰を落すと、両手でひしと頭をかかえた。

「小野君、これで私がどの程度に、さくら女史のことを知っているのか、君にもわかる筈ですね。さあ、話してくれたまえ。何もかも打ち明けてしまったほうが、君も重荷がおろせていいと思うがねえ」

小野はうつむいたまま、二、三度力弱くうなずいたが、やがて、とぎれとぎれに、

「そうです。私はもうこの秘密にたえられなくなったんです。これを打ち明けることは、あるいは先生――原先生を裏切ることになるかも知れないが、だって、仕方がないんです。私はどうせ、意志の弱い男なんだから」

小野はそこで、ぼんやりと先のない眼をあげると、

「まず最初に、昨日あなたがお訊《たず》ねになった、二十日の朝のことから話しましょう。雨宮君があなたにいった事はほんとうなんです。あの朝、僕は暗号の楽譜を受け取ったんです。その文句はこうでした。困ったことが起こった。是非密々に会って話したいことがある。すぐ宝塚まで来てくれ。待合室で待っている。――と、そういう文句なんです」

「で、差し出し人の名前は？」

「ありません。しかし、そういう暗号通信を寄越《よこ》すのは、原先生よりほかにはありませんから、僕はなんの躊躇《ちゅうちょ》もなく出かけていったんです」

「その暗号は持っていますか」

「破って捨てました。宝塚へいく電車の窓から」

「いや、結構です。では、その後をどうぞ」

「ところが宝塚へついたところが、先生のすがたは見えません。僕は先生のほうがおくれたのだろうと思って、待合室で待っていたんです。ええ、一時間も、二時間も、三時間も……しかし、先生はとうとうお見えになりませんでした。見えない筈《はず》です。その時分には先生は、もう生きていなかったんだから」

小野はかすかに、気味の悪い笑い声をあげると、

「そこで、僕も諦《あきら》めてかえって来たんです。二時から稽古《けいこ》がはじまる予定ですから、それ以上は待つわけにはいかなかったんです。そして——そして、それから後はあなたがたも御存じの筈です」

小野はそこでまた、かすかに身《み》顫《ぶる》いをした。由利先生はいたわるように、

「いや、よくわかりました。それでは小野さん、今度はいよいよ、あの清風荘のことをきかせて下さい。それと、同時に、あなたが何故、さくら女史と暗号通信などしていたのか、そのわけもついでに話してくれませんか」

小野はしばらく黙っていた。うつむいたまま、しきりに指をかんでいた。しかし、やがて心をきめたように顔をあげると、

「はははは」

と、咽喉の奥でかすかにわらうと、

「僕はこういう男です。打ち明けるつもりで来ながら、いざとなると気《き》臆《おく》れがするんです。意志が弱いんです。だが、……思い切って、何もかもいってしまいます。そうです、ああいう暗号通信をしようといい出したのは、原先生のほうでした。あれはたしか六月頃、藤本君の事件があってから間もなくのことですから、僕ははっきり憶《おぼ》えているんです。先生が、急にそんなことをいい出したんです。これからいろいろ、ひとに見られては都合の悪いようなことがあるかも知れないから、お互いにやりとりする手紙を暗号にしようと、先生がそんな事を言い出したんです。さっきもいった通り、それは藤本君の事件のあった直後で、暗号楽譜のことが騒がれていた時分のことですから、僕はすぐ、先生もそれから思いたったんだと思いました。先生もそうだとおっしゃったんです。それで、われわれはしきりに暗号通信を取りかわしたものです。だが、ここではっきり申し上げておきますが、先生と僕との間に怪しい関係があったわけでは決してありません。僕は先生に憧《あこが》れていました。傾倒していました。先生はああいう偉い方だし、魅力のある婦人ですから、そういう人に特別に可愛がられるとい

うことに、僕は何かしら、魂もしびれるような欣《よろこ》びを感じていました。先生のようなえらい婦人と、素晴らしい芸術家と、まるで恋人同志のように、暗号の手紙を取りかわす。……僕はそれでもう、天にも登るような嬉《うれ》しさと得意さを感じていたものです。しかし、それは恋愛ではありませんでした。恋愛に非常によく似た感情でしたが、どっかちがったところがありました。私のほうでもちがっていたし、先生のほうでもちがっていたんです。いってみれば母と息子の、それも非常に仲のよい母子の、なみはずれて打ちとけた感情――うまく言いあらわす事が出来ませんが、そんなような感情だったかと思います。つまり、それは純粋の恋愛ではなかったが、暗号通信というような、『秘密』がわりこんで来たために、非常に、恋愛めいた気持ちになっていたんです。つまり、『秘密』というものの持つ、甘い、神秘なかんじに酔わされていたんです。ところが、そんな交渉がひと月もつづいたでしょうか。そのうちに――そうです、あれはたしか七月の終わりか、八月のはじめだったと憶えています。僕は偶然のことから、今度はとうとう先生のほんとうの秘密をのぞいてしまったんです」

　小野はそこで言葉を切ると、乾いた唇を舌でしめした。そして悩ましげな眼で床を視つめていたが、やがてまた、ぼつぼつと語りはじめた。

「僕の家は愛宕山のすぐ下にあるんですが、家にいると、いつも午後の四時から五時ごろのあいだを、ぐるっと近所を散歩して回るのが僕の習慣なんです。その散歩のコースの途中に、清風荘というアパートがあります。あの日も僕は、清風荘の横通りをとおりかかった。ところが、そのときだしぬけに、清風荘の横の出口から飛び出して来た婦人があるのです。その婦人は黒っぽい洋装をして、濃いヴェールをかぶっていたから、顔は見えませんでしたが、僕の姿を見ると、急にくるりと向こうを向いて、逃げるように向こうへいってしまったんです。僕はちょっと呆気《あっけ》にとられたかんじで、後ろ姿を見送っていましたが、そのうちにはっと気がついたんです。体の恰好《かっこう》、歩きぶり。――それはたしかに原先生にちがいないんです。そう気がついたとき、僕はなんともいえぬ、いやあな気持ちがしたものです。先生はどんなことでも僕に打ち明けてくれました。御主人でさえ御存じのないような秘密まで、僕に話して下さいました。だから僕は先生のことなら、一から十まで知っているつもりだったのに、いまの先生の素振りはいったいどういうんだろう。何故、僕の姿を見ると、逃げてしまったんだろう。いや、それより第一、清風荘にいったいどんな用事があったのだろう。僕はいままで一度だって、清風荘に先生の識《し》り合いが住んでいるなんてこと、聞いたことはなかったんです。僕がすぐその近所に住んでいることは、先生だってよく御存じなんだから、そこに知人がいるのなら、なにかのはずみに話の出ないということはない。――とにかく僕は愉快でなかった。先生との関係は、そういう仲ではないのだけれど、やはり一種の嫉妬《しっと》めいた感情でした。しかも、その後、先生にあっても、すましたかおで一言もそれに触れないのだから、僕はいよいよムシャクシャしました。だから、こちらも知らぬかおですましていたんですが、しかし、それから後は散歩の途中、特に清風荘の横の出口に、心のひかれたことは申すまでもありません。ところが、それから間もなく僕はまたその近所で先生にお眼にかかったんです。その時も、先生は黒い洋装をして、黒いヴェールをかぶっていました。だが後ろ姿で僕はすぐ先生だと気がついて、足早にあとを追っかけたんですが、足音に気がついたのか、先生ははっと振り返って僕を見ると、びっくりしたように駆け出して、いきなり清風荘の中へ飛び込んだんです。僕もすぐあとから飛び込みました。――そして、そして、あの部屋へ先生が飛び込んだところをつかまえたのです」

小野はそこで由利先生の顔を見ると、

「僕が飛び込んだとき、先生は鏡台のまえに飾ってあったものを、あわててかくそうとなさいました。だが、僕はものもいわずにおどりかかると、先生の手からそれをもぎとったのです。それが――それが、その写真だったのです」

由利先生の持っている、藤本章二の写真へ、小野はどろんとした光のない眼をむけた。

「それで――さくら女史はこの写真について、何か説明をしましたか」

小野は両手で頭をかかえると、弱々しく二、三度うなずいて、

「しました。いや、僕が先生から告白を搾りとったのです。藤本君には、一度もあったことはありませんが、新聞や雑誌でしじゅう写真をみていたから、顔はよく知っていたんです。だから、その写真を見ると、すぐ藤本だと気がついたんです。僕はなんともいえぬほどいやな気がしました。藤本はもう死んでいる。しかし、嫉妬というものは、相手の男が死んでいても、それで帳消しになるものではありません。藤本の桃色の行状は、僕もいろいろきいていましたから、実になんともいえぬほど、穢《けが》らわしい、忌わしい気がして、つい荒い言葉で先生を責めたんです。それで――それで先生も告白せずにはいられなくなったのです」

「どういう告白でした」

「藤本は先生の、原先生の――子供だったんです。先生のかくし子だったんです」

小野は苦いものでも、吐き出すような口ぶりでそういうと、がっくり首を垂れてしまった。浅原警部がヒューッと口笛を吹くような音をさせた。警部が驚いたのも無理ではないが、私たち、私と由利先生とはそれほどまでには驚かなかった。われわれはこの事を、ひそかに心に描いていたのである。

「なるほど、さくら女史がそういったのですね。しかし、さくら女史はなんだって、あんなところに部屋を借りていたんです。そして、あそこでときどき密会していた若い男というのは、いったい誰なんです」

「ああ」

小野ははじかれたように顔をあげると、

「あなたは何もかも御存じなんですね。ええ、そのことも先生はおっしゃいました。あの若い男というのは、先生のそういう秘密を握っているんです。そして先生を脅迫して金をしぼっていたんです。あの男がどうして、先生の秘密をつかんだか、それについては、先生はある恐ろしい疑いを抱いていらっしゃいました。即ち、あの男こそ、藤本を殺した犯人ではあるまいか。藤本を殺して、あのあとで藤本の持っていた、先生からの手紙を見つけたのではあるまいか。……」

「だが、それなら何故、警察へ訴えて出ないんです」

浅原警部の言葉に、小野は憤然として色をかえると、

「どうして、そんなことが出来るんです。先生ははっきりとした証拠を握っていたわけじゃない。いや、たとい、証拠を握っていたところで、先生はやっぱり黙っているよりほかはなかったでしょう。そいつがつかまったが最後、先生の秘密は明るみに出るんです」

「すると、さくら女史は、自分の子供を殺した男に、脅迫されていたんですね」

「そうなんです。だから、その脅迫はいっそう深刻で、凄味《すごみ》があったんです。何しろ相手はすっかりデスパレートになっているんですからね」

「で、その男は何者なんです。さくら女史はそいつの名前をいいませんでしたか」

由利先生がおだやかに訊《たず》ねた。小野は力なくうなずきながら、

「そればかりは絶対に訊《き》いてくれるなと、先生はどうしてもおっしゃいませんでした。いや、名前をいわぬばかりではなく、僕がいきまいて、そいつの面の皮をひんむいてやるというのを、先生は躍起となってなだめました。何しろ相手は手を負うた猪みたいな男だから、絶対にさわらぬようにしてくれ。また、相手が何者だか、どんな男だか、探ろうというようなことは、決してしてくれるなとおっしゃるのです。僕も先生にこれ以上御迷惑がかかってはならぬと思ったものですから、一応は先生のおっしゃることに従いました。しかし、それとなく、そいつの様子を見るぐらいのことはよかろうと思って、その後も清風荘に注意していましたが、二度ほど——そう、たった二度ですけれど、そいつの姿をちらと見たことがあります」

「で、どんなふうな男でした」

「どんなふうって、そうですねえ。背は中肉中背より、少し低い方かも知れません。いつもオーバーかレーンコートを着ていましたが、一度だけオーバーの前のひらいているのを見たことがあります。とても洒《しゃ》落れた洋服を着た男で、襟の折り返しが色変わりになった、夜会服みたいなものを着て、いきな短杖《ケーン》を持っているんです。あれはやはり、藤本の仲間かなんかにちがいないんです」

「で、顔は――？」

「顔はわかりません。いつも色眼鏡をかけて、マフラーでかくしていましたから」

ちょうどそのとき、刑事がドアをひらいて顔を出した。

「新日報社から三津木さんにといって、雑誌の綴《と》じ込みを持って来ましたが。――」

「ああ、そう、こちらへくれたまえ」

由利先生は刑事の手から、週刊グラフの綴じ込みを受け取ると、気のないふうでページを繰りながら、

「時に、藤本章二ですがね。あれがさくら女史のかくし子とすると、父親はいったい誰なんです。そのことについて女史は何かいいましたか」

「それは私も訊ねてみました。しかし、先生はその事も決してきいてくれるなと、どうしてもおっしゃらなかったのです。僕も強いてきこうとはしなかったんですが、しかし、そのときの先生の口ぶりから察すると、どうも僕の知っている人物ではないかと思われるんです」

「あなたの知っている人物、誰ですか、それは――？」

「わかりません。見当もつきません。しかし、その時の先生の口ぶりからして、名前をいえば僕の知っている人――と、そんな感じに受け取れたのです」

「なるほど、時に小野君、君は最近洋行からかえって来たんでしたね。帰朝したのは

いつ頃でしたか」

小野は怪訝《けげん》そうに由利先生の顔を見直した。

「今年です。今年の三月です。しかし……」

「いや、なんでもないんです。それじゃ御存じないのも無理じゃないな」

由利先生は妙なことをいいながら、ポケットから鉛筆を出して、雑誌のページにいたずらしていたが、

「三津木君、このページを切り取るがいいだろうな」

由利先生は私の返事を待たずに、べりべりと一枚切抜くと、その上下を丁寧に折り返して、

「小野君、さくら女史を脅迫した男だがね。ひょっとすると、こういう風態《ふうてい》じゃなかったかしら」

先生の差し出したのは、意気な若者の全身写真だった。裾《すそ》のひらいた、長いフロックを着て、オペラハットをかぶり、小脇に短いケーンをかいこんでいる。色白の、なかなかの美貌《びぼう》らしかったが、青鉛筆で眼鏡とマフラーのいたずらがしてあるので、顔のところはよくわからなかった。だが、この写真をひとめ見た刹那《せつな》、小野は全身をもって驚いたのである。

「あ、この男です。この男です。しかし、これは……？」

「折り返してあるところを、読んでみたまえ」

私も浅原警部も椅子から立ち上がると、小野のそばへよって、左右から覗《のぞ》きこんだ。小野はふるえる指で上下の折り返しをひらいてみた。そのとたん、小野も警部も私も、思わずびっくりして引っくりかえりそうになった。

写真の上には、――今秋音楽界の大ヒット「椿姫《ラ・トラヴィヤタ》」――そして、写真の下には、アルフレッドゥ・ジェルモン――相良千恵子。

第十六章　悲劇のユーモリスト

小野が部屋を出ていったあと、私たちは長いこと、無言のまま坐《すわ》っていた。私はなんともいいようのない恐ろしさに、胸がふさがるような気持ちだった。

それにしても、由利先生のなんという記憶のよさだろう。そうだ、あの「椿姫《ラ・トラヴィヤタ》」――私だってそれを知らないことはなかったのだ。

あれは去年の秋の大ヒットだった。原さくらのヴィオレータに、相良千恵子のアルフレッドゥ・ジェルモン、それがヒットしたのである。むろん、ジェルモンはテナー役である。それをアルトで歌わせるのは、一種の邪道にちがいなかった。それをさくらが敢然としてやったのである。

「だって日本には、ジェルモンの歌えるような、いいテナーがいないのだから仕方がないじゃありませんか。見てて頂戴《ちょうだい》。アルトできっと成功してみせますわ。私の千恵子はほんとうに素晴らしいのよ」

　ところで私はちかごろきいた事がある。今度の戦争中、歌劇の本場イタリアでも、テナーが殆《ほと》んど応召してしまったので、やはりこのジェルモンをアルトに歌わせて、「椿姫」をやったことがあるそうだ。してみると、原さくらの英断は、歌劇の本場に先鞭《せんべん》をつけた事になる。

　それはさておき、このときの相良ジェルモンは、非常な人気をよんだものである。何しろ当時は男装の麗人ばやりであった。しかも相良ジェルモンは、少女歌劇のどの男役よりも意気で、瀟洒《しょうしゃ》で、ハイカラだった。ジェルモンという役柄も得だった。「椿姫」というだしものも、歌劇としては日本の大衆にひろく知られていた。三日間の予定が、一週間に日延べされたのも無理ではない。

　むろん、気むずかしい批評家たちが、筆をそろえて非難したことはいうまでもない。しかし批評家たちの非難というものは、逆に大衆の好奇心を煽《あお》ることに、妙に効果を持っている。かれらが邪道の罪を鳴らし、さくら女史の商売気を非難すればするほど、かえって人気はこの「椿姫」に集まったのである。

　その「椿姫」のアルフレッドゥ・ジェルモン。それではさくら女史を脅迫していたのは、相良千恵子だったのか。

由利先生はかるく首を左右にふると、ものうげな調子でこんなことをいった。

「いいや、これは私の手柄じゃない。土屋君が教えてくれたも同然なんだよ。土屋君の手記のなかに、さくら女史が去年『ラ・トラヴィヤタ』をやったことが書いてあった。それを昨夜汽車の中で読んでいたものだから当時の評判を思い出し、だから、今朝、清風荘で隣室の奥さんから、さくら女史と密会していた男の服装をきいたとき、すぐ、この写真のことを思い出したんだ。だから、これは私の手柄じゃない」

「ああ、わかった。わかった。それではじめてわかった」

警部がだしぬけに怒鳴ったので、私は驚いて振り返った。警部は呼吸を弾ませながら、

「ねえ、先生、そうじゃありませんか。昨夜ホテルの張り番をしていた刑事は、宵から一人も婦人は出ていなかったと、断言しているんです。刑事がそう思いこんだのも無理はない。相良はひょっとすると、この服装で出ていったんじゃありませんか」

「そう、私もそれを考えていた。そして、われわれよりもひとつ早い汽車で東京へいき、清風荘へ現われたんです」

「な、なんですって、相良が東京へいったんですって」

「そうそう。君はまだそのことを知らなかったんだね」

由利先生がそこで簡単に、今朝の話をしてきかせると、警部は思わず眼をみはった。

「ふうむ。しかし、相良はなぜ、そんな冒険をやったのだろう。いったい、なんの用事があって、清風荘へ出向いていったのだろう」

「それは、きっとあの部屋に、何か証拠になるものでもあったんですよ。それが見つかると、さくら女史を脅迫していたのが、自分であることがわかると思ったので、危険をおかして、取り返しにいったんですよ。ねえ、先生」

私は由利先生のほうを振り返ると、

「昨夜ここのロビーで、先生があの暗号をお解きになったとき、相良は僕のうしろから、眼を皿のようにして覗いていましたね。相良はあのとき、解読された文章を読んだのにちがいない。だから、早晩愛宕下のアパートへ、警察の手が入ると思ったものだから、危険を冒して、ホテルを抜け出し上京したんです」

由利先生はものうげにうなずくと、

「そう、あの時、相良君が解読文を読んだことは私も知っていた。いや、私はわざと読ませるようにしたのだ。どういう反応が起こるかと思ってね。しかし、私のいま考えているのはその事じゃない。相良君が男装してここを抜け出したとして、いったい彼女はどうして、その服装を手に入れたのだ。彼女はあらかじめ、こういう事のあることを予期していて、大阪まで、いや、このホテルまで、ジェルモンの舞台衣裳《いしょう》を持って来ていたのだろうか」

「いいえ、これ、あたしの服じゃありませんのよ」

私たち――私と浅原警部は、思わず椅子から飛びあがった。さすがの由利先生ですら、かっと頬が紅潮した。椅子の腕をつかんだ両手が、はげしくふるえていた。

「相良君！」

警部がきびしい声できめつけるのを、由利先生はいそいで手で制した。それから自分で立ち上ると、ドアのそばへ寄って、そこに立っている相良の肩にやさしく手をかけた。そしてじっと相手の眼の中をのぞきこんだ。その凝視があまり強かったせいだろう。相良はたゆとうようにまたたきすると、薄く頬をそめて、長い睫《まつげ》を伏せた。

由利先生はやっとそれに気がつくと、肩から手をはなし、かるく腕をとると、相良を部屋のなかに連れて来て、椅子に腰をおろさせた。私たち――浅原警部と私は、先生のそういう動作を、呆然《ぼうぜん》として眺めていた。

由利先生も腰をおろすと、

「さあ、聴きましょう。いまの言葉はどういう意味なの」

私はまた驚いて、由利先生の顔を見直した。先生の言葉の調子に、なんともいえぬ優しさが溢《あふ》れていたからである。

相良はゆっくり膝《ひざ》を組むと、少しからだを乗り出して、

「ええ、お話するわ。だけどそのまえに、先生――ああ、先生はパイプだから駄目ね。三津木さん、煙草一本頂戴な」

相良は帽子をとって、デスクのうえに投げ出した。私はポケットから煙草を差し出したが、その時、指のふるえるのをどうしてもおさえることが出来なかった。ひとつには、いまの先生の素振りから、妙に昂奮《こうふん》していたせいもあるが、もうひとつには、そのときの相良があまりにも魅力にとんでいたからである。

相良は男装していた。アルフレッドゥ・ジェルモンの舞台衣裳を着ていた。ふつうの女の服装のときには、それほどとも思えなかったのに、こうして男装していると、なんともいえぬほど魅惑的だったのである。少女歌劇の男役が天下に騒がれるのも無理ではないと、私はその時はじめて知ったのだった。

相良はゆっくり煙草をすうと、

「いま、この服装のことが問題になっていましたわね。ええ、それについてあたしのいったこと、嘘じゃないのよ。あたしもこれと同じ衣裳を持っているわ。だけどこれはあたしんじゃないの」

「誰の、――じゃ、誰の衣裳なの」

「先生の――ええ、原先生の衣裳なのよ」

浅原警部が疑わしげに唸《うな》った。しかし、由利先生はそれをきくと、急に体を乗りだ

して、

「それじゃ、さくら女史も、お揃いの服を持っていたんですね」

「ええ、そうなの、そのわけはいまお話ししますわ」

器用な手つきで、相良は煙草の灰を落とすと、

「去年、あたしがこの服装で、アルフレッドゥをやったこと、御存じですわね。ほら、そこにあたしの写真がありますわ。自分の口からいうの、なんだけど、あの役とても当たったのよ。大変な人気だったの。先生はそれをとてもお羨《うらや》ましがりになってこうおっしゃるんです。自分もまえに一度イタリアで『フィガロの結婚』のケルピノーをやったことがあるが、あれは元来ソプラノに書かれているもので、男性とはいえ、伯爵夫人のお小姓だから、男だか女だか分からない。いつか一度、すっきりとした男の役をしてみたいと思うのだけれど、ソプラノだから、どうにもならない。そこへゆくとあなたは羨ましい、と、さんざんそうおっしゃった揚句、衣裳方を呼んで、御自分もあたしとお揃いの衣裳を一着おつくりになったんです。それがこれなんですわ」

「しかし、そういう衣裳を作って、どうするつもりだったんだろう。舞台で着るわけにはいかないとすると」

「いたずらをなさるためなのよ。ええ、先生は子供みたいな方でした。偉大な芸術家はみなそうですけれど、先生も子供みたいに無邪気なところがおありでしたから、と

きどきこの服を着て、会などへ御出席なすって、みなさんをあっと驚かせて、喜んでいらっしゃいましたわ。あるときなど、あたしと二人お揃いの服を着て、銀座《ぎんざ》裏の酒場など歩きまわったこともあります。ええ、口さえきかなきゃ、ちょっと誰にも女と気づかれない。それが大層お得意でいらっしゃいました」

「なるほど。すると、この大阪でも、誰かをあっと驚かせるつもりで、その衣裳を用意して来たんですね」

「ええ、そうでしょう、きっと。――でも、あたし、少しもそんなことは知らなかった。だから昨夜、どうしてもこのホテルを抜け出す必要があって、何か仮装の衣裳はないかと、五階に詰めこんであるトランクを探したとき、バタフライの衣裳のなかに、これがあるのを見つけたときには、あたしもちょっと驚いたんです。でも、これこそまことにお誂《あつら》えむきの衣裳だから、早速、借用することに決めました。御存じでしょうが、先生とあたしとは、背丈から、体の恰好《かっこう》まで、とてもよく似ていますから、この服もぴったりあうんです。ええ？　あたしの服、ああ、それは衣裳トランクの中にかくしていきましたわ」

「そうしてあんたは、ここを抜け出し、東京の清風荘へ出かけていったんですね。しかし、清風荘にどんな用事があったの」

「そうだ。君はいったい清風荘から、何を盗み出したんだ」

警部は横からいきり立った。

「あら、失礼なことをいわないでよ」

相良はいたずらっぽい眼つきをすると、

「あたし、何も盗んだりなんかしやあしないわ。——と、いっちゃいけないかしら。ええ、まえに一度あそこから盗み出したものがあるの。だけど今朝は盗みにいったんじゃないのよ。逆に、まえに盗み出したものをかえしにいったんです」

「何を——何をかえしにいったの」

「その写真——藤本さんのその写真よ」

ふいに由利先生が大きく音を立てて呼吸を吸った。それから物凄《ものすご》く体をまえに乗り出すと、

「それじゃ——それじゃ、君もあのことを知っていたの」

相良はじっと、由利先生の顔を視つめていたが、やがて謎のような微笑をうかべると、

「あの事——？　それじゃ先生もあのことに、気がついていらっしゃるのね。そのお写真から？」

「いいや、この写真のせいじゃない。私はもっと別のことから、あのこと、——藤本章二がさくら女史のかくし子だなんて、まっかな嘘だと知っていたんだよ」

私は驚いて由利先生の顔を見た。浅原警部もはじかれたように、身を反らすと、

「先生！　しかし、それは――じゃ、小野はわれわれを欺いたのですか」

だが、先生はそれにこたえなかった。相変らず相良のかおを視つめながら、

「しかし、この写真のことは知らなかった。この写真に何か細工があるの」

相良は探るように先生の顔を視つめていたが、やがて、軽い溜息《ためいき》をつくと、

「あら、詰まらないわ。それじゃ今朝のあたしの苦労はむだ骨だったのね。その写真がなくても、先生がちゃんとそのことを御存じだったとしたら、あたし、何もあんなに骨を折って、写真を返しにいかなくてもよかったのね。先生、その額にはまっている、赤ちゃんの写真を出してごらんなさいな」

由利先生は急いで、額の裏を外すと、なかから赤ちゃんの写真を取り出した。

「小野さんは、それを藤本さんの幼時の写真だっていったでしょう。ええ、あの人それをまに受けていらっしゃるんですわ。でも、写真の裏をごらんになれば、すぐそんなこと、嘘だっておわかりになりますわ」

由利先生は急いで裏をかえしたが、そこでわれわれは思わず大きく眼を瞠《みは》った。そこには横文字の活字がぎっしりと刷ってある。明らかにそれは、外国雑誌から切り抜いたものであった。

「藤本さんがいかに人気のある流行歌手だって、まさか赤ちゃんの時分から、有名だ

ったわけはないわね。ましてや外国雑誌なんかに載る筈《はず》ないわね。それにあたし、その赤ちゃんを知っているのよ。その写真は、去年のクラシックから切り抜いたもので、写真の主は、アメリカの映画俳優、フィリップ・ホームズの赤ちゃん時分の写真なのよ。先生は――原先生はユーモリストでいらしたわ」

第十七章　プリマドンナの秘密

「先生がなぜそんな事をなすったのか、あたしにはよくわかっています。それはあたしが先生という方――先生の御気性をよく知っていたからですわ」

相良はまた、私のシガレット・ケースから、煙草を一本抜きとった。そして脚を組み、頭を椅子の背にもたせるとき、薄眼をひらいてゆっくりと語り出した。

「しかし、この事を警察の方に、納得のいくように説明することは実に難しい。――と、そうあたしは思ったのです、どんなに口を酸っぱくして説明したところで、疑いぶかい警察の方は、とても信用して下さるまい。だから、事実をもって、先生の欺瞞《ぎまん》――と、申しますか、お芝居と申しますか、それを皆さんに示さねばならぬ。――そう思ったものですから、あたし、あんな大胆な真似をしたんです。つまりその写真を清風荘へかえしておいて、皆さんに発見していただき、ひいては、そこにある『嘘』

に気がついて戴《いただ》きたかったのですわ」

由利先生はまじまじと、相良の顔を見守っている。その瞳《ひとみ》には優しい懸念が、洪水のように溢《あふ》れていた。

「なるほど」

と、そう相槌《あいづち》をうったのは浅原警部だった。その語気にはまだ多分に疑いがのこっていたが、強いてはそれを乗り越えるように、

「いや、それでだいたい、あなたの行動の意味はわかったが、問題はさくら女史ですね。さくら女史はなんだって、そんな途方もない嘘をついていたんです」

相良はそれをきくと、艶《あで》やかな、しかし、艶やかななかにも、どこか哀愁をおびた微笑をうかべた。

「警部さん、あなたがいま取り上げていらっしゃるこの事件、これは世の常の事件ではないのですよ。原さくらという偉大なプリマドンナ、世界的な大芸術家を囲繞《いにょう》して起こった事件ですわね。だから、あなたがこの事件を理解なさろうと思えば、どうしても芸術家のテンペラメントを、よく理解なさらなければいけませんわ。原先生にとっては、日常生活のすべてが芸術でした。もっとわかりやすい言葉でいえば、先生の日常生活のすべてがお芝居でした。箸《はし》のあげおろしから、ちょっとした首のかしげかた、なんでもない朝の御挨拶《ごあいさつ》にも、先生は決してお芝居を忘れない方でした。それは

自分が偉大なプリマドンナである、という自覚からも来ていたのでしょうが、もうひとつには、芸術家にありがちな、子供っぽい虚栄心、いつも人の注目の中心になっていたい、――世間や周囲の人々から、ちやほや騒がれていたい、と、そういう子供っぽさからも来ているのです。ところが、そこへ小野さんという方が飛び込んでいらした。無垢《むく》で、純情で、真っ正直で、人を疑うことを知らない小野さん、お坊ちゃんの小野さん。しかもこの小野さんと来たら、先生に傾倒しきっていらっしゃる。先生を神のように崇拝していらっしゃる。そこで先生のお心に、ふいと、悪戯《いたずら》ごころが萌《きざ》して来たんです。小野さんを翻弄《ほんろう》する――と、いっては少し語弊がありますが、小野さん相手のかくれん坊、つまり一種の遊戯なんですわね。母性の悲劇といったふうなお芝居、それを思いつかれ、そして、小野さん相手にそのお芝居を実演していらしたんですわ」

「すると、つまりなんですか、清風荘にからまる一切のエピソード、あれは全部さくら女史のお芝居、女史が、小野君に語った言葉はみんな嘘だったというんですか」

「ええ、そう。でも、先生御自身、おしまいごろには、それをお芝居だと思っていらっしゃらなかったかも知れません。先生という方はそういう方でした。とても空想力が強くて、空想していらっしゃるうちに、事実と空想の境界がわからなくなってしまう。空想からうまれた産物を、いつか実際あった出来事のように思いこんでしまわれる。――そういう方でした。トマス・ハーディーの小説に『イマジネーティヴ・ウーマン』というのがありますが、先生はそれが極端な方だったんです」

警部はううむと不機嫌らしい唸《うな》り声をあげた。それから疑わしげな眼で、相良の男装を見守りながら、

「すると、清風荘でさくら女史と密会していた男というのも、実はさくら女史自身だった。つまりさくら女史が男装して、一人二役を演じていたというんですね」

「ええ、そうですわ。この男装に対する自信――と、いうようなものも、先生に今度のようなことを思いつかせた、動機のひとつとなっていたと思われます」

警部はそこで、しばらく黙りこんでいたが、やがて竹でも折るような、ポキポキとした調子で口を切った。

「すると、つまりこういうことになるんですね、さくら女史は小野君の純情無垢につけこんで、これを翻弄しようとたくらんでいた。ところが折りあたかも、藤本殺しの一件が起こり、しかも、この藤本君たるや、幼い頃生母に別れ、瞼《まぶた》の母を慕うていた。――と、いう事をさくら女史が知っていたものだから、それを利用し、あたかも自分が藤本の生母であったかのように小野君に思いこませ、しかも、この秘密を種に、誰かにゆすられていた――と、そういうお芝居を、小野君に演じてみせて、かれを翻弄していた。――と、そういう事になるんですね」

「ええ、そう、その通りですわ」

「だが——」

突然、警部は床を蹴《け》って立ち上がると、荒っぽく部屋のなかを歩きまわりながら、

「そんな事が信じられるだろうか。いかに芸術家の気まぐれとはいえ、そんな途方もない、馬鹿げた、御念のいったお芝居。——まかりまちがえば、どんな騒動を惹《ひ》き起こすかも知れぬ、そんな馬鹿なことを、さくら女史がやっていたと信じられるだろうか」

「だから、あたしさっきも申し上げたのですわ。この事件を理解するためには、原さくらという、偉大な芸術家、大きな赤ん坊を理解なさらなければいけないと、——」

「しかし、われわれには、難しく考えるよりも、やはりもっと常識的に解釈したほうが都合がよさそうだ」

「常識的な解釈とおっしゃると——？」

「つまり、さくら女史が小野君に語ったところは、やはり真実であった。藤本はやはりさくら女史のかくし子であり、その真実を知っていた人物のために脅迫されていた。そしてその人物というのは、男であったかも知れないし、ひょっとすると、いまのあなたのように、男装した女だったかも知れない。——」

相良はふいに、椅子のなかですっくと体を起こした。そして、挑むような眼で、警

部の鋭い凝視を弾《はじ》きかえしていたが、やがて蔑《さげす》むような微笑をうかべて、

「やっぱりそうなのね。あなたがたにはそんなふうに、平凡な解釈しかお出来にならないのね。でも、忠告申し上げておきますが、あなたがたが、そんなふうに、常識的な解釈を固執していらっしゃる限り、この事件は解決されませんよ」

相良はぐったりと椅子のなかに姿勢をくずした。相良の語気のなかにある鋭い皮肉に、警部の頬はさっと紅潮した。一瞬、緊迫した空気がふたりのあいだに流れたが、そのときだった。由利先生が助け舟を出すように言葉をはさんだのは。

「相良さん、あんたはしかし、どうしてそのことを知っていたんだね。さくら女史のお芝居を――」

相良はそれで、由利先生のほうへ向き直ると、

「それはこうなのです。あれはひと月ほどまえのことだったでしょうか。清風荘に住んでいらっしゃる、若い奥さんから電話がかかって参りまして――御存じですかどうですか、あたし原先生のところに同居していたんですわ。で、そのとき先生が、お留守だったものですから、あたしが電話に出たんです。すると、その奥さんがおっしゃるのに、原清子というのはさくら女史の本名ではないか、というような事をお訊《たず》ねになるんです。そこであたし、妙に思ったものですから、その奥さん――川口さんという方でした。その方にいろいろお訊ねしたところ、はじめて先生が本名で、清風荘の

一室を借りていらっしゃることがわかったんです。それであたし、なんだか心配になって来たものですから、清風荘へそっと様子を見にいったんです。するとそこに藤本さんの写真が飾ってあります。それのみならず、額のなかにはさんである、赤ん坊の写真――それを見てあたしははっとしたのです。それはいまから半年ほどまえのことでした。先生、その時分から、妙に子供が欲しい欲しいって、言いつづけていらっしたのですが、あるとき、その写真をクラシックで発見なすって、とても心をひかれた御様子でした。そこへもって来て、世上つたえられている藤本さんの身のうえ噺《ばなし》、それやこれやを考えあわせると、あたしにはすぐ、先生の空想がわかったんです。それにその後、しじゅう清風荘に気を配っていたものですから、先生の空想的なお芝居が、小野さんを対象としていること、つまり、小野さんを翻弄するために、そんな危険な遊戯をしていらっしゃるのだと気がついたのです」

「それだのに、あなたはその事を、小野君に教えようとは思わなかったんですか」

　警部が切りこむように質問した。相良は少し眉《まゆ》をあげたが、わざと警部から顔をそ向けて、

「どうしてそんな事が出来ましょう。先生はその遊戯に、子供のように熱中していらっしゃるのです。はたからそんなおせっかいをして、先生の夢をぶちこわすことは、取りも直さず先生のお心を傷つけることになりますわ。だからあたし、小野さんに忠

告しようとは、決して思いませんでした。でも、あまり深入りしすぎて、とんでもない事が起っては、――と、それを心配したものですから、折りを見て、直接先生に御意見申し上げるつもりでした。で、まずその準備として、いちばん誤解の種になりそうな、写真だけこっそり盗んでかくしておいたのです」

　由利先生はしばらく何か忙しく、頭のなかでまとめているふうだったが、やがて体を乗り出すと、

「相良さん、いまのあなたのお話によると、さくら女史が子供を欲しいと言い出したのは、半年ほどまえからだということでしたね。そのまえにはそんなことはなかったのですか」

「ええ、以前には子供のことなんか、おっしゃった事はありません」

「それが急に子供が欲しいといい出したんですね。なぜまたそんなに突然、母性欲に駆り立てられたんでしょう。何かそこに動機というようなものがあったんですか」

「さあ、――それは、あたしにもよくわかりません。やはりお年齢《とし》のせいではないでしょうか」

「はっきりいって、いったいそれはいつ頃からの事なんです」

　相良はちょっと首をかしげていたが、

「ええ、あれはたしか四月頃のことだったと憶《おぼ》えています。そうそう、たしかにそう

ですわ。雨宮さんが土屋さんの助手として、入って来られて間もなくのことですから」

ふいにほのかな、たゆとうような微笑が、由利先生の口許《くちもと》にひろがった。その微笑はしばらくそこに揺曳《ようえい》していたが、やがて由利先生はまた身を起こすと、

「いや、有難う。それで何もかもよくわかりましたよ。ところで相良さん、もう一つあなたにお訊ねしたい事があるんですがね。この事は一番大事なことですから、よく考えて答えて下さい。さくら女史が清風荘の一室を、ひそかに借りていたこと、そして、小野君相手にそういう遊戯を演じていたことを、あなたのほかにも、誰か知っているものがありゃしませんでしたか」

「さあ。……あたし、よく存じません」

「でも、誰か知っていたろうという、可能性はありませんか」

「ええ、それは考えられますわね。あたしでさえ知っていたくらいですもの。それに先生という方は、何度も申し上げますとおり、大きな赤ん坊でいらしたから、御自分ではとても利巧《りこう》に、抜け目なく立ちまわっていらっしゃるおつもりでも、はたから見ると隙だらけで、方々に手抜かりを残していらっしゃる。――と、そういった方でございましたから」

由利先生はそこでつと立ち上がると、相良の肩にやさしく手をおいて抱き起こした。

「いや、有難う。それではあなたは、部屋へかえって休息していらっしゃい。後でま

た、何か用事があるかも知れないが、それまでゆっくり休むんですよ」

「先生」

ドアのところまでいってから、相良は急に熱っぽい眼で由利先生を振りかえった。

「先生、先生はあたしの話を信じて下さいますわね」

「信じますとも、それで何もかも辻褄《つじつま》があうのですから。ああちょっと、三階へいったら、原聡一郎氏に、ちょっとこちらへ来て下さるよう、いってくれませんか」

相良が出ていったのと入れ違いに、刑事が電報をもって入って来た。電報は由利先生に宛てたものだった。先生はそれを読みおわると、すぐわれわれのほうへ差し出した。その電報というのはこうである。

一九ヒノ旅客機ニサクラ女史ニ該当スル旅客ナシ

等々力

警視庁の等々力警部からである。

「なるほど、これで殺人の現場は東京と、いよいよはっきり限定されたわけですね」

浅原警部の言葉だった。

「さくら女史はどんな方法ででも、十九日の晩、絶対に大阪へ来れなかった事が、これではっきりしたわけです。犯人は清風荘の一室でさくら女史を殺し、トランクに詰めて大阪へ送って来た。そして、曙アパートの一室で、コントラバス・ケースに詰めかえて、中之島公会堂へ送って来た。――犯人がなぜそんな手数のかかることをしたかといえば、殺人は大阪で演ぜられた、と、思わせるためだったのでしょう。ところで、十九日の晩、東京にいた人物といえば――」

だが、そのときドアをノックする音がきこえたので、警部の独演はふっつりと途切れた。入って来たのは原聡一郎氏である。

一晩のうちにあんなに相好のかわった人物を、私はまだかつて見たことがない。昨日の聡一郎氏には微塵《みじん》も暗いかげは見られなかった。あんな恐ろしい出来事で、突然妻をうしなった良人としては、むしろ不自然に思われるほども、鷹揚《おうよう》で寛濶《かんかつ》だった。ところが今夜の聡一郎氏は、すっかり打ちひしがれた恰好《かっこう》である。昨日はあんなに艶々《つやつや》としていた童顔が、めっきり光沢をうしなって、気のせいか、急に白髪がふえたように思われる。いったい、何がこうも大きな変化を、この人のうえにもたらしたのかと、私は心中、大いに怪しまずにはいられなかった。妻をうしなった悲しみは、徐々にやって来るというが、それにしてもこの変化は、あまりにも急激だったし、深刻でもあった。さくら女史の変死以外に、何かまた大きな打撃がやって来たのではあるまいか。ところで、さくら女史が殺された後に起こった事件といえば、昨夜の雨宮君の一件だが、たかがマネージャー助手が殺されたくらいのことで、この偉大な人物が、こうも心を傷めることは、どうしても合点のいかぬことだった。

「いや、わざわざ御足労を願って恐縮でした。少しお訊《たず》ねしたいことがあったものですから」

いままで相良が坐《すわ》っていた椅子に腰をおろすと、聡一郎氏は、ぼんやりと光のない眼で、われわれの顔を見渡した。どこか神経的にバランスをうしなったような眼つきだった。

「実は、奥さんについて妙な問題が起こったんですがね。この事は、多分あなたにとっても初耳だと思われますから、聞き込んだままお伝えしますが――」

由利先生は慎重な言葉をえらびながら、われわれが清風荘の一室で発見したいきさつから、小野の告白にいたるまで、ゆっくりと、噛《か》んでふくめるように語ってきかせた。そのあいだ、浅原警部と私とは、眼《ま》ばたきもしないで、聡一郎氏の顔を凝視していたが、そのとき、かれの顔面にあらわれた変化は、実に微妙なものだった。はじめのうち聡一郎氏は、呆気《あっけ》にとられたような顔をして、ぽかんと由利先生の顔を眺めていた。いったいなんの話なのか、理解に苦しむというような顔色だった。ところが話が進むにしたがって、虚脱した瞳《ひとみ》に、しだいに生き生きとした色がよみがえって来た。それは大きな驚きと同様に、はげしい憤りに輝いているらしかった。殊に最後の小野の告白をきくにいたっては、おさえきれぬ怒りに、血管が蚯蚓《みみず》のようにふくれあがった。

「嘘だ！」

由利先生の言葉の終わるのも待たず、そう叫んだ聡一郎氏は、いまにも椅子の中から跳躍しそうな恰好だった。

「嘘――？　嘘だとおっしゃるのですか」

「嘘だ、嘘だとも！」

聡一郎氏は喘《あえ》ぐように呼吸をはずませながら、

「小野君は故意に嘘をついているのか、それともあの男自身が、とんでもない夢を見ているのか、――そ、そんな馬鹿なことが――」

「原さん、あなたが否定なさるのは、奥さんが清風荘の一室を、ひそかに借りていたという事実ですか、それとも、奥さんに藤本章二という、かくし子があったという事ですか」

聡一郎氏は急にどきりとしたように、由利先生の顔を見たが、やがて、がっくりと肩を落すと、

「なるほど、あれが清風荘の一室を、ひそかに借りていたという事は、君たちも発見しているのだから、否定出来ないことかも知れない。しかし、あれがどんな理由で、

アパートの一室を借りていたとしても、藤本という男が、あれのかくし子であったなどということは、絶対に、――絶対にあり得ないのだ」

聡一郎氏の言葉に、妙に確信にみちたひびきがこもっていたので、私たちは思わず顔を見直した。由利先生は興味深い眼で、相手を見守りながら膝《ひざ》を乗り出して、

「どうして、そうはっきり言い切れるのですか。あなたは藤本という男を御存じなんですか」

「いいや、私は知らん。しかし、藤本であろうが誰であろうが、あれに子供があったなどということは、絶対にあり得ないのだ。嘘だと思うなら、慶応《けいおう》病院のＯ博士にきいてみたまえ。この事は、当人以外、私とＯさんのほかには、絶対に誰も知らない秘密なのだが、あれは――さくらは――」

聡一郎氏は少し言いよどんだが、すぐ気を取り直したように、多少怒気をふくめてこういい放った。

「うまれつき、子供がうめない女だったのだ。つまり、あれは、性的に不能者だったのだ！」

間奏曲

三津木俊助曰《いわ》く。――エラリー・クイーンの探偵小説を読むと終末近くに必ず読者への挑戦が出て来るようである。私のこの小説が、クイーンのそれらの諸作同様、フェヤーに書けているかどうかは疑問である。しかし、いままで書いて来た十七章までの間で、少なくとも原さくらを殺害した犯人の計画を、観破すべき諸材料はあらかた出揃っている筈《はず》である。どうです、一度ここらで巻き閉じて、冥想《めいそう》一番、犯人を指摘してごらんになっては。

第十八章　良人の告白

突然、私ははげしいショックをかんじた。強い電流をとおされたように、脊柱《せきちゅう》をつらぬいて走る戦慄《せんりつ》をおぼえた。浅原警部もひくい唸《うな》り声をあげると、椅子の中で姿勢をただした。すべてを見透していた由利先生であったけれど、この事ばかりは想像のほかだったと見えて、鋭い口笛のひとこえを洩《も》らした。

最も重大なことを吐き出した後の誰でもがそうであるように、原聡一郎氏もしばらくは精神的に虚脱したような眼をしていたが、やがてかすかな溜息《ためいき》をもらすと、

「この事を暴露するのは、あれにとっては傷ましいことなのだ。おそらくあれの自尊心を傷つけるところ、大きなものがあろうと思う。私にとってもこれは耐えがたい事だ。しかし、あれの人格を傷つけるよりはましだと思うから敢《あ》えて告白する。由利君、いや、三津木君は新聞記者だからおそらくいろいろな事を聞いているだろう。あれの――原さくらの不自然なほどの色っぽさ、常軌を逸した桃色の醜聞《スキャンダル》、無軌道な恋愛沙《ざ》汰《た》。――世間ではみんなあれを真実だと思いこんでいる。そしてそれを芸術家のエロチシズムだと解釈している。だが、あれは全部真実ではなかったのだ。原さくらには桃色事件などひとつもなかった。あれには他の男との恋愛沙汰など絶対になかったのだ。いや、あり得なかったのだ。では、なぜああも頻々として噂を立てられたのか。それはあれ自身、好んで、桃色の噂が立つように行動していたからなのだ。では、なぜそんなふうに行動したのか、そこにあれの悲しい秘密があった。ねえ、由利君、警部さんも三津木君もきいてくれたまえ。世間には更年期を過ぎてから、ことさら若々しくよそおい、若い男と妙な噂を立てられて喜んでいる婦人がある。しかし、少し知恵のある人間なら、すぐその婦人の悲しい欺瞞《ぎまん》、生理的に女でなくなった婦人の、空しい焦躁《しょうそう》を見抜くことが出来る筈なのだ。あれは――原さくらは生涯を通じて、更年

期を過ぎた婦人も同様だった。自分の不能を知る故に、そして、極端にそれを恥じ、かくしたがっていた故に、ことさらにあれは、エロチックな振舞いをしなければならなかったのだ。生理的に女でないことを、ひたかくしにかくすためには、ことさら『女』を誇張し、ありもしない色気を人工的につくりあげ、それを自然のものであるかの如く、世間に宣伝しなければならなかったのだ。むろん、そこには芸術家としてのテンペラメント、持ってうまれた豊富な空想力も手伝っていただろう。しかし、根本となるものは、やはり自分が女でないという自覚と、それを世間に知られることを、極端におそれていた自尊心とが、万事を支配していたのだよ。それははたから見ていても、実に、実に、傷ましい努力だった」

　聡一郎氏の語尾が、かすかにふるえて消えていったとき、私たちは思わず溜息を、一斉射撃のように吐き出した。

　今にして、私には思い当たることがある。原さくらの恋愛遊戯は、それがあまり頻繁なのと、いつも相手が変わっているのとで有名だったが、私の耳にしたところでは、誰も最後の一線を越えたものはないらしいということであった。私はいままで、それについて半信半疑の気持ちでいたが、今こそはっきり理解することが出来るのである。もし原さくらが性的にノルマルな女だったとしても、やはり最後の一線は守り通したかも知れない。いや、彼女がノルマルな女だったら、はじめからそういう問題を起こさずにすんだかも知れないのだ。しかし、彼女が生理的に不具者であったからこそ、いよいよ固く、最後の一線は守り通されねばならなかったのだ。それを乗り越えようとすれば、いきおい仮想恋人たちに、自分の秘密を知られることになるのだから。——私はいまさらのように、惨憺《さんたん》たるさくら女史の苦闘を思い、暗黙とせずにはいられなかった。

「なるほど、それでよくわかりました」

警部の声でさえが、その時、妙に印象的な同情にみちていた。

「奥さんはそういうふうに、子供のうめない人だった。そしてそういう婦人が中年を過ぎた場合、しばしば陥る強烈な母性義務に、奥さんも陥られたのですね。自分が子供をうめない体質だけに、いっそう強く子供を欲しがられた。そこへたまたま、生母を知らぬ藤本章二の事件が起こったので、奥さんはいつか、藤本の生母の位置へ、自分をおいて満足されていたのですね」

「そうなんだ。いや、そうなのだと思う。あれは空想力の強い、幻想的な女だったから、ひょっとすると、しまいには自分でもほんとうに、藤本の生母であるかのような、錯覚におちいっていたかも知れないよ」

「いや、相良君もやっぱり同じ意見なんですがね。しかし、私にはもう一つ、腑《ふ》に落ちない事がある」

由利先生はおだやかに言葉をはさんで、

「相良君の説によると、奥さんが突然母性欲の衝動に駆られるようになったのは、今年の四月ころからだというんです。相良君はそれを簡単に、お年齢《とし》のせいだろうといっている。それもあるかも知れないが、私はそれ以外に何か動機がありはしないかと思うんです。いままで眠っていた母性欲が、そうも突然、しかもあのように熾烈《しれつ》にもえあがるには、そこに何か、大きないとぐちのようなものが、なければならぬと思うんです。原さん、何か心当たりはありませんか。四月頃、さくら女史の身辺に、女史の母性欲を刺激するような事件の起こったのを。——」

聡一郎氏は突然、ぎくりとしたような眼で、由利先生の顔を見た。だが、すぐその視線をそらすと、かすかに首をふっただけで、別になんとも答えなかった。由利先生は急に体をまえに乗り出すと、

「原さん、四月といえば、雨宮君がアシスタント・マネジャーとして入って来たときでしたね。そして雨宮君はあなたの遠縁のものという触れ込みで、あなた自身が推薦なすったのですね。原さん、雨宮君はあなたの何に当たるのです。もしや——もしや、雨宮君はあなたの御令息、——かくし子だったのではありませんか」

私はまた、はげしいショックを感じずにはいられなかった。ああそうだったのか、由利先生がああもたびたび、雨宮君について語っていたのはそのことだったのか。私

はいまにも心臓が、ワイシャツを突き破って、躍り出しはしないかと思われるような、はげしい動悸《どうき》をおぼえた。浅原警部も、しびれたようなかおをして、聡一郎氏の様子を見守っている。その聡一郎氏は、椅子の腕木をしっかとつかんで、いまにも跳躍しそうな恰好《かっこう》だった。蒼白《あおじろ》い、緊迫した空気のなかに、聡一郎氏の吐く、あらあらしい息遣いだけが、嵐のように渦巻いていた。

突然、聡一郎氏は、骨を抜かれたように、がっくりと椅子のなかにくずれた。

「由利君――君は、知っていたのかい」

それからハンケチを出すと、静かに額や頸《くび》のまわりの汗をぬぐった。

「知っていた？　いや、知っていたといえば語弊がありましょう。物的証拠をつかんでいたわけじゃないのですから、私はただ推量していたんです。雨宮君とあなたとでは、体格からいっても、容貌《ようぼう》からいっても、一見まるでちがっている。それにも拘《かかわ》らず私は、お二人のなかにある、きびしい相似に気づかずにはいられなかった。眼、鼻、口、ぱあっとした全体の印象ではまるでちがっていながら、ひとつひとつ仔細《しさい》に吟味すると、実によく似ている。ちょっとした科《しぐさ》や、声などにも恐ろしいほどの共通点がある。それに、雨宮君がヘマをやった時などに、あなたのお示しになる、耐えがたいような心の傷み、屈辱、羞恥《しゅうち》――そういうところから、私は二人は親子であろうと推量したのです」

由利先生はそこで私や警部を振り返ると、

「さっき相良君が、藤本の写真にある『嘘』を指摘するまえから、私は藤本が、さくら女史のかくし子でないことを、観破していたようにいいましたね。あれはでたらめじゃなかった。私はそれよりまえに、雨宮君が聡一郎氏の御令息——おそらくかくし子であろうと推量していたんです。良人《おっと》もかくし子を持っていれば、妻もかくし子を持っている。——と、いうのじゃ、なんぼなんでも話がうまく出来過ぎている。だから、さくら女史のほうは、おそらく事実であるまいと考えたわけなんです。この事は、小野君の話をきいているうちに、いよいよ確信を強めましたよ。さくら女史が楽譜の暗号のことを切り出したり、清風荘に一室を借りたりしたのは、すべて、藤本事件の直後のことで、新聞がまださかんに騒いでいた頃のことなんです。もし、さくら女史が真実藤本事件に関係があるならば、楽譜の暗号など、つとめて避けるべきでしょう。それに清風荘だって、そこが小野君の散歩のコースに当たっていることは、さくら女史もよく知っていた筈《はず》なんです。だからもし、さくら女史が小野君に語ったようなことが真実とすれば、何をおいても愛宕界隈《かいわい》は避けねばならぬところです。それを強いて、清風荘をえらんだのは、小野君に見つけられることを期待していたのだ。即ち、お芝居をしていたんだと考えたのです。もっとも、私もまさかさくら女史が一人二役をしていたことは、さすがに気がつきませんでしたがね。男のほうは多分相良君であろう。相良君が先生の命令で、お芝居のお相手を演じていたのだろうと考えていましたがね。ところで――」

と、由利先生は聡一郎氏のほうを向き直ると、

「さくら女史は雨宮君のことを、この四月まで御存じなかったんですね」

聡一郎氏は力なくうなずいた。

「そして、そのことが女史に、非常なショックをあたえたんですね」

聡一郎氏はまた力なくうなずいた。それからものうげな調子で、

「私もこのことが、あれほど大きなショックを、あれにあたえようとは夢にも思わなかった。あれがああいう体だものだから、私の浮気は天下御免だった。私が外にいくら女をこさえても、あれは決して、憤ったり、怨《うら》んだりしなかった。いや、反対に、私に新しい女が出来るたびに、自分から出向いて、何かと世話をやいていた。あれは私にとって大きな赤ん坊も同然だったのだが、自分では逆に、私の母か姉のような気持ちでいるのが好きだった。私の尻拭《しりぬぐ》いやなんかすることで、せめてもの慰めにしていたのだろう。だから、いまから思えば雨宮のことなども、もう少し早くあれに打ち明けておけばよかったと思う。だが、あのことだけはどうしても打ち明ける勇気がなかったのだ。雨宮は、私が学生時代、女中にうませた子供で、何しろ、あまり若い時分のことだから、恥かしくもあったし、それに雨宮の母は、その後相当のところへ片

づいていたものだから、その女のためにも、黙っていたほうがよかろうと思っていたのだ。ところが、近ごろになって、雨宮の養父というのが死に、それにあの子があのとおりの男で、どこへいっても失敗ばかりやって長つづきがしない。そこで雨宮の母に泣きつかれ、清子――つまりさくらに頼んで、アシスタント・マネジャーに使ってもらうことにしたのだ」

「そのとき、あなたは真相を打ち明けられたのですか」

「いいや、その勇気はなかった。それに今迄《まで》隠していたものを、別に、打ち明ける必要があるまいと思ったのだ」

「それにも拘らず、奥さんはお気づきになったんですね」

「そうだ、由利君、君が感づいたようにね。あれも女の直感から、私と雨宮とのあいだの相似に気がついたのだ。問い詰められれば、私も白状せずにはいられなかった。それに、従来の例からして、そのことがあんなに強く、あれの心を傷つけるとは、夢にも思わなかったからね。清子――さくらは例によって、憤りも怨みもしなかった。だが、もっといけないことが起こった。あれは泣いたのだ。嘆いたのだ。それこそ、魂もついえるばかりに。長いあいだの良人の欺瞞《ぎまん》を怒るというよりも、私に子供があったということが、今更のように自分の不能に、身を緊《し》めつけられるような悲哀をかんじたのだろう。その当座、萎《しぼ》んだ花のように打ちしおれていたが、おそらくそれが望んでも得られぬ母性欲に対して、強い刺激となったのであろうと思う」

「雨宮君はあなたを父と知っていましたか」

「おそらく知っていたと思う。しかし、あれでなかなか心得のある人間と見えて、私に対して、決して狎々《なれなれ》しい態度は見せなかった。私はそれを不愍《ふびん》に思う。それにあれが殺されてみて、私ははじめて今度の事件、清子のああいう無残な最期も、ひょっとすれば、あれ——雨宮のことが、動機になっているのではないかと思いはじめたのだ。そうだとすると、清子にすまない。そう考えると私は昨夜寝られなかった。由利君、私は清子を愛していたのだよ。世の中の何物よりもあれを愛していたのだよ。あれのほうでも同じだったと思う」

　聡一郎の眼は、またしだいに光をうしないはじめた。由利先生はそれを励ますように、少し声を強めて、

「原さん、もう一つお訊《たず》ねがあるんですがね。最初の予定では、あなたは奥さんと御一緒に、十九日の朝、東京をたつことになっていたのでしょう。それをその晩までのばしたというのは、どういうわけなんです」

「ああそのこと。——それについては、私も不思議に思っているんだが、——十九日の朝まで、私は清子と一緒に出発するつもりだった。ところが、出発まえ一時間ほどの時に、商工会議所のＮから電話がかかって来て、至急要談したいことがあるから、

今夜六時に、築地《つきじ》のさる料亭へ来てくれないかというのだ。清子にその事を話すと、自分は相良さんがついてくるから大丈夫、あなたは要談をすませて、今夜の汽車で来てくれという。そこで、その晩、築地の料亭へ出向いていくと、Nも来ていた。しかし、驚いたことに、別に重大な要件があったわけではないんだ。Nが笑いながらいうところによると、実は昨日奥さんから電話がかかって来て、主人と一緒に大阪へたっては、少しぐあいの悪いことがある。なんとか用事をこしらえて、主人を夜まで東京へ引きとめてくれないかと、こう頼まれたから、計略かいて君を引き止めたんだと、そういうんだ。私もちょっと驚いたが、いったい、清子にはそういう悪戯《いたずら》っぽいところが多分にあるので、諸君が考えるほども気にとめなかった。何かまた、われわれをあっといわせるような、趣向があるのだろうと思ったから、――それだから、こちらへ来てみて、あれの姿が見えないときいたときも、それほど驚きはしなかったのだ」

「時に、あなたが築地の料亭を出られたのは何時頃でしたか」

　警部がそのとき、思い出したように言葉をはさんだ。

「八時頃だったと思う」

「それからまっすぐに東京駅へいかれたのですか」

「いいや、時間が早かったので、銀座を散歩したよ。ただ、ぶらぶらと当てもなしに――」

「そのあいだに、誰か識《し》り合いの方にお会いになりませんでしたか」

「いや、誰にも――ああ、君はアリバイ調べをやっているんだね。それならば、残念ながら、私は満足なアリバイを立証することは出来そうもない」

聡一郎氏は疲れたような微笑をうかべた。

「二十日の朝は、あなたはずっとホテルの一室にひきこもっていらしたのですね」

「そうだよ。夜汽車で眠れなかったものだから。しかし、これとても、疑おうと思えば疑えないことはないね。部屋にいると見せかけて、抜け出すことも不可能じゃないだろう」

警部は困ったように顔をしかめた。

「いや、有難うございました。では質問はこれくらいで。――後でまた顔をかしていただくことになるかも知れませんが」

聡一郎氏は由利先生にむかって、かるくうなずくと、大儀そうに椅子から立ち上がった。そして、よろめくような歩調で出ていった。

「いったい、こりゃどういうことになるんですか」

聡一郎氏のすがたが見えなくなると、警部がすぐに吐き出すようにいった。

「藤本章二殺しの一件は、この事件に関係があるんですか、ないんですか」

「まず、ないと見たほうがよさそうですね」

「つまり、芸術家のエロチシズムがうんだ幻想、――だというんですか。どうもこれはわれわれには苦手ですな。さくら女史はもとよりとして、相良も小野も、誰もかれも少し超凡すぎますよ」

「そうなのだ。そこに悲劇の胚種《はいしゅ》があるわけなんです。だが、――それじゃ、いよいよ現場を見せてもらいましょうか。ああ、ちょっと、そこにあるのが、雨宮君の着ていた外套《がいとう》ですね」

歪《ゆが》んだトロムボーンのそばに、一着の外套が投げ出してある。由利先生はそれを手にとった。

「雨宮君の着ていた――？　いや、雨宮君はその外套を着ていたわけじゃないんですよ。外套は雨宮君のからだのうえに、投げ出してあったんです」

「からだのうえに投げ出してあった？」

由利先生はふいと眉《まゆ》をひそめると、俄《にわ》かに興味を催したらしく、仔細《しさい》に外套を調べている。

「ええ、そうなんです。元来それは、コントラバスの川田君の外套なんですがね。犯人は四階から、雨宮君の死体を投げおろしておいて、後から外套を投げたんですね。こいつ、ふっさりと、雨宮君の顔のうえにかかっていたんですよ」

「しかし、何故、外套を投げる必要があったろう。この外套に何か――」

由利先生は、ふいに、ギラリと眼を光らせた。ひろげてみたその外套の、背から脇へかけて、組紐《くみひも》で強く緊縛したような痕《あと》がついている。

「浅原さん、この皺《しわ》は——」

「さあ、それですよ。川田君に聞いても知らぬといっているんです。誰がこんなことをしやがったと、あの男、ひどい権幕なんですよ」

「はははは、無理もないね。コントラバス・ケースといい、外套といい、妙にあの男、犯人に利用されますね。では、ひとつ現場を見せてもらいますかな」

そこで私たちは四階の、雨宮君の殺された部屋へあがっていった。

その部屋は、いちばん奥の角になっており、隘《せま》い裏階段が、部屋のすぐそばを走っている。私たちがドアの錠をひらいていると、二つ三つ向こうのドアがひらいて、長身の志賀笛人が顔を出した。志賀はましまじとわれわれのすがたを見守っていたが、すぐドアをしめて、中へひっこんでしまった。

さて、その部屋の様子については、土屋君の手記にもあるから、改めてここでは述べない。由利先生は毀《こわ》れた窓ガラスを調べ、それから窓をひらくと首を出して、うえしたを眺めていたが、すぐに首をひっこめて窓をしめた。それから警部の説明をききながら、当時の模様をあたまのなかに再現していたが、すぐに興味をうしなったように首を左右にふった。

「時に、この上の部屋が歌劇団の物置きになっているのですね」

「そうです。そうです。相良はそこから、あの男装の衣裳《いしょう》を見つけ出したんですね」

「じゃ、ひとつ、その部屋を見て来ましょう」

警部は妙なかおをしていたが、由利先生はさっさと部屋を出ていった。そして、あの陰い階段を二、三歩あがりかけたが、何を思ったのかすぐ引き返して、

「いや、こっちの方をさきに片づけていこう」

廊下を突っ切って、先生がコツコツとノックしたのは、志賀笛人の部屋だった。

第十九章　バリトーンの嘆き

「志賀さん、ちょっとお訊ねしたいことがあって、押しかけて来ましたよ」

そのとき志賀は、両手をポケットに突っ込んだまま、窓のそばに立っていた。浅黒い、彫りの深いかおには、依然として濃い哀愁がただよっていたが、その哀愁の底から、ちらちらとかすかな懸念が動いたのを、私たちは見のがさなかった。

「どういうことですか。私にお答え出来ることなら。――」

志賀は自分も坐《すわ》ろうとしなければ、われわれに掛けろともいわなかった。勢い由利先生と志賀の応対は、立ったまま行なわれた。

「お訊ねというのはほかではありませんがね、昨日、あなたは夕刊を御覧になって、ひどく驚かれた様子でしたね。あなたは何か、あのトランクについて、心当たりがあるんですか」

「夕刊――？　トランク――？」

志賀は怪訝《けげん》そうに眉をひそめたが、すぐ気がついたように、見る見る顔色をくもらせた。

「ああ、あれ、――階下のロビーで――？　いや、あのとき私の驚いたのは、トランクの記事じゃなかったのです。私が驚いたのは――」

志賀は化粧箪笥《だんす》のうえから、昨日の夕刊を取り上げると、

「この記事なんです。佐伯淳吉が船中で服毒自殺をとげたという、この上海特電なのです」

由利先生は急に大きな眉を吊り上げた。

「ああ、それじゃあなたは、佐伯氏を御存じだったんですね」

「識っていました。佐伯とわれわれ、私は土屋や牧野さん、みんなその昔、同じ釜《かま》の飯を食ったなかなんです。その佐伯が自殺した。――それだけでも、私にとっては大きなショックだったのに、私はあれにすまないことをしているんです」

「すまないこと？」

佐伯は二十日の午後一時、神戸出帆の船で洋行することになっていました。で、十一時頃、第一突堤のほとりであの男にあい、一緒に飯でも食いながら、見送ってやる約束になっていたんです。ところが妙なことがあって、私はその約束を守れなかった、あの男は私を待っていたにちがいない。船が出る最後の瞬間まで、私を待っていたにちがいない。そして、とうとう、私のすがたが現われなかったときには、あの男はどんなに淋《さび》しく思ったことだろう。一人の見送りもなく、淋しく故国をたっていった男、傷心した体を抱いて、そして、間もなく自殺した友。それを思うと、――それを思うと、何をおいても見送りにいってやるんだったと、私は腸《はらわた》をひきちぎられるような気がするんです」

　志賀はすすり泣くような深い嘆息を洩《も》らした。

「なるほど、それであなたはあのように新聞を見て、驚いたんですね。ところであなたはいま、妙なことが起こって、佐伯氏との約束を守れなかったといわれたようだが、妙なことというのは、いったいどんな事ですか」

　志賀は急に眉をあげて、ギロリと由利先生の顔を眺めたが、すぐに肩をゆすって、

「こうなったら、何もかも申し上げてしまいましょう。その日の朝、つまり二十日の朝ですね。私はさくら――いや、原女史から電報を受け取ったんです。ええ、九時頃のことで、発信局は梅田《うめだ》になっていました。後から思うと、その頃には原女史はすで

に死骸《しがい》となっていたんですが、私はむろん、そんなことは知らなかった。その電文というのが、至急話したいことがあるから、箕面《みのお》の滝のまえまで来てくれというので――」

「それで出向いていったんですか」

「そうです。私にとっては、さくらの――原女史の頼みは、至上命令も同じことなのです」

志賀はうすく頰を染めたが、すぐ昂然《こうぜん》と頭をあげると、

「私が佐伯の死に、あんなにも心をうたれたのは、この事があるからなんです。私たちは二人とも、実によく似た心境にあった。佐伯も私も、思ってはならぬ女を思いつづけて来た。私は原女史の頼みとあらば、友情をも捨ててかえりみなかったのです。佐伯ならば、この事をよく理解してくれるだろうと思ったのだが。――」

「なるほど、それで箕面へいったが、原女史は結局現われなかったので、大阪へひきかえして来たんですね。ところでそのときの電報はお持ちですか」

「いや、箕面からのかえりの電車のなかから、破り捨ててしまいました。騙されたと思ったときは、さすがに腹が立ったから」

その時警部が横から口を出した。

「あなたは十八日の晩、東京をたって、十九日の朝、こちらへ着いたんですね。ところで、十九日の行動について、ひとつ説明願えませんか」

「十九日の——？　ええ、そう、私は土屋と一緒に西下したんです。土屋は大阪でおりたが、私は三ノ宮まで直行した。神戸における私の要件というのは、至急を要することではあったが、ごく簡単な事務だったのですぐ片づきました。そこで、朝の九時頃ホテルを出て、神戸の裏山をハイキングしたんです。六甲《ろっこう》を越えて宝塚へ出ました。宝塚へついたのは、もう夕刻だったので、温泉へ入り、飯を食い、それから大阪へ出て、夜の十時ごろまでぶらぶらした後、三ノ宮のホテルへ帰って寝たんです」

「すると十九日の晩、あなたが三ノ宮のホテルにいたことは、ホテルの者が証明してくれるでしょうね」

「証明——？」

志賀は驚いたように警部の顔を見直したが、急に不安そうに首をかしげた。

「さあ。——そいつは——私がホテルへかえったときは、十一時過ぎで、クラークは帳場の奥で居眠りしていましたよ。私は部屋の鍵《かぎ》を持っていたから、別に起こす必要もなかったので、そのまま、部屋へあがって寝ました。しかし、二十日の朝、ボーイが電報を持って来てくれたときには、たしかに部屋にいましたから」

「十九日の朝ホテルを出て、神戸の裏山をハイキングしたとき、誰か識《し》っている人に会いましたか。いや、識っている人でなくとも、誰かあなたがハイキングをしたという事を、証明出来る人がありますか」

警部のポキポキとした、斬《き》り込むような質問にあって、志賀は混乱したような瞬《まばた》きをした。

「いや、私は、何しろ、神戸には他国人だから、それに山の中だし――しかし、しかし、なぜ、その事が必要なんです」

「いや、私はいまある可能性をかんがえているんですがね。十九日の朝、神戸で用件をすましたあなたは、すぐまた東京へ引っ返すことが出来た。そして、東京である種の、血なまぐさい用件を片づけると、すぐまた夜汽車に乗って西下する。そして、二十日の朝大阪でおりて、梅田から、さくら女史の名前で、自分あてに電報を打つ。そしてこっそりホテルへかえって、自分の部屋へしのびこみ、ボーイが、電報を持って来るのを待っていた。――と、こういう事が出来るかどうか、考えているんです」

志賀の血管が、ふいに大きくふくれあがった。しばらく、かれは噛《か》みつきそうな視線で、警部の顔をにらんでたが、やがて咽喉《のど》のおくで、ぜいぜいという、気違いめいた笑い声をあげた。

「そうだ。可能性の問題からいえば、それは出来ないことではなかったでしょう。少なくとも、私がそんな事をやらなかったと、証言出来る人間はひとりもない」

志賀はどしんと、音をたててベッドの端に腰を落とすと、両手で頭をかかえたまま、黙りこんでしまった。

私たちはしばらくまじまじと、志賀の大きな背中を見下ろしていた。私はいまの警部の言葉で、なるほど、可能性というものは、どんなところにもあるものだと思った。と同時に、アリバイというものが、こうもむずかしいものかと思うと、なんとなくうすら寒さを感じずにはいられなかった。まったくこれはひとごとじゃない。いつ何時、われわれ自身が、恐ろしい殺人事件にひきこまれないとは限らないではないか。

　由利先生はかるく志賀の肩をたたくと、

「まあまあ、そう落胆することはありませんよ。浅原君だって、まさかいま言ったようなことに、確信を持っているわけじゃありますまいからね。しかし、志賀さん。私はちょっと不思議に思うのだが、あなたは十九日になぜハイキングなんかしたんです。そのひまに佐伯氏にあうことは出来なかったんですか」

　ふいにむっくり志賀が顔をあげた。そして噛みつきそうな顔で由利先生をにらんだ。

「なぜ、そんなことが出来るんです。佐伯は二十日の朝、東京からやって来たんですよ。十九日にはまだ神戸にはいなかった。――」

　由利先生は急に大きく眼を瞠《みは》った。

「二十日の朝、神戸についた――？　すると、ひょっとすれば、歌劇団の一行と同じ汽車ではなかったかしら」

「そうかも知れません。それか、もうひとつ後の列車か、どちらかです」

「志賀さん、佐伯氏は牧野さんと昔馴染《なじ》みだったんですね。すると、同じ汽車で西下したとすると、きっと牧野さんと口をききあったでしょうね」

「さあ、どうだか、私はそうは思わない。昔馴染みといっても、牧野さんと佐伯とは、ちかごろすっかり疎遠になっていたし、それに佐伯は出来るだけ人を避けるようにしていたから。——あらゆる知人から避けたいばかりに、かれは日本を離れたがっていたんですからね」

「いや、有難うございました。志賀さん、あとでまた、顔をかしていただくことになるかも知れませんが、いまはこれだけで——」

それから、われわれは五階へのぼっていった。

第二十章　パイプの曲芸

私の友人で、同じ探偵小説を書くS・Yという男が、ちかごろこんな川柳を書いてよこした。「探偵はみんな集めてさてといい」まったくそのとおりである。英米の探偵小説を読むと、いちばん最後に名探偵が、きっと関係者一同を一堂に集めて、さて、諸君などというようである。私もそれらの傑作に敗けないつもりで、この小説を書いているのだから、どうしてもこのへんで、登場人物を一室に集め、由利先生に、さて、諸君、これからこういうわけで、論理の糸をたぐっていくと、犯人はどうしても、だれそれであるぞよと、いうようなことをいって貰《もら》わねばならぬ。ところが、実際に、由利先生はそれに似たことをやってくれたのである。

　それはその晩の十一時頃のことだった。捜査本部になっている。あの支配人の部屋に、歌劇団の一行全部が集まった。このときのものものしい雰囲気からして、誰もかれもが、事件もいよいよ大詰に来たことを感づいていたらしい。お互いの顔を探りあいながら、妙にぎごちない空咳《からぜき》をしている人々の、蒼白《あおじろ》く緊張した顔は、これからメンタル・テストを受けようとする、可憐な小学生のように見えたことだ。

　一同は半円形をつくって椅子についている。その円の中心にあたる部分に、由利先生と浅原警部と私とが、デスクをひかえて陣取っていた。デスクのうちには卓上電話がのっかっている。由利先生はこの部屋へ入って来たときから、しきりにその電話を気にしていたが、私にはそのわけがよくわかっていた。一同をここへ召集する少しまえに、由利先生はロビーにいた島津君に何か頼んでいた。島津君は週刊グラフを持ったまま、ロビーに頑張っていたのである。

　由利先生がいったい何を頼んだのか、私にもよくわからなかったが、その時の島津君の驚きと昂奮の状態から推して、よほど重大なことがあると思われる。

「こん畜生！」

と、島津君は叫んだ。それから気がついたように、あわててあたりを見廻しながら、

「しょ、しょ、承知しました。結果はすぐ電話でお報《し》らせ致します」

島津君は風のように、ホテルを飛び出していったのである。先生はおそらく、その報告を待っていたのだろう。

それにしても、先生はあの五階の部屋で、何を発見したのだろう。そこには大きなトランクが五つ六つ積み重ねてあった。小道具や手回り品を入れた箱なども置いてあった。そして、それらの箱をからげて来た綱が、解いたまま散乱していた。先生はそれらのものには、大して興味も持たなかったらしく、すぐ窓をひらいて、上の廂《ひさし》や、下の隘《せま》い通路をながめていた。この廂の裏がわには、一本太い鉄棒が横に走っている。先生はその鉄棒を見ると、にやりと笑ったが、すぐ窓をしめて、それきり部屋を出てしまった。

あの鉄棒にはどういう意味があるのだろう。そしてまた、島津君はどこへ、何を調べにいったのだろう。――そんなことをぼんやり考えていたものだから、私はその席に牧野氏のいないことに気がつかなかった。だからその牧野氏がひとあしおくれて、憤然たる面持ちで入って来たときには、正直の話、かなり驚いたのである。

「警部さん」

と、牧野氏はきびしい顔の輪郭を、いよいよきびしくひきしめながら、ギラギラす

るような眼で、真正面から警部の顔を睨《にら》みすえた。

「あなたは何度、私の持ち物をしらべたら承知出来るんです」

「何度――？　あなたの持物を――？」

「そうです。昨夜、雨宮君の事件のあった後にも、あなたは私の持ち物を調べましたね。あのときは、私もそばに立ちあっていた。だから、その事については、私は何もいうことはない。それだのに、またこっそり――いや、あなたが私を疑っていることはよく知っている。しかし、ひとの物を無断で、そうたびたび掻《か》きまわされちゃ――」

「ちょっ、ちょっと待って下さい。それは、何かの間違いじゃありませんか、あれから後、あなたの物に手をつけたおぼえはないが。――」

「白を切るのは止《よ》して下さい。調べるのは何度調べてもいいのです。しかし、そのまえに一応ことわって戴《いただ》かなくちゃ。――私は癇性《かんしょう》だから、自分のものを無闇にひとにさわられるのは大嫌いなんです」

「牧野さん」

そばから穏かに口を出したのは由利先生だった。

「すると、誰かあなたの所持品にさわったものがあるんですか」

「あるんです。誰かが私のスーツケースの中を掻きまわしていったんです。たいへん上手にやっているから、ちょっと見た眼にゃわかりませんが、私はいつも所持品をきちんと整理しておくほうなので、すぐ分かるんだ」

由利先生は手をあげて刑事を手招きした。

「君、牧野さんの部屋へいってね、スーツケースをさげて来てくれませんか。牧野さん、いいでしょう。こういう事は徹底的に究明しておかなきゃ。——」

牧野氏はおどろいたように眼を瞠ったが、別に反対はしなかった。刑事はすぐに出ていったが、間もなく牧野氏のスーツケースをさげてひっかえして来た。

「牧野さん、中を調べさせて貰ってもいいでしょう」

牧野氏は眉《まゆ》をあげたが、無言のまま鍵《かぎ》を取り出した。由利先生はスーツケースをひらいたが、中はなるほど牧野氏のいうとおり、いかにも癇性らしく、きちんと整理してあった。下着類、靴下、簡単な化粧道具、ふつう男の旅行する場合、必要とするような種類のものばかりである。由利先生はそれをひとつひとつデスクのうえに取り出していったが、そのたびに、牧野氏の眉が不愉快そうにふるえた。やがて、スーツケースの中は空っぽになった。

「何かありましたか」

牧野氏は皮肉らしくせせら笑った。

「いいえ、指揮棒のほかにはね」

由利先生はスーツケースの中から、指揮棒を取り上げたが、にやりと笑うと牧野氏のほうを振り返った。

「牧野さん、あなたの指揮棒は、中がうつろになっているんですね」

「ええ、そうです。タクトというものは、ふつうどれでもそうなっています。しかし、それは私が特別の注文でつくらせたのです。少し長くなっています」

「あ、そう、じゃひとつこれを振ってごらんなさい」

牧野氏はまた、神経質に面をひきつらせた。そして無言のまま由利先生の手から指揮棒をひったくった。が、そのとたん、牧野氏の面に、かすかな驚きが現われたのである。おや、というふうに眼を瞠《みは》り、首をかしげ、耳のそばで二、三度指揮棒をふっていたが、ふいに物問いたげな眼が由利先生をみつめた。それから、あわてて指揮棒の一端をひねった。指揮棒は両端が栓になって、中は管になっているらしい。牧野氏はその栓を外すと、指揮棒をななめに傾けた。すると、わななくかれの掌《てのひら》に、ゾロリと流れ出したのは、まぎれもなく真珠の頸飾《くびかざ》りであった。

一瞬、葦《あし》の葉をわたる風のようなざわめきが、部屋のなかに起こった。警部は椅子を蹴《け》って立ち上がると、牧野氏の左手をつかんでいた。牧野氏は悲鳴をあげた。

「私は知らない。私じゃない、私じゃない、私じゃない。……」

「あ、ちょっと、浅原君、待ちたまえ」

由利先生は牧野氏の掌にある頸飾りを取りあげると、

「浅原君も、牧野さんも席について下さい。原さん、これ、奥さんの頸飾りにちがいありませんか」

原聡一郎氏は頸飾りを手にとってみたが、

「多分、そうだと思う。しかし、こんなことは御婦人のほうがよくわかるだろう。相良さんどうですか」

「ええ、――たしかに――先生の頸飾りにちがいございません」

とぎれとぎれにそういって、相良は寒そうに肩をふるわせた。牧野氏はまだ口の中で呟《つぶや》いていた。

「僕じゃない、私じゃない、私は知らない、誰かが、僕に罪をきせるためにやったんだ」

「そう。そうかも知れません。だが、誰がやったにしろ、頸飾りはもとからここにあったのじゃありませんね。少なくとも昨夜まではね」

「昨夜までは？」

警部は不思議そうに訊《き》き返した。

「ええ、そう、昨夜までは――なぜって、昨夜まではこの頸飾り、蓮見君のトロムボーンの、エヤーパイプのなかに隠してあったんだからね」

あっ――と、いうような声が、人々の口からもれた。葦の葉をわたる風の音は、ますます高くなっていった。

「こういえば、雨宮君がなぜ殺されたかわかるでしょう。犯人は昨夜、トロムボーンの中から頸飾りを取り出していた。そこを雨宮君に見つけられたんです。で、今度はまた改めて牧野さんの指揮棒の中に隠したんですよ」

「由利君、それは誰なのだ。君のくちぶりじゃ、もうわかっているようじゃないか」

聡一郎氏が、俄《にわ》かに生気を取り戻したような口調でいった。そして、そこにいる連中の顔をひとりひとり見渡しながら、

「君の疑っているのは志賀君なのかい、土屋なのかい、それとも小野君か、牧野君か、いやいや、ひょっとすると君はこのおれを――」

聡一郎氏が、名前をよぶごとに、私はその人たちの顔を眺めていった。しかし、犯人がこれらの人の中にいたとしても、私はその時の表情から、すぐにこいつだと名指すことは出来なかった。妙におどおどしている小野は、案外罪がないかも知れないし、何も諦《あきら》めてしまったような志賀氏あたりが、却《かえ》って大胆不敵な曲者《くせもの》なのかも知れなかった。土屋君は顔色ひとつかえなかったし、牧野氏はしきりに指の爪をかんでいる。いや、ひょっとすると自らかくの如き発言をする聡一郎氏こそ、怪しいのではあるまいか。

由利先生は、しかし、すぐにはそれに答えなかった。先生は例によってさっきから、

マドロス・パイプをくわえていたが、そのときまことに妙なことをやりはじめたのである。マドロス・パイプを口から取ると、チョッキのポケットから黒い打ち紐《ひも》を取り出し、それを二重に折りまげて、パイプの火皿をひっかけた。そしてくるりくるりと、パイプの軸を左の指でまわしている。軸をまわすごとに、火皿にひっかけた紐が撚《よ》じれて、縄になわれていく。いったい、先生は意識してそれをやっているのか、それとも、無意識のうちに、紐とパイプを弄《もてあそ》んでいるのか。先生の顔色を見ると、どっちともとれそうだった。

　くるりくるり、左の指で先生はパイプの軸をまわす。右の指では紐の端をつまんでいる。人々は妙に不安な眼つきで、先生のその指先を眺めていた。

　と、——そのときである。卓上電話のベルがけたたましく鳴り出したのは。

　先生はパイプと紐をデスクのうえにおくと急いで受話器を取りはずした。

「先生ですか。由利先生ですか。こちら島津です。いま曙アパートにいるんです」

　私は思わずはっとした。と、いうのが、島津君の行先が、曙アパートと分かったからではない。その島津君の声というのが、キンキンと、まるでラウンドスピーカーから流れ出るように、はっきり部屋中にひびきわたったからである。

「先生！」

　私はそばから注意しようとした。だが、先生は叱《し》っというように私を制すると、

「ああ、それで頼んだことは——？」

「わかりましたよ。やっぱり先生のおっしゃったとおりでした。曙アパートには、隣組共同の砂嚢《すなぶくろ》が、階段の踊り場や、廊下の隅々においてあるんです。その砂嚢は三十と数がきめてあるそうで、二十日の午前十時頃迄《まで》に、各組長は、その砂嚢の数を点検しているんです。そのときは、どの隣組にもきちんと三十ずつあったそうです。ところが、いま調べてみると。——」

「いま、調べてみると——？」

「どの組にも、五つ六つずつ砂嚢がふえているんです。しかも誰も絶対に見《み》憶《おぼ》えのない砂嚢が——」

「で、君は、その目方を計ってくれたかね」

「計りました。いままでに発見された砂嚢だけで、既に六十キロ突破しています。ひょっとすると、まだ多少、発見されない分があるかも知れません」

「有難う。それじゃその砂嚢をしっかり保管しておくよう、管理人によく頼んでね。すぐこちらから浅原君に出向いて貰《もら》うが——」

先生は電話を切ると、ジロリと一座を見回しながら、ニヤリと笑った。それからまた、無言のまま、パイプと打紐の手なぐさみに取りかかった。

誰一人、口を利くものはない。みんな墓石のように押し黙っている。それでいて、かれらがいまの対話を、のこらずきいた事は疑う余地がない。妙に不安な、おびえたような眼をして、ソワソワと互いに顔を探りあっている。

砂嚢――砂嚢――砂嚢――アパートの連中が、誰も知らない砂嚢――二十日の午前十時以前には、そこになかった砂嚢――全部集めると、六十キロ以上にもなる砂嚢。

――

由利先生はくるりくるりとパイプの軸をまわしている。右手でつまんだ打ち紐は、撚れに撚れて、こぶこぶだらけになった。もうそれ以上、パイプをまわせないくらい捩《ね》じれた。

と、そのときである。

右手の人差し指と親指で、打ち紐をつまんだ先生は、パイプの軸をつまんでいた左手をそっとはなした。とたんにパイプは打ち紐のさきでくるくると、独楽《こま》のように回転しはじめた。

くるくるくるくるくる――くるくるくる――パイプは回り回り回り回る。パイプの回転にしたがって、縄になわれた打ち紐の撚《ひね》りが、くるくるくると戻っていく。やがて撚りはほとんどもとへ戻った。と、そのとたん火皿の端でひっかけてあったパイプが、打ち紐から滑って、ストンと床に落ちた。

「うわっはっはっは！」

だしぬけに、部屋も割れよと哄笑《こうしょう》したのは由利先生だった。

「つまりだな、縄の撚れが戻っていくあいだだけ、犯人には余裕があったわけなんだ。うわっはっはっはっ！」

ガチャン！　誰かが天井の電燈めがけて何か投げつけた。電気が消えた。霰《あられ》のようにガラスの破片がわれわれの頭上から降って来た。わっという悲鳴が暗闇のなかから聞こえた。きゃっと叫ぶ御婦人達のざわめきが、椅子を踏み倒して、右往左往した。

私は本能的に窓のそばへとんでいった。と、同時に、誰かが私のからだを突きのけようとした。

「誰か」

私は相手の肩に手をかけた。そのとたん、物凄《ものすご》いパンチが、私の顎《あご》をめがけてとんで来た。もし、それを、まともにくらっていたら、おそらく私は人事不省ということになっていただろう。私は怒り心頭に発した。と、同時にこいつが犯人なのだと直感した。私は猛然と相手にとびついていった。私たちは取っ組んだまま床のうえにころがった。私はだいぶそいつに引っ掻《か》かれた。ぶん殴られた。嚙《か》みつかれた。だが、結局、そいつは私の敵ではなかったのである。

「三津木君、大丈夫か」

「大丈夫、いま組みしいています。明かりを見せて下さい」

暗闇のなかで、入り乱れた足音がきこえたかと思うと、やがて、われわれを取りまいた刑事の手から、数条の懐中電燈の光が、さっと私に組み敷かれた男の上に注がれた。すでに観念したのか、ぐったりと眼を閉じた、メフィストフェレス土屋恭三の顔のうえに。――

終曲

さて。――

第二十章まで書き上げたところで、私は原稿を携えて、久しぶりに国立の由利先生を訪れたのである。私がいまでも残念でならないのは、土屋氏のあの素晴らしい手記に、結末がないことである。土屋氏は一切の犯行を認めた。しかし、それを手記として書き遺《のこ》すまえに、独房の中で青酸加里を呷《あお》いで自殺してしまったのである。その青酸加里こそは、かれが問題のトランクを、東京駅の一時預けから、チッキにして貰ったお礼に、船酔いの薬と称して、あの気の毒な佐伯淳吉に与えたものだが、その薬をどうして監房にまで持って入ったのか、いまだにはっきり解決されていないようである。

さて、私が書き上げた原稿を出してみせると、由利先生はすぐにやりと笑った。そ

れから奥さんを呼んで、

「ほうら、三津木君が小説を書いて来たよ」

奥さんはひとめ原稿の表題を見ると、眼を瞠《みは》って、

「蝶々殺人事件――？　あらまあ！　それじゃあの事件なのね。いやだわ、いやだわ、じゃ、きっとあたしたちの事も書いてあるのね」

「だから、はじめにいったじゃないか。三津木君のことだから、どうせ桃色の暴露小説にちがいないって。きっと君が男装して、東京大阪を股《また》にかけ、警察の連中を煙《けむ》にまいたなんてことも、仰々しく書いてあるにちがいないぜ」

「あらまあ、いやだわ、いやだわ、三津木さん、おぼえていらっしゃい」

千恵子夫人――即ちその昔の相良千恵子は、私をにらむような真似をしたが、すぐしんみりした調子になって、

「でも、あのときの事を思い出すと、あたしまでも悲しくなるわ。ええ、そりゃ先生もお気の毒だったけれど、この後、自分はどうなるのかと思うと、心細くてたまらなかった。なんといっても、先生はあたしたちにとって、大きな支柱だったんですものね」

「そう、さくら女史は偉大だったね。沢山の人の支柱になっていたね。その中でも、一番さくら女史に倚《よ》りかかっていたのが、あの土屋恭三だ。それだけに、女史を殺し

ても、自分に疑いはかかるまいと思っていたんだろうが、奴《やっこ》さん、その事を手記の中で、少し強調しすぎたきらいがあるね」

「それなんですよ、先生」

と、そこで私は膝《ひざ》を進めて、先生の顔を見た。

「実は、その小説はまだ完結にいたっていないんです。土屋恭三をとりおさえた、というところまでで終わっているんです。探偵小説の性質として、そのあとに先生の推理の過程をつけ加えなければならない。これはあの当時もお伺いした筈《はず》なんですが、もう一度、改めてお伺いしたほうがよくはないかと思って、今日やって来たわけなんです。先生が土屋に眼をつけられたのは、たしかあの手記からでしたね」

「そう。――それじゃ、あの当時のことを思い出しながら、もう一度講義するかな。千恵子、お茶でもいれなさい」

やがて、千恵子夫人がいれてくれたお茶をのみながら、先生はこんなふうに、小説の結末を語って下すったのである。

「あの手記は二様の意味で、私にヒントをあたえてくれたんだよ。その一つは、手記全体にみなぎっている、語調というか、気勢というか、つまり一つの空気だね。君はちかごろあの手記を読み返したのだから、よく憶えているだろうが、あれはひどく自《じ》嘲《ちょう》的だね。自嘲というよりも自虐的であり、露悪的だ。しかもあの手記が、唯《ただ》自分の心覚えに書かれたものでないことは、全体の構成から見てすぐわかる。筆者はあれをひとに読まれることを期待し、いや、それが目的で書いたのだ。この事は、小野君が偶然入っていった部屋のなかに、ひろげておいてあったことでもわかるじゃないか。マネジャーというものは、団員全体の中心なんだから、いつ誰が入って来るか知れたものじゃない。それを知らない土屋君じゃない筈だのに、机のうえにひろげっぱなしにしていたということは、即ち、あれを誰かに見て貰《もら》いたかったと考えて差し支えないようだ。さて、あれがひとに見せるために書かれたとすると、そこにある自嘲、自虐、露悪はいよいよ鼻持ちのならぬものになって来る。いったい、私は、自嘲趣味、自虐趣味、露悪趣味という奴は虫が好かない。どうも、それは、精神の健全な人物のやることじゃないと思われるのだ。人間は誰でも、適度の自尊心を持っているべきだからね。しかも、土屋君の手記にある自嘲には、なんとなく賤《いや》しいところがある。たとえば、将来、自分のためになりそうな、原聡一郎氏や小野竜彦――両方とも金持ちだね。――この二人のことだけは絶対に悪く書いてない。殊に、聡一郎氏に対しては、明らかに阿《おもね》っている。だから、私はこう思ったのだ。これは明らかにためにするところがあって書かれたものであり、こういう手記を書く土屋という男は、根性の非常にいやしい男であると――」

由利先生はそこで、千恵子夫人の注ぎさす茶で咽喉《のど》をうるおしながら、

「さて、ここに頸飾《くびかざ》りの問題がある。君も知ってのとおり、あの事件は一か月もまえから計画されていたのだろう？　むろん、ひと月まえに曙アパートを借りたときには、まだ、それほど詳細に、計画はたっていなかったろう。少なくとも、佐伯淳吉の洋行などは、その頃、まだわかっていなかったにちがいない。しかし、いずれにしても、あのアパート一室を、計画の一部として使うつもりで借りておいたことはたしかだね。ところで、その時分から、犯人はすでに頸飾りを盗むことを考えていただろうか。これはノーと答えて間違いなさそうだね。犯人はただ さくら女史を殺すつもりで、ネチネチと、微に入り細をうがち、計画に計画をたてていたのだ。ところが、いざさくら女史を殺してみると、そこに高価な頸飾りがある。犯人は咄嗟《とっさ》に、本能的にそれを盗まずにいられない誘惑にうちまかされたのだ。この事はかなりはっきり、犯人の性格を示していると思うね。根性の賤しさ——その性格は、少なくとも原聡一郎氏や小野竜彦にはない。牧野氏や志賀君にはどうだろうと思って、私はかなり深くあの人たちを観察していたが、どうもあの二人にも、そういう、行きがけの駄賃式な賤しさはなさそうだった。そして、唯一人、土屋君だけがその性格を持っている。即ち、私がかれに眼をつけたのは、その点が第一番だったのだ。むろん、そういう先人観にとらわれてはならぬと、自分でも大いに警戒したが、ここに見遁《みのが》すことの出来ないのは、あの手記にはもう一つ大きな暗示があった」

　由利先生は私の持って来た、土屋の手記をひらきながら、

「ほら、ここだ。コントラバス・ケースの中に、さくら女史の死体を発見したくだりで、土屋はこういう事を書いている。いったい、原さくらという女は、日常生活そのものがすべて芝居で、どんな場合でも登場のきっかけということを忘れない女であった。――この事は後に聡一郎氏も千恵子も裏書きしてくれたが、この事とさくら女史の大阪入りとに矛盾を感じやしないかね。いったい、こういう人気稼業の人が久しぶりの地方公演というような場合には、いつでもパッと人気をわき立たせるようなことをやるものだ。殊に大阪というところはそれが極端な都会だよ。しかもさくら女史と来たら、そういうふうに、周囲からちやほやされることが、何よりも好きな性質――というより本能なのだ。それにも拘《かかわ》らず、あの時の女史の大阪入りというのは、まことに淋《さび》しいものだった。スケジュールによると、御主人と千恵子の三人だけで、歓迎する人もなく、大阪駅へ着いて、Dビル・ホテルへ入る――と、唯それだけのことになっている。これは女史の性格と大いに矛盾している。そんなことで承知出来る筈の女史ではない。げんに、その翌朝着いた連中は、かなり華々しい歓迎をうけている。それだのに、肝腎《かんじん》のプリマドンナ、しかもそういうことの大好きなさくら女史が、そんな淋しい大阪入りで、肚《はら》の虫がおさまる筈がない。――」

「ええ、その事はあたしも不思議に思ったんです。でも、夜汽車だとつぎの日、思う

ように声がお出にならない、という事は真実でしたから、先生もやむなく、今度ばかりはお諦《あきら》めになったのかと思っていたんです」

「それが諦められる女史だったら、ああいう悲劇は起こらなかったろうね。それを諦めきれないでいるところを、犯人に乗じられたんだ。とにかく、私は、これは女史の性格に反すると思った。しかも、それに対して、なんの不平も愚痴もこぼさなかったというのは、そこに何か趣向があったんじゃあるまいか、――と、そう考えずにはいられなかった。いったん、淋しい大阪入りをするが、後で世間をあっといわせるような趣向。――と、そういう趣向があったとして、女史ひとりでそんなことが出来る筈はない。当然、そこに相談相手がいる。その相談相手は誰だろう、と、考えたとき、先《ま》ず第一に念頭にうかんだのは、千恵子、君だよ。君は女史と一緒に東京をたっているのだし、それに女史の身替わりなんか演じている。てっきり君はその趣向にあずかっているんだと思った」

「ええ、そう思われても仕方がありませんわね。げんにあたし自身、品川から先生がおりていかれたとき、ははあ、先生、またお芝居をしていらっしゃるわと、ちゃんと知っていたんですから。知っていながら、お手伝いをしていたんですから」

「うむ、そうすると、私が君を疑ったのも、一応無理はなかったわけだね。さて、原さくらと相良千恵子、この二人が趣向の筋書きの中にいるとしても、これだけじゃ、話にならない。その趣向というものが、どんなものであったにしろ、どうしてもそこに男――それも事務的な才能のある男を必要としたにちがいない。とすれば、当然私の念頭にうかんで来るのは、マネジャーの土屋恭三だ、マネジャー。マネジャーこそはこういう場合の相談相手として、もっとも恰好《かっこう》なものじゃないだろうかねえ。しかも土屋はひと足さきに大阪へ行っているのだから、いよいよ共同謀議者としての、可能性は大きくなって来る」

私は無言のまま頷《うなず》いた。由利先生の論理の過程には、一点の非も、打ちどころがないように思われたからである。

「さて、土屋が女史の趣向に参画していたとして、もう一度その手記を読んでみたまえ。そこには一言一句もそのことには触れてない。つまり、土屋は少なくともその一事だけは隠している。と、すれば、他にももっと隠していることがあるのではないか。いや、ひょっとすると、この手記全体が嘘っぱちではないかと、一応考えてみるのも無理はないだろう」

私はまたうなずいた。由利先生は言葉をついで、

「さて、手記のことはこれくらいにしておいて、今度はあの暗号のことに移ろう。三津木君、あの暗号を解読したとき、私は君につぎのようなことをいった筈だね。さくら女史ともあろうものが、こんな初歩の、簡単な暗号を使用していたとすれば、そこ

に一つの解釈しかない。つまり暗号の相手がズブの素人であること。——そういったね。あの時、私がいった素人とはわれわれ、即ち警察官のことをいっていたのだよ。つまりあの暗号は、警察の人々に発見され、解読されることをはじめから期待して、あそこにあったのだと。——こう考えるにはもう一つの理由がある。あの楽譜はハンドバッグの中にあったのだ。ところが犯人はハンドバッグの中から頸飾りを盗んでいるのだから、この楽譜も眼につかなかった筈《はず》はない。それにも拘らず、破りもせず捨てもせずにそのままにしておいたのは、いよいよわれわれに発見してもらいたかったからだ、とそう考えたんだ」

「ところで、あの楽譜ですがね。あれを東京駅で女史に渡したのは誰だったんです」

「誰も渡しゃしないさ。さくら女史自身がわざと落としてみせたんだ。この事は、最初話をきいたときから、私はおぼろげながら感じていたが、聡一郎氏の話をきいて、いよいよその確信を強めたね。あの日、女史や千恵子と一緒に東京をたつ筈だった聡一郎氏を引き止めたのは、商工会議所のNさんだといったろう。しかもNさんがそんな悪戯《いたずら》をしたのは、さくら女史から頼まれたのだということだったね。私はこれでいよいよ、女史に何か趣向があったと確信し、同時に暗号の楽譜をプラットフォームに落としたのは、女史自身であると確信したのだ。もっともそういう確信に達するまでには、千恵子——共同謀議者であるところの相良千恵子も勘定に入れていたがね」

千恵子夫人は素直にうなずいた。

「さて、話をもとへ戻して、あの楽譜が、われわれに解読されるために残してあったとしたら、それはなんのためだろう。いうまでもなく、それはわれわれの焦点を、清風荘へむけるためだった。ということは清風荘は犯罪の現場でないということになる。それに曙アパートの問題の部屋にころがっていた砂囊《すなぶくろ》、あの砂囊に大きな時間的矛盾のあったことは君も知っているね。あれだって、あれほど賢明な犯人なのだから、実際に犯罪が東京で行なわれて、それを大阪で演ぜられたように思わせるためならば、もう少し気をつければ、ああいう矛盾はうまなくてもすんだ筈なのだ。即ち、あの矛盾は故意に演ぜられたものであり、つまり警察官の眼を、あの部屋からそらせるために、用意されていた企《たく》らみだった……と、そう考えることは、必ずしも考えすぎではなさそうではないか。つまり、ああいう矛盾があればあるほど、私は眉《まゆ》に唾《つば》をつけずにはいられなかったのだ」

「それにも拘らず、先生はわざわざ東京へ出向かれたのですね」

「そりゃ仕方がない。私は神通力じゃない。私がこの事件の最初の輪郭をつかんだのは、土屋君の日記を読んでからだよ。そしてその日記を読んだのは、東京へ行く汽車の中だったんだからね。あれをもっと早く読んでたら、東京なんか行かなかったかも知れないし、雨宮君も殺さずにすんだのじゃないかと思うと、残念でならない。もっとも、あの日記を読む以前から、私は結局犯罪は大阪で行なわれたのじゃないかという疑いは持っていた。というのは、あの暗号があまりにも簡単に解読されたせいもあるが、もう一つはあのトランクだね。犯罪が実際に東京で行なわれたものとすると、あのトランクこそは、犯人が総知総力を絞ってでも、われわれの視界から遮蔽《しゃへい》すべく、努力しなければならぬ性質のものだ。そしてまた、犯人はそうしようと思えば、出来るだけの知恵を持った人物なのだ。それにも拘らず、トランクはあまりにもあっけなくわれわれの視界に飛び出して来た。またあまりにもあっけなく発見された。これはやっぱり、あの暗号楽譜と同じ筆法で、われわれに注目してもらいたかった、発見してもらいたかったと、考えられるんじゃないか。――とそう思った。事実また、あのトランクには薔薇《ばら》と砂以外、それに死体を詰めて来たという証拠はどこにもないのだからね。薔薇と砂とは曙アパートで入れられるし、問題の重さは、ほかの物を入れて来たとしても、十分誤魔化せるんだからね。しかし、あの手記を読むまでは、はっきり、そこに確信を持つことが出来なかったのだ。とにかく東京とも大阪とも、両様にとれる事件なのだから、犯人が東京で、何を見せてくれるか、それを見てやろうという気になったんだ」

　私は無言のまま頷いた。絶対にハッタリを排撃する主義の先生としては、いくらか回りみちでも、納得のいくところまで、調べてみなければおさまらなかったのだろう。

「幾度もいうように、私は絶対に神通力を持っているわけじゃない。ただ、他の諸公といくらか違っているところがあるとすれば、一度つかんだ可能性は、絶対に手放さぬということなのだ。この場合の最初の可能性は、犯罪が大阪で行なわれたということだった。ところが、犯人のカラクリによって、いろんな事実が東京を指向し出すと、警察の諸公は、大阪の可能性を全然忘れてしまった。そこが私とちがっていたところで、東京の比重がしだいに大きくなった際でも、私はいつも大阪の可能性を忘れなかった。東京と大阪の二つの可能性を天秤《てんびん》にかけて、重さを計量することを忘れなかった。ところが、大阪の可能性にあくまでしがみついているとすれば、どうしてもあの晩、十九日の晩の九時から十一時までの間に、女史が大阪へ到着しえたということを証明しなければならない。この証明が絶対不可能とわかる瞬間までは、私は大阪の可能性を捨てないつもりだった。ところがあの夜、九時何分かに大阪へ着いた汽車には絶対に、女史は乗っていなかったという。そこで私は旅客機に眼をつけた。そこで東京へいった際、等々力警部に頼んで、十九日の旅客機の客をしらべて貰《もら》ったのだが、その返事が電報で来たことは君も知っているだろう。しかし、あのときには私はもう、あの返事などどうでもよかったのだ。なぜって、その時分には私はもう女史は九時何分着かの汽車で、あの晩大阪へ来たにちがいないということを知っていたんだからね。それを車掌やボーイが気づかなかったのは、女史が男装していたからである。——千恵子、この事を教えてくれたのは、実に君だよ。君は女史の男装のことを教えてくれたのみならず、その衣裳《いしょう》が舞台衣裳のなかにあったことまで教えてくれた。あの衣裳が、舞台衣裳の中にあったことは君自身不思議がっていたくらいだから、明らかにそんなところにあるのは不自然だ。即ち犯人がそこへ隠したのであり、これは女史が着て来たものである、と私はそう思ったのだ」

「すると、あたしの気紛《きまぐ》れな冒険も、まんざら、無益ではなかったのね」

「そうとも、それによって私にはっきり真相を教えてくれたのみならず、あの事によって君自身の疑いを晴らした。あの時分まで、君に対して抱いていた疑いも、君の男装と君の告白によって、一ぺんに吹っとんだからね」

千恵子夫人はいくらかきまり悪げに微笑《わら》っていた。

「ところで、大阪の可能性をいよいよ最後まで突きつめていくとすると、どうしてもあのトランクの内容について考えなければならぬ。犯人はいったい、あのトランクに何をいれて来たのだろう。そして、それをどう始末したのだろう。——最後まで私を苦しめたのはこのことだったよ。ここで私は告白するが、人間の連想ほどあわれなものはないね。人間——それもちゃんと衣類をつけた、人間の重量に相当するものというところから、私はいつの間にか、大きな嵩張《かさば》るものを空想していたのだね。ところで、あの二十日の朝の犯人は、実に忙しいのだ。しかもアパートといえば、かなり人眼につき易い場所だ。そういう中で犯人は、どうしてそんなに大きなものを、人知れず始末し得たろう。これがおしまいまで私を悩ませたものだよ。それがね、ふいと真実に突き当たったのは、トランクの中のあの砂だ。われわれは――いや、私ははじめこう考えていた。犯人はさくら女史を砂嚢で殺した。その際、砂嚢が裂けて、女史は砂まみれになった、だから、あのトランクの中の砂は、砂まみれの死体を送って来たと見せかけるために入れたのだと。――ところが、私がはっと気がついたのは、この考え方は逆に出来ないか。砂まみれの死体を送って来たと見せかけるために、砂を入れたのではなく、あのトランクに砂を入れて来たために、死体を砂まみれにしたのではないか。即ち、死体の砂が先《さ》きではなく、トランクの砂が先きではなかったか。――そう気がついたとたん、私は勝利のラッパを耳にきいたような気がしたね。トランクの中に砂を入れて来る。砂ならば嚢につめて幾つにも分割出来る。しかも、あの曙アパートには、砂嚢があちこちに積んであったではないか。あの砂嚢の数が、一割や二割ふえていても、誰も気のつくものはあるまい。しかし、犯人はこう考える。送って来る途中で、砂嚢が破れまいものでもない。破れないにしても嚢からこぼれ出す場合があろう。ところで、砂という奴は、完全に掃除してしまうことはちょっと難かしい。ことに二十日の朝の犯人は忙がしいのだから、ゆっくりトランクの中の砂を掃除しておれない。一粒でもそこに砂が残っていたら、真相を観破されるおそれがある。

そこで、逆に犯人は、砂はそのままにしておいて、これをカムフラージするために、凶器として砂嚢を用いたのではないか。いや、実際は、さくら女史の後頭部の傷は、鈍器とばかりで、はっきり砂嚢ときまっているわけではないのだから、ひょっとすると、ほかのもので殴っておいて、それを砂嚢と思わせるようにしたのではないか。——実際、砂嚢を凶器に使うということは奇抜すぎるし、あれほど計画的な犯人が、他の凶器を用意しないでありあわせの砂嚢を用いるというのは、少し突飛すぎるのだから、これは自分のような考え方をしたほうが、はるかに自然ではないか、即ち、犯人はトランクに詰めて送って来た砂をカムフラージするために、さくら女史の死体を砂まみれにしておいたのだと。——」

「なるほど、それが島津君によって、現実に調査証明されたのですね」

「そうなんだよ。さて、これでトランクの内容はかたづいたが、もう一つ、そのトランクを発送した人物だ。あのトランクが東京駅でチッキされたのは、十九日の晩のことだが、その頃、土屋君が大阪にいたことは、疑いをさしはさむ余地はない。しかも、こういう計画的な犯人の常として、共犯者があったとは思えないのだ。それは発覚の危険を、倍加することだからね。土屋にとっては、この点だけでも、自分は安全地帯にいると信じていたのだろうが、どっこい、志賀君の告白が、最後のこの難関を解決してくれたのだ。佐伯淳吉は十九日の夜汽車で東京をたっている。おそらくそれは、歌劇団の一行と同じ汽車であったろう。その汽車は二十日の朝土屋が迎えにいっていたのだから、かれは佐伯にあうことが出来た筈《はず》だ。あってチッキを受け取ることが出来た筈なのだ。しかも、佐伯と土屋はその昔、同じ釜《かま》の飯を食った仲だという。しかもしかもだ。その佐伯は船中で毒を嚥《の》んで死んでいる。一般には自殺と信じられているが、遺書もなにもなかったのだから、真実自殺だったという証拠はどこにもない。——こう考えて来たときは、今更のように犯人の凶悪さに、慄然《りつぜん》たらざるを得なかったねえ」

まったく由利先生のいうとおりであった。さくら女史を殺したには、犯人には犯人らしい怨《うら》みや鬱憤《うっぷん》があったのだろう。雨宮君を殺したには、切端つまった理由があったのだろう。しかし、佐伯淳吉は犯人が利用し、犯人が道具に使ったというだけで、その道具のしゃべる事を懼《おそ》れて殺したのだから、これほど残酷なことはなかったであろう。

「いや、それでだいたい、先生の推理の過程はわかりました。では、今度改めて、犯人の計画を順序立てて話して下さい」

「うむ」

先生は愛用のパイプをくゆらしながら、ゆっくりと語り出した。

「そのまえに、先《ま》ずこの本件の動機を考えてみようじゃないか。土屋恭三が原さくら女史を殺した動機、これを納得のいくように証明することはむずかしいね。そこには殺人罪を犯さねばならぬような、具体的な事件は何ひとつなかったのだからね。物質的な方面だけを考えれば、却《かえ》ってさくら女史に死なれては、犯人は困る事情にあった。それにも拘《かかわ》らず、土屋があああいうことをやったというのは、結局、土屋と女史の性格の相剋《そうこく》というよりほかはないだろうね。千恵子の話によると、さくら女史は気紛れで、駄々っ児で、わがままだったが、ほんとうは親切な人だったという。しかし気分にむらのあったこと、即ちお天気であったことは争われないし、それに芸術家、偉大な芸術家にありがちな、傲慢《ごうまん》さを否定することは出来ない。ある種の人間にとっては、このお天気であること、即ち機嫌のとりにくい相手であること、それと相手の傲慢さが耐え得られないことなのだ。それに調子をあわせていくには、いきおい自分を幇間《ほうかん》のような卑屈さに落としていかねばならない。土屋はそれに耐えていけなかった。自分を幇間的卑屈さに落としながら、そうしなければならぬことによって、女史に対して二重の憤りを覚えずにはいられなかったのだ。女史がほんとうは親切な人間であるということも、土屋にとっては忿懣《ふんまん》の種だったにちがいない。なぜならば、女史のマネジャーとしての不平不満愚痴をこぼしても、誰も自分に同情してくれない。逆に女史の肩を持つ人間のほうが多い。——と、そういうことも、土屋をいら立たせる原因だったに違いない。これを要するに、土屋がああいう人間だったとしても、相手がちがっていたら、殺人なんかやらなかったろうし、女史がああいう人物であっても、相手が違っていたら殺されなかったろう。つまり鐘と撞木《しゅもく》のあいが鳴るというわけで、鐘と撞木は別々にあっても鳴らなかったにちがいない。それにもうひとつ考えられるのは二人の経歴だね。かつての土屋は、女史の先輩だった。女史がまだ無名の歌手だった頃、土屋はすでに名声嘖々《さくさく》たる大家であった。それがしだいに凋落《ちょうらく》して自分の後輩のマネジャーをやっていたのだから、そこに常にもやもやしたものがあったろうじゃないか。あの手記を見ると、土屋には多分にマゾッホ的傾向があるように思われる。しかし、その傾向は土屋の本質ではなくて、女史のマネジャーとしての世渡り上、いつの間にか、土屋が自分を守る鎧《よろい》にしていたのだろうと思う。この事は重大なことだよ。そうして心にもない屈辱に屈辱を重ねて来た奴が、いつか爆発する。その爆発がああいう悲劇を惹起《じゃっき》したのだと思うね。つまりこれは芸術家の悲劇であった。犯人も被害者も芸術家であった。犯人は自己の損得など忘れて、ひたすらに憎悪の対象を抹殺することに熱中したんだね」

「世の中には、ときどき、そういう得体の知れぬ動機、というものがあるもんですね。人は常に、必ずしも自分の利害を打算して行動するわけではないという、これも一つの例になりますね」

「そうなんだ。そのとおりなんだよ。だからね、殺人事件の揚合、いつもその動機を具体的な事実に求めようとすることは、間違っていると思う。さて、そういう風にして、土屋はさくら女史を抹殺しようとした。と、そのときたまたま知ったのが、さくら女史が清風荘で演じていたあのお芝居なんだ。三津木君も千恵子も、その方面ではまんざら素人ではないから、知っているだろうが、芸者の箱屋に役者の男衆、それから芸人のマネジャーなどという人種は、みな共通した性格を持っている。それはだにのようにあくまでも、主人に食い入っていくという性格だ。実際また、そうしていなければ、かれらは生きていけないのだからね。かれは主人のどんな秘密でも、すぐ嗅《か》ぎつける本能を持っている。主人が隠せば隠すほど、かれらはそれを追求していく。だからあの場合、土屋が清風荘の一件を知らなかったとしたら、私はそのほうがよっぽど奇っ怪至極だと思う。さて、土屋は清風荘の一件を知った。小野とさくら女史が暗号通信をしていることも知った。女史と小野君の性格を知っている土屋は、すぐにそれが女史の遊戯であること、然《しか》し小野君はそれを信じ切っていることを覚《さと》ったのだ。ただ、この場合手抜かりだったのは、千恵子もあの一件を知っていて、真相を観破していたこと、それから女史の生理的欠陥を知らなかったこと。この二つはなんといっても土屋の手抜かりだが、これは止むを得なかったろう。さて、清風荘の一件を知った土屋は、これを殺人に利用しようと考えついた。いや、あの一件を嗅ぎつけたことによって、いままで渾沌《こんとん》としていた殺人の願望が、はじめて具体化されたのかも知れない。そこで土屋はいよいよ、具体的な計画に突入し、まずその手はじめに、曙アパートの一室を借りた。あの大阪公演は、日取りこそはっきり決まっていなかったが、一か月前にはわかっていたのだからね。その時を利用しようと思いついたのだ。さて、日取りがいよいよ決まってみると、東京と大阪の公演のあいだに一日しか余裕がない。これはしかし、偶然、そうなったというより、やはりマネジャーである土屋の意志が働いて、そうなるように仕組んだものと思う。さあ、それから後がいよいよ本舞台だ。夜汽車に乗れぬ女史はどうしても十九日の朝、東京を出発しなければならない。そのために彼女は大阪駅の歓迎を受けることが出来ない。そこに女史の不平があった。そして、それこそ土屋が手ぐすねひいて、待っていたところなのだ。土屋がどういう甘言をもって、女史を説き伏せたか知らないが、かれはまず清風荘の一件を自分が知っていることを女史に打ち明けたろう。そしてあの件を利用して、小野君をはじめ、みんなをあっといわせてやろうじゃないか、と、そんなふうに持ちかけたにちがいない。土屋の告白したところによると、かれは実際には、なんの趣向も持っていなかったそうだ。しかし、いかにもそれがあるように女史を説き伏せた。そしてそれにはいったん、みんなをまいて、さんざん心配させた揚句、開幕ぎりぎりの時間になって、奇抜な趣向をもって登場したらどうだろう——と、そんなふうに持ちかけたらしい。ところでさくら女史と来たら、聡一郎氏や千恵子も指摘しているとおり、大きな赤ん坊だった。そういう事が大好きなのだ。みんなにさんざん気を揉《も》ませて、いざという瞬間に顔を出す。女史にとって、これほど気に入った遊戯はないのだ。そこで一も二もなく土屋の手にのってしまった。こうなると、後はもう土屋の思うままだ。そこで土屋は細かい筋を立て、自分の作った暗号楽譜を女史に渡しておいた。それからトランクに必要量の砂嚢《すなぶくろ》を詰め、これを東京駅の一時預けにしておいた。むろん、そのまえに清風荘の一室に砂をまき、そこにトランクの跡を、つけておいたことはいうまでもない。さて、そうしておいて佐伯淳吉に、そのトランクをチッキとしてくれるように頼んだ。どんな口実で佐伯を欺いたのか知らんが、これはどうにでもこじつけようはあるのだろう。こうしておいて、土屋は何食わぬかおで十八日の晩、東京を出発した。

さて、その翌日だ。女史はむろん、土屋にそんな深いたくらみがあるとは知らないから、かれの書いた筋書きどおり、まず良人《おっと》の同行をさまたげ、東京駅で楽譜を落としてみせ、それから品川でおりて清風荘アパートへ赴いた。そこには予《あらかじ》めあの男装に必要な衣裳《いしょう》が、スーツケースに詰めておいてある。女史はそれに着換え、その代わりいままで着ていた衣裳をスーツケースにつめ、おそらくその時、小野君に贈られた花束も一緒にスーツケースに押しこんだのだろう。そうして一汽車おくれて品川からたった。この時、注意しなければならないのは清風荘の一室には、すでに砂がバラ撒《ま》かれていたのだが、ソファや絨緞《じゅうたん》でかくしてあったから、女史は気がつかなかったろう。

よし、気がついたところで、それがあんな重大な意味をもっていたことは知らなかったろうよ。こうして男装した女史は十九日の夜九時すぎに大阪駅へつく。駅には土屋が迎えに出ていて、曙アパートへ連れ込む。それも趣向の一部だと思うから、女史は少しも怪しまなかったろう。おそらく、かくれん坊をする子供のように、胸をワクワクさせていたにちがいない。さて、女史をアパートへ連れこんだ土屋は、そこでもう一度着換えさせたところを、殴り倒し、絞殺した。そしてトランク詰めとして不自然でないような恰好《かっこう》に、女史の体を適当にしばって、押し入れの中かなんかへかくしておく。これが十九日夜の土屋の行動の全部なんだ。ところが、東京ではちょうどその頃、佐伯画伯が、なにも知らずに、トランクを一時預けから受け出し、それを改めてチッキにしている。その佐伯は歌劇団の連中と同じ汽車で、二十日の朝、大阪駅を通過している。土屋はその際、チッキの合札を受け取り、お礼として青酸加里入りの薬を渡した。むろん、毒薬だなんていやあしない。船酔いの薬と欺いたのだね。それから、小野君を暗号楽譜で宝塚へおびき出し、志賀を贋《にせ》電報で箕面へ連れ出した。こうして二人をおびき出したのは、むろんかれらのアリバイを曖昧《あいまい》ならしめるためだが、志賀の場合にはもう一つの意味がある。それは志賀と佐伯のあうことを妨げるためなのだ。佐伯が志賀にあって、うっかりあのトランクのことを洩《も》らしでもしたら、それこそ何もかもぶっこわしだからね。さて、それから後のことは、改めて説明するまでもあるまい。コントラバス・ケースとトランクを別々に受けとり、コントラバス・ケースにはさくら女史の死体をつめ、トランクのほうは、逆に中の砂嚢を出し、それをアパートの要所要所にくばり、薔薇《ばら》の花を入れ、そして二つの物を、それぞれ目的のところへ送りとどけたのだ。これが土屋のやった仕事の全部なのだが、私がこの事件で、犯人の狡知《こうち》にもっとも感嘆するところが二つある。その第一は、被害者自身に犯人のアリバイを作らせたこと。即ち、殺人が東京で行なわれたように見せかけるために、実際に動いたのは、実は被害者なんだからね。それからもう一つは、死体を入れて送り出すのに選んだ容器が、コントラバス・ケースであったこと。このことは、土屋自身も書いているだろう。コントラバスと死体の重量の差、それからして、死体は実際は東京から送られたものではなかった。大阪で詰められたのだと、警察のものに思わせようとしたこと。即ち、はじめにまず、疑いを受けておいて、しだいにそれが動揺し、果てはすっかり疑いが晴れる。――と、土屋はそういうふうに企《たく》らんだんだ。つまり嫌疑の免疫性を受けておこうと、いうんだが、これなどは、一通りや二通りの奸知《かんち》ではないね」

「いや、土屋の奸知は、雨宮殺しのアリバイのつくり方でも十分うなずけますね」

「そうなんだよ。実際、ああいう奸知が咄嗟《とっさ》のあいだにどうして出たもんかねえ。もっとも土屋は、いざという場合の遁《に》げ路《みち》として、あの避難樋《どい》には、あらかじめ眼をつけていたにちがいない。さて、あの晩土屋は、コントラバスの川田と、トロムボーンの蓮見が、食堂で酒を飲んでいるのを見て、好機逸すべからずと、あのトロムボーンの中にかくしてあった、頸飾《くびかざ》りを取り出そうとした。そこを雨宮君に見つけられたものだから殺してしまった。むろん、そのとき犯人の方は用心深く手袋をはめていたから、雨宮君の指紋だけがそこに残ったのだ。さて、雨宮君の死体を、川田君の外套《がいとう》にくるんで五階へかつぎあげる。そしてそこにありあう綱を、五階の窓の外にある、廂《ひさし》の鉄棒にひっかける。ちょうど首を吊《つ》る時のようにだね。そしてそれに死体をひっかけたんだが、じかに肉体に綱がふれては、綱の跡がのこるおそれがあるので、外套でくるんでおく必要があったんだね。さて、そうしておいて、体をくるくる回転させるんだね。回転するごとに、綱は捩《ね》じれて瘤《こぶ》だらけになる。もうこれ以上、回転出来ないところまで、体をまわしておいてさて、自分はあの避難樋より滑りおりる姿勢をとる。その姿勢が完全となるまでは、片手で死体をささえているから、撚《よ》りは戻らない。さて、手をはなして滑りおりると同時に、死体はくるくる回転しはしめる。撚りが戻ってくるくるくる死体は独楽《こま》のように回転するのだ。撚りが戻るにしたがって、死体を緊縛していた綱の張力も、しだいに緩んで来る。と、同時にずるずると綱からずっと死体は下へ顛落《てんらく》する。そして、先《ま》ず、開けてあった四階の窓ガラスにぶつかり、それを毀《こわ》した後、またもんどり打って下へ落ちる。この物音をきいて、牧野氏が飛び込み、警部が階下の窓から覗《のぞ》いたときには、間一髪、犯人は下へ滑りおりていて、裏口からとびこみ、警部のいる部屋の入り口に立っていた。——即ち、この場合、綱の撚りの戻る時間だけが、犯人の目のつけどころで、これによってアリバイを作り、まんまと密室の殺人が出来上がったというわけだよ。そして、後の証拠になる綱は、千恵子の行方捜査の際、犯人がこっそり外しておいたのだね」

　私たちはそこで長いあいだ黙っていた。これでだいたい、事件の真相は究明されたわけだが、ただ遺憾なのは、この事件には全然無関係であったとはいえ、重要な一つの要素となった藤本殺しが、いまだに解決されていないことである。事件からいままでの間に、あの大戦争をはさんでいる以上、あの事件は永遠に解決されないで、終わるのではないかという懸念がある。しかし、この事はわれわれの冒険とは開係のないことだ。

　さて、最後に私は千恵子夫人にむかって、こういった。

「ところで、奥さん、この事件において、先生がなにに一番頭を悩ましたか、あなたはそれを御存じですか」

「さあ。あたし、存じませんわ。いままでおっしゃった事のほかに、なにかうちのを悩ませるような事実があったんですか」

「ありましたとも、大ありでしたよ。それはね、相良千恵子はなぜあんな冒険をやったのだろう。あれはひょっとすると、相良が小野を愛していて、それをかばうためにやった仕事じゃないのか——この疑問が、最後まで、一番先生を苦しめたんですぜ、はっはっはっ！」

「こん畜生！」

と由利先生が叫ぶのと、

「あらいやだ！」

と千恵子夫人が耳たぶを紅《あか》らめたのと殆《ほと》んど同時だった。やがて、千恵子夫人はしんみりとした調子になって、

「あたし、小野さんは嫌いじゃないわ。好きといってもいいわ。でも、あんなにまっ正直で、純で、初心《うぶ》な人、かえって頼りないわ。あたしはやっぱり——」

「先生のような人がいいですね。ははははは！　そうでしょうねえ。あなたのような人は、同年輩の男なんか、食い足りなくて仕様がないのにちがいない。ところで、奥さん、お目出度《めでと》う。いよいよ楽壇に復活なさるそうですね」

「ええ、有難う。うちのが許してくれたから。——少し生意気だけど、演奏会形式でカルメンをやってみようと思うの。ホセは小野さん、エスカミリオを志賀さんにお願いして、大体御了解を得てるんですけど——でも、安心して頂戴《ちょうだい》。今度は決して、カルメン殺人事件なんか起こりゃしないから。だって、うちのがついていてくれるんで

すものねえ。ほほほほほ」

蜘蛛と百合

夏の宵に恋の冒険を語る美少年の事
並びに銀座裏にて蜘蛛の怪を見る事

爽《さわや》かな果物の匂いが、そこはかとなく街のなかを流れる七月の夜のことである。

君よ、見ずや。――

空碧《あお》く、空気は香ぐわしく、街は明るく、ワン・ピースも軽やかな少女たちは、小麦いろの肌に、ほんのりと汗ばみながら、ステップも滑らかに、銀座の舗道をすべっていくではないか。

いちねん中で女がいちばん美しく見える季節だ。ロマンチックの夕べとはたぶんこういう宵のことをいうのであろう。

しかし、筆者がいま、諸君にお話しようというのは、そういう明るく、華やかな銀座の表通りではなく、うすぐらい、人通りも少ない裏通りのできごとなのである。

われわれの前方を、今しも余念なく話しこみながら、歩いてゆく二人の青年がある。

ひとりのほうは背高く、肩幅ひろく、挙動も敏捷《びんしょう》で、それでいて、どことなく、ゆったりと迫らぬ面魂をもった、見たところ、いかにも頼もしげな感じのする青年だったが、それに反して、もうひとりのほうは、年もいくらか若いらしいが、体つきも小柄で、骨組もぐっと華奢《きゃしゃ》にできている。

しかし、この青年には驚くべき特徴があった。彼が看板としてブラ下げている美貌《びぼう》の素晴らしさ！　美貌もこれくらいになると、威厳も同じである。夜目にも著しく、凜《りん》としてあたりを払うおもむきがあるのだ。

その眼、その口、その鼻の恰好《かっこう》。――

いちいち品評するのは止《よ》そう。どんなに筆を費したところで、このようにズバ抜けた美貌は、とても紙上に再現しがたいであろうと思うからである。それより、手っ取りばやく、ふたりの身分姓名を明らかにしておこう。

先《ま》ず年うえのほうから、三津木俊助、S新聞社の探訪記者、年齢に似合わぬ敏腕家だという評判がある。

いまひとりは瓜生《うりう》朝二、朝二の職業については筆者もあまり多くを知らないが、Lady'sman だという噂がある。

しかし、この事は朝二にとっては少しも不名誉ではないのである。人間は誰だって、己の持っているもっとも優れたものを、出来るだけ高く評価して、活《い》きていく権利がある。まったく瓜生朝二のような青年が、その美貌を売ってゆく才覚をしなかったとしたら、そのほうがよっぽど恥辱だろうと筆者などは考えるくらいである。

さて、物語の進行をできるだけ簡単ならしむるために、筆者は、ふたりの青年の会話を、そのままここに録音しようと思うのである。

どうやら、これらの会話が、これからお話ししようとする薄気味の悪い物語の、前奏曲になりはしないかと考えるからだ。

俊「それで、君その婦人というのは綺麗《きれい》な人なのかい」

朝「むろんさ、まさか君は、僕が金のみに魂を売るほど、下劣な男だとは考えないだろうな。どんなに金になりそうな女にしても、食欲を感じない女に、強いて近づこうという気には、余人は知らず僕にはとうていなれないね。美貌も僕ほどになると、金だけのために売るには勿体《もったい》なすぎると思わないかい」

俊「わかった、わかった。すると相手は美人で、金持ちで、おまけに係累がないというんだね。羨《うらや》ましい。名前は何んと言ったっけ」

朝「おいおい、よく憶《おぼ》えといてくれよ。何度いわせるのだい。君島《きみしま》百合《ゆり》枝《え》。――と。この名前をいうの、これで三度目だぜ」

俊「そうだったかしら。失敬、失敬！　それでその人、未亡人なんだね」

朝「と、思うんだが、僕もよく知らない。とにかく、あれだけの女があの年まで独身でいる筈《はず》がないと思うから、勝手にそう極《き》めているんだが、ハッキリしたことは知らない。ひょっとすると、一度も正式に結婚したことのない女かも知れないのだ」

俊「君、大丈夫かい、そんなにあやふやなことで……」

朝「どうして、よく知らねばならぬ必要があるんだい？」朝二は美しい眉《まゆ》をあげながら、「相手が美しくて、金持ちで、そして、僕を愛していると、それだけ、わかっていれば充分じゃないか」

俊「わかった、わかった！」俊助は相手の激しい権幕に、ほい、また縮尻《しくじ》ったかという風に首をすくめながら、「何もそういうつもりで言ったんじゃないのだ。しかし君、伊馬のほうはどうするんだ」

朝「伊馬か、あの女はまたあの女さ」

朝二はちょっと面をくもらせて、吐き出すように、そういうと、それきり黙りこんでしまった。俊助もそれに調子を合わせるように無言のまま足を運んでいる。

彼はこの年少の、些《いささ》かわがまま過ぎる友を決して憎む気になれないのである。朝二が好んで用いる、悪魔的な態度は、それが本心から出るものではなくて、反対に、内心の善良さと、気の弱さをかくそうとする、ひとつの擬装にすぎないことを、俊助はよく知っているからである。俊助はいつも変わらぬ愛情を、この友人に対して抱いている。朝二ぐらいの美貌になると、異性ばかりではなく同性をも十分に惹《ひ》きつけるのである。

俊「どうしたのだい。なにか僕のいった事が気にさわったかね」

朝「いや」

と朝二は夢からさめたように、

「君の親切はよくわかっている。素性もわからぬ女にひっかかって、又いつかのように失敗しやしないかという、君の心遣いはよくわかる。実をいうと、僕自身ちかごろ、なんとなく気味が悪くて仕様がないことがある」

俊「気味が悪いって、その婦人がかい？」

朝「まあ、そうなんだね。どういう理由か、何がまた不合理なのか、僕自身によくわからない。しかし、その女と一緒にいると、どういうのか、ときどき、ゾーッとするような薄ら寒さを感ずることがある」

俊「おいおい、冗談じゃない。そんな皮肉なおのろけをしなくてもいいじゃないか」

朝「いや、決してそういう意味じゃない。いずれ詳しく君に聴いて貰《もら》いたいのだが、今はまだ話せない。もっとも僕自身にもよくわかっていないんだ。このあいだ、非常に恐ろしい証拠をひとつ手に入れることは入れたんだが。……」

俊「証拠？　まるで犯罪みたいだね」

朝「そうなんだ。恐ろしい女だね。僕のまえにも二人まで、あの女のために怪しい死にかたをしている青年があるんだ。ひょっとすると、僕はその三人目かも知れないんだよ」

俊「瓜生、君、気は確かかい？」

朝「ははははは、いいよ、そう心配してくれなくてもいいんだ。僕はこれでも、自分のことは自分で処理して行けるつもりだ。時に君、蜘蛛《くも》という奴を知ってるだろ」

俊「蜘蛛——？」

朝「そうだ、蜘蛛だよ。こいつが百合枝に付きまとっているのだ。つまりあの女は、蜘蛛の妖術《ようじゅつ》を使うんだよ。——ははははは、何も驚くことはない。僕は、別に気が狂ったわけじゃないのだ。おや、ここは資《し》生堂《せいどう》の裏だね」

朝二は立ちどまって、腕時計をすかして見ながら、

「これはいけない。僕はここで失敬する。二、三日したらまた会おう」

ふいにくるりと踵《きびす》を返すと、相手の言葉も待たずに、暗いガードのほうへ消えていった。

俊助はまったく、途方に暮れてしまったのである。長いあいだ朝二とはつきあっているが、こんなことは初めてである。

——妙だな、俊助は訝《いぶか》しげに首をふりながら、蜘蛛がどうかしたとか言ったな。奴《やっこ》さん、ちかごろ草双紙でも読みはしないかな。

俊助は浮かぬ顔で五、六歩、明るいほうへ歩きかけたがふと立ち止まるとくるりと踵を廻《めぐ》らして急ぎあしで朝二のあとを追い出した。

街はくらくて、すでに朝二の姿はその辺には見当たらないのである。しかし、急いでゆけば、追っつけない筈はない。

もう一度あの男をつかまえよう。そして今夜ひとばん、どんなことがあってもそばを離れないことにしよう。

別れるときの、あの影の薄さが、妙に気になるのである。俊助はその街をつきぬけた。

省線のガードが長城のように黒く聳《そび》えて、ガード下の浅い濠《ほり》には、小舟が半分泥のなかに埋まっている。

向こうから来た男が、ふいにどしんと俊助の体にぶつかって、はっとしたように顔をそむけると蝙蝠《こうもり》のようについと暗い横町へ吸いこまれていく。帽子の廂《ひさし》をふかく下ろした、色の生白い小柄な黒眼鏡をかけた男である。

失敬な奴！

だが、俊助はそれどころではなかった。見渡したところ、どこにも朝二の姿は見えないのである。濠ばたの闇のなかに、ポツンと街燈が一本立っているきり、賑《にぎ》やかな表通りとちがって、まことに淋《さび》しいのである。

俊助はその街燈の下に歩みよって、あたりを見廻《みまわ》した。

「瓜生、瓜生」

ガードのうえを走る電車が、その声をもみ消すように、ゴーッと、地響きを立てて通りすぎる。

それを見送った視線が、ふと足下の濠のなかに落ちたとき、俊助はぎょっとしたように、そこに立ちすくんでしまった。

岸にもやった小舟の中から半身乗りだした体を、黒い泥の中に突っ込んで倒れているのは引き起こして調べるまでもない。洋服の柄から、ひとめで朝二と知れるのである。

「瓜生！」

俊助はしゃがんで思わず砂をつかんだ。だらりとした体の状態から、すでに絶命しているらしいことがはっきりと分かる。俊助はふと、さっき自分につき当たった男のことを思いだした。しまった。あの黒眼鏡の男！　こうと知ったら、あいつの面をよく見ておくのだったのに。——

俊助は身をこごめて、小舟のうえに飛びおりようとした。そのとたん、ふいに妙なことがそこに起こったのである。ほのぐらい街燈の光の輪の中に倒れている朝二の背中に、その時、のしかかるように黒い影が落ちてきたのだ。毛むくじゃらの肢《あし》をひろげた奇妙な影だ。朝二の体を抱きすくめるようにしてもぞもぞと蠢《うごめ》いている。蜘蛛、——恐るべき巨大な蜘蛛なのである。

俊助は一瞬間、ツーッと全身のしびれるような恐怖にうたれたが、すぐ気がついてうえの街燈に眼をやった。

艶《つや》消しの、白い電球の表面に、ピタリと小さな蜘蛛が吸いついている。

なあんだ。あの蜘蛛の影なのか。——俊助は手品の種明かしをみた時のような馬鹿々々しいというよりは一種の腹立たしさを感じた。

しかし、朝二の死は恐ろしい現実なのである。この現実の出来ごとと、物語めいた無気味な蜘蛛の影と。

——偶然とはいえあまりいい気持ちはしない。この時電球の上に巧みに体の平衡を保った蜘蛛は静かに細い糸を吐きはじめた。

そしてそれがぼやけた巨大な影となって、濠の中に落ちたところを見ると、恰《あたか》も眼に見えぬ糸をもって朝二の死体を呪縛《じゅばく》しようとしているかのように見えるのだ。

俊助はもういちどぶるぶると冷たい戦慄《せんりつ》を全身に感じたのである。

喪服を着た歎《なげ》きの美少女の事
並びに奇怪な蜘蛛の絵姿の事

盛り場によくある与太者のしわざだろう。――というのが警察の見込みだった。

まったくそれより他に考えようのない事件でもあった。美貌《びぼう》を資本として、辛くも世を送っているような青年の死に、それ以上の秘密がどうして考えられるだろう。与太者にタカられて、拒絶して、刺されて、屍体《したい》を濠の中に投げこまれた。これほど簡単な事件はないではないか。むろん相手にも殺害のつもりはなかったのであろうけれど、時のはずみだ。脅かしの振り廻した刃物が運悪く心臓に突っ立ったのかも知れない。これを考えると人間の生命なんて脆《もろ》いものだ。

しかし、三津木俊助の陳述如何《いかん》によっては、この事件も、もう少し別の発展をみせていたかも知れなかった。

俊助も心中漠然たる疑惑を抱いていないではなかった。しかし、それは文字どおり漠然としていて、とても口に出して言えることではないのだ。

蜘蛛だって、君？　馬鹿々々しいではないか。おそらく君は夢でも見たのだろう。それとも瓜生朝二は気が狂っていたのかも知れん。――

だから俊助は黙っていたのである。

ところが、それから一週間ほど後のこと。

俊助の勤め先の新聞社へ訪ねて来た一人の少女があった。

十八、九の、男の子のように手脚ののびのびとした、挙動なども活発で、口の利きかたも爽《さわや》かな少女というよりも少年といったほうが相応《ふさわ》しそうな、それでいてもう二、三年もすると、素晴らしい美人になると思われるような女なのである。

しかし、今はなにか心に憂いを包んでいるらしい。冴《さ》え冴《ざ》えとした切れ長な眼に、かすかに涙を湛《たた》えて、伸び伸びとした体を無雑作に包んでいる黒っぽい服装も、喪服のつもりであったかも知れない。受付のメモの、御面会人という欄に鉛筆で記した名を見ると伊馬とり子《こ》。

瓜生朝二の愛人なのである。

四階の第3号応接室というのへ通されて、所在なさそうに、黒いハンド・バッグの口をひらいたり、閉じたりしているところへ、ワイシャツ一枚で忙しそうに入ってきたのは三津木俊助。

「やあ！」

と、少女は男の子のような口の利き方だ。

「やあ、この間じゅうは失敬、疲れたろう」

「でもないが、いくらかガッカリしちゃった」

「そうだろう。顔色が悪いぜ、あまり悲観するの止《よ》せよ。伊馬らしくもない」

「どうして？　ぼくが悲観しているとおかしい？」

「そういうわけじゃないが」

と俊助も向きあって腰をおろすと、

「見っともないじゃあないか。瞼《まぶた》がまっかに腫《は》れてるぜ。また泣いたんだろう」

「いいの、泣かしてよ。俊助はそういうけれど、少しはぼくの身にもなってよ」

「そりゃあ、まあ、御心中はお察しするが、あまり歎くのは仏のためにならないというぜ。古風なことを言うようだが」

「うん、それはよくわかっているの。だけど泣けるものなら仕様がないじゃないか」

「厭《いや》だねえ、わざわざ新聞社まで泣き面を見せに来たのかい？」

「ごめん、ごめん、そういうわけじゃないんだ。もう泣くまいと思ってたんだけど、俊助の顔を見たら、急に悲しくなっちゃった」

伊馬はひとしきり泣いたが、やがて淋しげな泣き笑いをうかべると、

「ほら、もう泣かないから憤《おこ》るの止して」

自ら不良をもって任じている少女の、切ないほどのいじらしさに、今度は俊助のほうが熱い塊をのみくだしながら、

「よし、いい児だ。ところで今日来たの、なにか用事かい？」

「うん、ちょっと君にみて貰《もら》いたいものがあるんだ」

と、伊馬は忙しくハンド・バッグをひらいて、ハトロン紙の封筒をとりだすと、卓

子のうえで逆さにはたく。すると中からひらひらと落ちたのは、ずたずたにひき裂いたふた片の紙片なのである。

「俊助、きみ、これをなんと思う」

細い指を反らして、いちいち表向けると、それを俊助のほうへ押しやった。

「写真だね」

「うん」

「誰がこんなにひき裂いたんだ」

と、そういいながら、その紙片を覗《のぞ》きこんだ俊助は、さっと血ののぼるのを感じた。

よくはわからない。

なにしろズタズタにひき裂かれた写真のなかの、ほんの一部しかないのだから、しかし、どうやらそれは、蜘蛛《くも》の絵を写真にとったものらしいのである。毛だらけの脚、鋭い嘴《くちばし》、そういうものが見える。浮世絵風に、筆で線画きをしたもので、全部そろえば、かなりもの凄《すご》い蜘蛛の絵が出来あがっていたろうと思われる。

「こんなものどこで見付けたんだ」

「瓜生の部屋にあったんだよ」

「瓜生が……」

俊助はどきりとしたように、

「そして、誰がこんなに引き裂いたのだい」

「瓜生を殺した奴だよ」

「なんだって？」

「ぼく、今日はじめてアパートのおかみさんに聴いたんだけど、瓜生が殺された晩、アパートへ瓜生を訪ねて来た客があったんだって。時間にして、瓜生が殺されてから半時間ほど後のことらしいんだが、留守だというと、待たせてくれって、勝手にあがりこんで、散々そこら中をひっ掻《か》き廻《まわ》した揚げ句、いつの間にやら消えてしまったというんだ。その話を、今日おかみさんから聞いたもんだから、ぼく、妙に思って部屋の中を探してみると、隅のほうから、これが出て来たんだよ」

「ふうむ」

俊助は首をかしげながら、

「だけどこの写真、なにもそのとき、そいつが……仮りにまあ、そいつを犯人として、その犯人が破っていったとは限らないね。瓜生の仕業かも知れないじゃないか」

「ところがそうでないという証拠があるの」

伊馬はぽうっと瞼を染めると、

「あの晩はぼくも瓜生のアパートを訪ねたのよ。半時間ぐらい、部屋ん中で帰りを待ってたっけ。所在なさにずいぶん、そこら中をひっかき廻したんだが、その時には、たしかにこんなものなかったんだもの」

「なるほどね、それで、その男ってのは、いったいどんな様子だったんだね」

「色の生白い、柄のあまり大きくない、黒眼鏡をかけた男だそうだ」

そう聴いても、俊助は別に大して驚きもしなかった。さっきから彼も、しきりにその男の顔を思いうかべていたからである。

「俊助も瓜生から、奇妙な蜘蛛の話をきいたといったね。ぼくが思うのに、瓜生が握っているといった証拠は、この写真のことじゃないかと思うんだ。俊助はどう考える？」

「そうさね」

　あまりとりとめのない話なので、俊助もすこし返事に困るのだった。しかし勢い込んだ伊馬はそんな事には委細構わず、

「とにかくぼくはそういう見当で、さしあたり君島百合枝にちかづいて見ようと思うのだが、それについて俊助にお願いがあるんだ」

「なんだい、出来る事ならなんでもする」

「なに、雑作ないことなの。調査部でひとつ、あの女の身《み》許《もと》を洗っておいて貰いたいんだ。事件の中心はやはりあの女だと思うんだよ」

「お安い御用だ。ここの調査部でわからなかったら、こういうことを専門にしてる人

物も知ってるから、その人に頼んでみよう。しかし伊馬はあの女に近付いていって、どうするつもりだろう」

「きまってるじゃないか。食うか食われるかだ。とにかくぼくは瓜生の敵をこのままにしておくわけにはいかないのよ」

伊馬は爽かな眥《まなじり》をあげて、決然とそう言い放すとしずかに席を立った。彼女はいったん、こうと決心すると、必ずそれをやり遂げずにはおかぬ種類の女なのである。

それから間もなく、黒い喪服に包まれた伊馬のうしろ姿を見送ったとき、なにかよくないことが起こらねばよいがと、俊助はなんとなく不吉な胸騒ぎを感じたものだが、後になって考えてみると、そういう予感は決して間違っていなかったのである。

俊助約束を守って由利先生を訪《おとな》う事
並びに君島百合枝の恐ろしき過去の事

伊馬はそれきり俊助のまえに姿を現わさなかった。然《しか》し風の便りに彼女が、金持ちの未亡人ともおぼしい女を取り巻いて、ちかごろ盛んに、あちこちのダンス・ホールや酒場などへ現われるときいて、なんとなく心許なく感じた俊助は、それから間もなく、伊馬との約束を守って、君島百合枝の身許を訊《き》きただすべく、麹町三番町にある由利麟太郎という人物を訪れた。

　由利麟太郎という人は、一見、たいへん変わった人物である。見たところ、年齢はまだ四十をあまり多くは出ていないだろうと思われるのに、雪のように見事な白髪を戴《いただ》いている。鋭い眼光、きりりと結ばれた唇、逞《たくま》しい腕。――それでいて、全体としての印象は、たいへん柔和な感じであった。

　由利先生――

　俊助は日頃からそういう尊称をもって、この人を呼んでいる。これは極く内密の話だが、俊助が難解な刑事事件にあたってしばしば特異な手柄を立てるのは、この由利先生の忠告が非常に力があるのだと言われている。

「ああ、よく来たね。実はこちらから電話をかけようかと思っていたところなんだ」

　由利先生は銀のような白髪を撫《な》でながら、にこやかに俊助を迎えた。そういう様子からして俊助は自分の依頼しておいた調査が、先生の手で完了したのであろう事を知るのだ。

「お願いしておいた事、わかりましたか」

「ああ、わかったよ」

　先生はかなり部厚な書状を取りだすと、

「まあ、これを読んでみたまえ。いったい君が、どういう理由から、この女に興味を持つに至ったのかよく知らんが、これは実に容易ならん事件らしいね」

「え？　すると君島百合枝の過去には、何か変わったことでもあったのですか」

「変わったことも変わったことも、大椿事《だいちんじ》だ。だがまずこの書類から先に読んで見たまえ。その後でゆっくり、君の話をきこう」

　由利先生がこんな風にいうくらいだから、これはよっぽどの大事件にちがいない。そう思うと俊助は思わず、書類をもった手のかすかに慄《ふる》えるのを感ずるのだ。

　君島百合枝　明治四十二年生。

「すると、俺と同じ年だな」

　そう考えながら、俊助は、その書類の第一ページをひらいた。そして読んでゆくにしたがって次第に彼は、妖《あや》しい夢魔の世界へ引きずり込まれるような、無気味さを感じたのである。ここには残念ながら、その報告書の内容をそのまま掲載する訳にはいかないから、出来るだけかいつまんでお話する事にしよう。

　君島百合枝は京都で生まれて神戸で育った。

　神戸の女学校を卒業したのである。

　彼女にふりかかった災難というのは、その港町の山ノ手にある、ハイカラな女学校へ通学している時分に起こった。

　その頃から、百合枝の美貌《びぼう》は、若い男の学生などの間に喧伝《けんでん》されていたもので、学校から帰って、袴《はかま》をとると、いつもの数通の付文が、畳のうえに落ちたと伝えられている。

　そういう彼女に、いのちがけの恋をした男があった。ちょうど百合枝が通学する道筋にある古い質屋のひとり息子で、蜘蛛《くも》三《ぞう》というのがその青年の名前だった。

　いったい、どういうわけで、このような呪わしい名前をつけられたのか、それにはいろいろと複雑《こみい》った事情があるらしいのだが、それはこの物語に関係がないから、一切省略するとして、しかし、いかなる事情があったにせよ、子供の命名に際しては、絶対に気《き》紛《まぐ》れは許さるべきではないという、絶好の見本がこれである。

　蜘蛛三という、この薄気味わるい、呪わしい名前のために、この可愛想な青年は生涯を棒にふってしまった。

　外へ出ると、蜘蛛、蜘蛛と友達からからかわれる。

　それがいやさに、蜘蛛三は自宅の蔵のなかから一歩も外へ出ないようになったが、そうしているうちに、口数の少ない陰気な、そしてまた陰気な子にありがちな、非常に執念ぶかい人間になってしまったのである。

　こういう蜘蛛三が、うすぐらい蔵の窓から、ふと行きずりの百合枝を見染めたのだ。そして狂おしいほどの情熱を傾けて、百合枝を自分のものにしようとした。

百合枝のうちがあまりゆたかでない恩給生活者だったのに反して、蜘蛛三のいえは、とかく評判はあったにしろ、有名な資産家だったので、この恋をかなえるのは、そう大して困難ではなさそうに見えた。

第一、百合枝の両親は非常に乗り気だったし、百合枝もしまいには、しぶしぶながらも納得したのである。

無事に結納が取り交わされた。結婚の日取りもきまった。莫大《ばくだい》な支度金が蜘蛛三の家から百合枝に送られた。そうしていよいよ、晴れの婚礼が数日ののちに迫ったとき、とつぜん花嫁の百合枝が失踪《しっそう》してしまったのである。

彼女には以前から美貌の恋人があって、その恋人と手に手をとって駆け落ちをしたのだ。間もなく二人が、須磨寺《すまでら》のへんに一家をかまえて隠れ住んでいることが分かったが、一緒にしてくれなければ死んでしまうと駄々をこねて肯《うなず》かない。

これをきいて誰よりも彼よりも、もっとも憤慨したのは蜘蛛三である。彼は蔵のなかで地団太を踏んで口惜《くや》しがったというが、その夜ふいに姿をくらましてしまったのである。

須磨寺の家で、無残にのどをえぐられた百合枝の愛人の屍体《したい》が発見されたのは、それから三日目のことである。百合枝の行く方はわからなかった。前後の事情よりして、犯人は蜘蛛三にきまっていた。蜘蛛三は恋敵を殺害したうえに、百合枝を奪いさったのである。

躍起となった警察の、必死の捜索にも拘《かかわ》らず、二人の行く方はなかなか分からなかったが、それから三月ほどして、百合枝のほうから飄然《ひょうぜん》として家へ帰って来たのである。彼女のきれぎれな記憶を綴《つづ》りあわせると、怯《おび》えおののく百合枝を、蜘蛛三が無理矢理につれこんだのは、五十石《こく》積みぐらいの和船であったらしく、三月のあいだ彼は、捜索の眼をくぐって瀬戸《せと》内海《ないかい》をあちこちと、見物して廻《まわ》っていたというのだ。

　この船のなかの生活が、どのように恐ろしいものであったか、それは想像に絶したものがあったらしい。二人の生活はちょうど、彼等の名前の通り、美しい百合枝の蜜《みつ》を吸う、醜い蜘蛛のすがたそのままだった。

　蜘蛛三はすでに理性をうしなった執念の鬼になっていたのである。やっとのことで、この恐ろしい地獄をぬけ出して、息も絶えだえなありさまで家へ帰って来たとき、因果なことには百合枝は妊娠していた。

　いっぽう、百合枝に逃げられた蜘蛛三は、三ヵ月の歓楽で、別に思い残すところもなかったのか、財産全部を百合枝と、間もなく生まれるであろうその子供に譲るという手続きをしておいて、鳴門《なると》海峡に身を投げた。

屍体は鱶《ふか》の餌食《えじき》になったのだろう、遂《つい》に発見されなかった。

百合枝は半年ほど後に出産したが、子供は死んでうまれた。だから莫大な財産は全部、百合枝ひとりのものになったのである。

十年ほど昔の出来ごとである。

それ以後の彼女には、別に多くをいうところはない。ありあまる財産を抱いて、ある時は酒場をひらいてみたり、ある時は女株屋になってみたり、そういう女の踏みそうな道を歩いて、東京へ出て来たのは一昨年のことだという。——

俊助はこの報告書をよみ終わったとき、それが真夏の、しかも西陽をうけた暑くるしい一室であったにも拘らず、思わずゾーッとするような薄ら寒さを感じた。地獄絵巻きのような、血みどろな執念がそこにある。

蜘蛛三という男はほんとうに死んだのであろうか。たとい彼が、鳴門海峡の藻屑《もくず》と消えたというのが真実であったにしても、おそらく彼の執念は、百合枝と共に生きてるのであろう——そう考えると俊助は、我れにもなく草双紙めいた、一種超自然な物《もの》凄《すご》さを感ずるのだった。

「恐ろしい事件ですね」

「恐ろしい。しかし、おそらく君がこれから話をしようという事件は、これよりもっと恐ろしいのではないかね」

由利先生は鋭い眼で、じっと俊助の顔を見すえながら、

「というのは、これほどの大事件が、ただこれだけで終わろうとは思わないからだ。

発端があれば始末がなければならぬ。おそらく君がこの婦人に興味を覚えたのは、その結末に関する事件だろうね」

「私にはよくわからないのです。が、まあお話しますから、先生自身、よろしく判断してみて下さい」

　俊助が唇をしめしながら、話しだそうとしたとき、ふと、由利先生が手をあげた。卓上電話のベルが鳴りだしたからである。先生は受話器をとりあげて二言三言訊《たず》ねたが、すぐ俊助のほうへ振りかえった。

「君にだよ。伊馬という婦人からだ」

「伊馬？」

　俊助があわてて受話器をうけとると、

「俊助？　ぼく、伊馬」

　という声が、いきなり電話の向こうで弾んだ。

「いま新聞社の方へ電話をかけたら、そちらだというんで……」

「なにか急用でもあるのかい」

「大有り、きみ、今ちょっと来れない？」

「うん、行けなくもないが。……」

「なら、大急ぎでここへ来てよ。ぼく、なんだか怖くて、怖くて。……」

「怖い、どうしたんだ？」

「秘密を見付けたんだ。蜘蛛《くも》の秘密を覗《のぞ》いたんだよ。ああ、怖い、ぼく瓜生みたいに殺されてしまうかも知れない。ね、早く来てよ。誰かがぼくの後を尾行しているらしいんだ。ね、大急ぎで来て。ぼく、怖い！」

「よし、いますぐ行く。だけど伊馬は今どこにいるんだ？」

「銀座のS堂。――ああッ」

突然、電話を伝わって、がちゃんと物の毀《こわ》れるような音がきこえた。それから低いすすり泣くような声が、二、三度しゃくりあげて、それがポツンと切れたかと思うと、ふいに森《しん》とした静けさが電話のかなたにひろがった。

「どうしたんだ、伊馬、もしもし、もしもし」

答えはないのである。それでいて電話はまだ切られていない。俊助はゾーッとする寒さを感じた。

「せ、先生！」

俊助は歯をガクガクさせながら、由利先生のほうを振りかえった。その時、彼も由利先生と同じように、毛髪の根まで、まっしろになるかと思われたのである。

後になって、S堂にその時いあわせた人々の話を総合するとこうである。

伊馬が電話室へとびこんだすぐ後から、この喫茶室へ入ってきたひとりの青年があった。黒い塵《ちり》よけ眼鏡に、レーンコートの襟をふかぶかと立てているので、人相のほどはわからなかったが、電話室のなかにいる伊馬の姿を見つけると、静かにその方へ寄っていった。そういう様子からあたりにいた人々は、伊馬のつれか、それとも電話のあくのを待っている客であろうと思って、格別、ふかい注意もはらっていなかったのである。

あの奇妙な、ブスッというような低い物音がきこえたのは、それから間もなくのことだったが、その音にふと面をあげた客のひとりは、そのとき、例の青年が外套《がいとう》のポケットに手をつっこんだまま、静かに電話室のそばを離れて、表のほうへ出ていくのを見たのである。

その態度には少しも不自然なところはなかった。喫茶室のなかは静かである。何もかわった事はなかったらしい。そこでその客も安心して、飲みかけのオレンジエードのストローに、ふたたび口をつけたのである。

サーヴィスガールの一人が電話室のなかから、浸み出している赤黒い液体を発見して、大騒ぎをはじめたのは、それから五分も経ってからのことだった。

伊馬はそのとき、受話器を握ったまま、体をくの字なりにして、お河童《かっぱ》にした頭を、電話室の中の羽目板にもたせかけていた。

ピストルの弾丸は電話室のガラスに小さい孔《あな》をあけ、伊馬の左の貝殻骨から肺をつらぬき、第三の肋骨《ろっこつ》のところで止まっていた。

「厭《いや》な事件だな、厭な事件だな」

ちょうど、そこへ駆けつけて来た由利先生は、眉《まゆ》をひそめて俊助のほうを振りかえると、吐きだすようにそう言ったのである。

俊助再び蜘蛛のあやかしを見る事
並びに恋を運ぶ深夜の自動車の事

伊馬がいったい、どういう発見を俊助につげようとしたのか、それがわからない以上、この事件の犯人をあげるのは、かなり困難なことであったろう。

由利先生が呟《つぶや》いたとおり、いやな事件、――全く、いやな事件だった。しかし、そういううちにも、ただ一つのことだけは炳《へい》として明らかであった。

即ち、瓜生朝二の死は、決して警察などで考えているような、与太者の仕業などではなかったことである。

この殺人事件には、明らかにひとつの共通点がある。

そして、二点をむすぶ線を底辺とした二等辺三角形の頂点に立っているのが、問題の君島百合枝なのである。

そして百合枝の姿のうしろに、巨《おお》きくダブっているのが、まっくろな蜘蛛であるといえば、諸君は嗤《わら》うだろうか。

俊助はそう考えると、君島百合枝という女に対して、なんとも名状しがたいほどの嫌悪と、恐怖を感じるのだ。しかし、俊助の性質として、相手がいかに恐ろしい女であるとはいえ、いや相手が恐ろしければ恐ろしいほど、いよいよ、このまま引き退《さが》ってはいられないのである。

「とにかく私は、君島百合枝という女にちかづいてみます。すべての源はあの女のところにあるようですから」

由利先生にむかって俊助は断乎《だんこ》としてそう宣言した。

「ふむ、それもよかろう。しかし、よっぽど気をつけなくちゃいけないぜ。俺にはなんだか、この事件が尋常一様な恐ろしさではないような気がするのだ。ともかく、木《ミ》乃伊《イラ》とりが木乃伊にならないことを祈る」

「なに、その点なら大丈夫です」

俊助はいかにも自信ありげに言ったが、果たして彼が言うように大丈夫であったかなかったか、それは間もなくわかることである。

それから一か月ほど経った。

そして次にのべるのは、ちかごろ東京名物のひとつになった、日比谷《ひびや》のあるレビュ

―劇場のなかにおける出来ごとなのである。

開演中の、ひっそりした廊下をただひとり、さきほどから人待ち顔に散歩している女があった。出来るだけ地味にと粧《よそお》いをこらしているらしいが、天成の美しさはおおうべくもない。女としてはやや大柄なほうで、その体の線の艶《つや》やかしさ。

あらゆる細胞がピチピチと跳ねかえっているようで、それでいてさりげない平静さのなかに包まれている。――

と、そういう女なのである。

年齢は二十七、八というところであろう。女としては最も味のふかい年頃でもあるが、はかなげに思いいった眼もとの情の深さ、あふるるばかりの才気を、かるく押しつつんだ口もとの陰翳《いんえい》の細やかさ。

ほのぐらい廊下のかたすみに佇《たたず》んでいるところをみると、パッと花が咲いたように、眼もあえかなる艶麗《えんれい》さであるが、それでいて、浮薄でなく、どこやらに悩ましげなつつましやかさを見せているのは、衣裳《いしょう》の好みばかりではなさそうである。

女はしばらく、ゆるやかに流れてくるオーケストラの音に耳をかたむけていたが、そのうちにつと身を翻《ひるがえ》すと、婦人専用トイレット・ルームへはいっていった。と、思うと、じきにまっさおな顔をしてとび出して来たのである。

よほど驚いたことがあるにちがいない。

　この取りすました女が、裾《すそ》を乱し、息を弾ませながら飛び出してきたところは、舞台のうえのレビューなどより、よっぽど美しい観物だったのである。ところが、それと見るより、さっきから廊下のはじに腰を下ろして、さりげなく煙草をくゆらしている青年が、これまた、驚くべき素速さで、女のほうへとんできたのだ。

「どうかなさいましたか」

　と、そういう青年の胸へ、女はよほど驚いていたにちがいない、夢中になってかじりついた。

「あら、いいえ」

　と、女はすぐ気がついて身を引きながら、

「失礼いたしました。なんでもありませんの」

　しかし、彼女の様子は明らかにその言葉を裏切っている。

「何かこのなかに変わったことでもあるのですか」

　見ると磨《す》り硝子《ガラス》の向こうは電気が消えているとみえて、まっくらなのである。

「いいえ、あなた、なんでもございませんの。どうぞ、お入りにならないで下さいまし」

「大丈夫です。何も心配なさる事はありません。あなたここにいらっしゃい」

　いうまでもなく、この男女は俊助と君島百合枝なのである。

このあいだからしつこく百合枝の後をつけ廻《まわ》していた俊助は、ここに至ってはじめて口を利く機会をつかんだのだ。

俊助は重いドアをギイとひらくと、用心ぶかく中をのぞいたが、その刹那《せつな》、ふいにギョクンと心臓が大きく波立つのを感じた。

まっくらな向こうの壁のうえに、なにやらボーッとした円光がさしていて、そのなかに、もぞもぞと蠢《うごめ》いている。大きな影がある。

俊助はひとめ見てそれが巨大な蜘蛛の影であることを知った。まるで物語にでてくる、変化蜘蛛のように、毛むくじゃらの脚を壁いっぱいにひろげて蠢いている気味悪さ。百合枝の驚いたのも無理ではないが、俊助は、もう騙《だま》されはしなかった。

彼はすばやくあたりを見廻すと、洗面台のうえにおいてある懐中電燈を見つけた。お化けの正体はこの懐中電燈なのである。

手にとってみると、厚いレンズと豆電燈のあいだに、小さな蜘蛛が封じこめられて、それがもぞもぞと蠢いているのだ。

「奥さん、あなたを驚かしたのはこれではありませんか」

百合枝は美しい眼をみはりながら、

「まあ懐中電燈でしたの」

「そうですよ。ほら、ここへ小さな蜘蛛が入っているでしょう。それが壁にうつると、あんなに巨きくなるのですよ」

「まあ！」

百合枝は無言のまま慄《ふる》えている。化け物の正体が分かったという事は、少しも彼女を安心させたように見えない。いやいや彼女は前にもまして一層血の気をうしなった。そして無言のまま俊助の中にある懐中電燈を見つめているうちに、ふいに顳顬《こめかみ》をおさえて倒れそうになったのである。もしその時俊助が逞《たくま》しい胸のなかに抱きとめてやらなかったら、百合枝はその廊下に倒れたに違いない。

「奥さん、奥さん、しっかりして下さい」

百合枝はうっすらと眼をひらいて、

「あなた、済みません、タクシーを呼んで。……」

「お一人で大丈夫ですか。失礼ですが、なんならお送りいたしましょうか」

「ああそうして戴《いただ》ければ。……」

その後しばらく俊助は、日比谷から青山《あおやま》までの、この自動車の中のことを想いおこす度にまるで美酒の芳香に酔わされたような気持ちになるのだった。

俊助は、その時はじめて、ほんとうの美というものは、単に外貌《がいぼう》だけにとどまらず、あらゆる細胞から立ちのぼる、陽炎《かげろう》のようなものであることを知ったのである。

「御迷惑ではありませんか？」

「いいえ」

俊助も百合枝も、それきり口をきかなかった。しかし、俊助のほうへ軽く身をもたせかけた百合枝のようすには、ものに怯《おび》えた赤ん坊が、母親の胸に抱かれたときのような、安らかな信頼しきった表情が見える。

なんという美しい女だろう。いや、なんという魅力のあるからだだろう。――

ふと窓外に眼をやれば、街の灯が雨に濡《ぬ》れた真珠のように美しくながれていく。俊助はいつか、身うち疲るるばかりの快よさにうちまけて、恍惚《こうこつ》として百合枝の身体を抱きしめている自分に気がついた。

ここに至っても果たして彼が、いつか由利先生に誓ったように、あくまでも厳然たる覚悟を持ちつづけることが出来たかどうか、甚だ覚束《おぼつか》ない話である。

木乃伊《ミイラ》取り木乃伊となりそうな事
並びに由利先生女難の相を観る本

その夜から俊助はもはや、昔の彼ではなくなった。

元来彼は活動家であって、夢想家ではなかった筈《はず》だ。その俊助が、ちかごろどうかすると、ぼんやりと事務机に片肱《かたひじ》ついて考えているのだから、誰の眼にも異様に映らない筈はなかった。

「三津木、どうかしたんじゃないか」

同僚が心配して声をかけてくれるが、ううんと物憂さそうに首をふったきり、相変わらずぼんやりと考えこんでいる。

どこか面窶《おもやつ》れがして、眼にも生気がない。動いたり、口を利いたりするのが、いかにも大儀らしいのである。

俊助はこの一週間ほど、舌をやきただらせるような、異様な羹《あつもの》のあと味に、なんだかこう全身がふわふわと夏の大気のなかに溶けこんでいくような、物憂い快よさに浸っているのだった。

なんという恐ろしい女だろう。

瓜生朝二がいつかあの女を指して、化け物だといったのは間違いではなかった。

あのはかなげに思い入った風情、どこか近づきがたいように、ツーンと取りすました女が、ひとたびあの厚っぽたいカーテンを下ろして二人きりになるや、まるで人が変わったように、生き生きとして粗暴になるのである。

どうしてあんなに悩ましげな殻の下に、あのような、無恥な大胆さがかくされているのだろう。まるで彼女の吐く息、吸う息、憂わしげな呟《つぶや》き、嬉々《きき》とした囁《ささや》き、それらのひとつひとつが麻薬のように俊助の心をしびらせた。

歓楽のかぎりをつくしたあのねっとりと汗ばんだ肌、うるみを帯びてきらきらと光っている瞳《ひとみ》、濡れたような唇、そういうものが俊助の瞳に、目もあやなる強烈なる印象となって、いつまでもいつまでも残っている。

「また来てね」

別れぎわに百合枝は、俊助の帯に手をかけて、哀願するような眼をあげた。

「あたし淋《さび》しいのよ。いつもひとりぽっちなの。時々逢《あ》って頂戴《ちょうだい》ね」

なにをぬかす、この狸め！　俊助は腹のなかでせせら笑ってみたが、われながらその呟きに実感のないのに気がついた。

そのとき以来俊助は、この不思議な女のとりこになってしまったのである。

由利先生からは、その後、幾度となく電話がかかって来た。しかし、俊助はいつも居留守をつかって出ようとしない。

どういうわけだか自分でもわからないのだけれども、先生にあったが最後、この恋は終わりだという気がするらしい。

それでも尚《なお》かつ、しつこく電話がかかって来ると、しまいにはチェッと舌打ちをして、

「なんてうるさい爺《じじい》だろう！」

と、忌々しげに呟きながら、しかしそういう自分の心の変化に一種の危惧《きぐ》と驚きと

を感じずにはいられなかった。

　ある日。——

　今日もまた百合枝からの呼び出しをうけた俊助が、何もかも一切放り出して社を出ようとすると、玄関にたたずんでいた男が、つかつかとそばへよってくると、いきなり俊助の腕をぎゅっとつかんだ。

「あっ、先生」

　さすがに俊助はうしろめたいのである。耳の付け根までカーッと真っ赤になって狼《ろう》狽《ばい》するのを、じっと正視した由利先生は、

「ははははは、とうとうやられたね。だいぶ顔色が悪いじゃないか」

「…………」

「どうした。憤《おこ》ったのかい。まあいい。話がある。どこかで茶でも飲もう」

「先生、僕は急いでいるんです」

「わかっている。恋をする男は忙しがるものだ。あまり手間はとらせない。まあ、五分ほどつきあいたまえ」

　出来ることなら俊助は、先生の手をふりはなして逃げだしたかったが、そういうわけにもいかない。先生のほうでも、それをよく知っているから、仲々離しそうもない。

　いまいましいが仕方がない。俊助は顔をしかめながら、引き立てられるようにして、

近所の喫茶店へ入って行った。

「どういう用件なのか知りませんが、先生、僕ほんとうに急いでいるのです」

先生はニヤニヤ笑いながら、

「三津木君、気をつけなきゃいけないぜ、女難の相が現われている」

「そうですか、先生が人相までごらんになるとは知りませんでしたね」

「人相はおろか、手相、家相、失《う》せもの、縁談、男女の相性、なんでも一式やるのがこの由利麟太郎だ。妖気《ようき》は艮《うしとら》（北東）の方角にありかな。あはははは危きかな。危きかな」

「先生、御冗談なら、いずれまた、ゆっくり御拝聴に参上したいと思いますが……」

俊助はむっとして腰をあげようとすると、由利先生は急に真顔になって、

「三津木君、君はあの人の肌を見たことがあるかね」

「え？」

「いちど無心して見給え、あなたの素肌を見せて下さいと頼むんだね。可愛い男のことだ。きっということをきいて呉《く》れるだろうよ。それでもし君の恋が冷めなければ幸せというものだ」

「先生。それはどういう意味ですか。はっきりと承わりたいのですが」

「どういう意味か、君には眼があるだろ。自分で発見したらよかろう」

「あの女の肌を見るというのがそんなに重大なことなんですか」

「重大だね。君も男じゃないか。愛する女の身体ぐらい、知っていたほうがよくはないか」

「先生は私を愚弄《ぐろう》なさるんですか。いや、あの人を侮辱するんですか」

「ほほう。こりゃ熱が高いな」

先生は眉《まゆ》をしかめたが、すぐ厳粛な表情になって、

「三津木君。僕は冗談や厭《いや》がらせにこんな事をいっているのじゃないぜ。真に君のためを思うからだ」

「有難うございます。しかし、その親切がおありなら、このまま放っておいて戴《いただ》いたほうが有難いのですがね」

「君は危険がどういう種類のものであるか、またどの程度であるか知らんのだ。君の友人、瓜生朝二はどうだったね。それから、その可哀そうな伊馬とり子はどうだった。そのことをもう少し考えてみたらどうだ」

「先生、僕も男です。身にかかる危険は——もし、そこに危険というものがあるなら、——自分で防ぎます」

「そうだ。君は男だ。男だから心配するのだ。とにかくあの女は、どのような妖術を使うのか知らんが、接近する男を、悉《ことごと》く骨抜きにしてしまう術《すべ》を知っているらしい」

「先生、僕はこれで失礼いたします」

俊助は椅子を蹴《け》って立ちあがった。

「そうか。止むを得ん。さようなら、百合枝さんによろしく」

先生は悲しげに首を振りながら、俊助のあとについて喫茶店を出ると、そこで袂《たもと》をわかったが、何かまた思い出したように、急につかつかと帰って来ると、

「ああ、もう一言いうのを忘れていたよ。君はあの女の家で、不思議な鎖の音を耳にしやしなかったかね」

「なんですって?」

俊助は思わずさっと顔色をかえた。それからわなわなと唇をふるわせた。

「ああ、聴いたことがあるんだね。よろしい、機会があったらいちど、寝室の下を覗《のぞ》いてみるんだね。どういう怪物がひそんでいるか。――まあ、ともかく気をつけ給え」

由利先生はくるりと踵《きびす》を返すと、飄々《ひょうひょう》として新聞街の、砂埃《すなぼこり》とガソリンの煙のなかを歩いていった。

呪わしき蜘蛛の絵姿の事
並びに俊助鎖の音をきく事

由利先生と別れると、俊助はなにかしら、胸をかきむしられるような悲しさを感じた。先生の言葉の一句々々が、火箭《かせん》のように彼の心臓を貫いたのである。それにしても先生の言葉は曖昧《あいまい》だ。百合枝の肌を見ろといった。それから寝室のしたをのぞいてみろといった。

いったいそれはどういう意味なのだろう。

俊助はなんとなく釈然としない気持ちだ。

そういう気持ちが表面に現われないはずはない。その夜百合枝は、いちはやく、俊助の浮かぬようすを見てとった。

「どうかなすって？　なんだかいやにふさいでいらっしゃるじゃないの」

女は相変わらず美しい。俊助はこの間から、いくどとなく瓜生朝二のこと、伊馬とり子のこと、それから出来ることなら、ずっと過去に遡《さかのぼ》って、蜘蛛三のことまで質《ただ》してみたいと思いながら、百合枝の大胆な凝視にあうと、つい気《き》臆《おく》れがして、いいたいこともそのまま、咽喉《のど》につかえてしまうのだった。

　しかし、今夜は絶好の機会だ。この時をほかにして、またとこの疑問を解く機会はやって来ないであろう。

「実は、あなたとこうしていることについて、いろいろ妙なことをいう人がありましてね」

「わかってるわ、誰がそんなことをいうのか、だいたい想像も出来るわ。それでその人、わたしと会っちゃいけないというんですの」

「いや、そうは言わないのですが、まあ、結局、それと同じことになりましょう。それより、もっと妙なことをいうんです」

「妙なことって？」

「それがあまり突飛なんで、どうもいいにくいのですが……」

「いいから、言って頂戴《ちょうだい》よ」

百合枝は俊助の手をとって、両の掌《てのひら》のなかでそれを揉《も》むようにしながら、

「そんな風に、言葉を濁されると、いっそう気になるわ。どんなことでも、わたし決して驚きゃしやしないから言って頂戴」

「そうですか。それならいいますがね。憤っちゃいけませんよ」

「大丈夫よ。言って頂戴」

「その人はね、あなたにいちど、素肌を見せて貰《もら》えというんです」

俊助はいってから、しかし、これは矢張りいわないほうがよかったと思わざるを得なかった。その瞬間、百合枝が傷ましい叫び声をあげて、とびあがったからである。柳眉《りゅうび》がきりりとあがって、満面朱をはいたようにさっと真紅になったが、それが退《ひ》くと、いっぺんに年齢が五つ六つも老けたように見えた。

まったくこう人工的な装いをこらしている女の心の虚をつかれて狼狽《ろうばい》したときほど、醜くみえるものはないものだ。俊助はそのとき、ほんの一瞬だったけれども、女の顔が妖婆のように歪《ゆが》むのを見ることができた。

百合枝は大きな眼を見張って、まじまじと上から、俊助の顔を見おろしていたが、やがてベットのはしに顔を伏せると、さめざめとして泣きはじめた。

暫《しば》らくそうして彼女は泣いていたが、やがて涙にぬれた顔をあげると、無言のままスルスルと帯を解いて、そして呆気《あっけ》にとられている俊助のまえで肌をぬぐと、

「さあ、どうぞ、心ゆくまで見て頂戴」

と、俊助のほうへ背を向けた。

ああ、この時の俊助の驚きを、いったい何んといって表現したらいいだろう。俊助はその刹那《せつな》体じゅうがジーンとしびれて、下腹部になんともいえない程、不愉快な、しこりが出来るのを感じたのだ。

この美しい女の背に、このような恐ろしい刺青《いれずみ》があろうなどと、いったい誰が想像

できるだろう。白い絖《ぬめ》のような肌いっぱいに、気味の悪い、毛むくじゃらの脚をひろげているのは、一匹の巨大な蜘蛛《くも》の姿である。

蜘蛛は二本の脚で、しっかりと一輪の百合の花をかかえて、そしてその醜い、尖《とが》った嘴《くちばし》を花蕊《かずい》のなかにつっ込んで甘い蜜《みつ》を吸っている。

そういう絵が、譬《たと》えようもない程の鮮かな恐ろしさで、背中いっぱいに刺青されているのだった。

「あっ!」

俊助はくらくらとするような惑乱をかんじながら、われにもなく叫んだ。

「瓜生朝二の持っていた写真は、この刺青を写したのだな」

「そうです」

百合枝は悲しげに眼を伏せると、

「あの人は、薬でわたしを眠らせておいて、そうしてこれを写真にとったのです」

それから百合枝は静かに肌を入れると、

「わたし、あなたが瓜生さんのお友達であることはよく知っていましたわ。そして、あの方の死の原因を探ろうとして、わたしに近づいて来られたことも、みんな存じていました。わたしはほんとうに、あなたが恐ろしかったのです。でも、わたしやっぱりあなたが恋しくて。……」

百合枝は静かに帯をしめてしまうと、悲しげな溜《た》め息をつきながら、

「でも、もう駄目ね。あたし、あなたに救って頂こうと思っていたの、だけど、こんな恐ろしいところを見られてしまってはもう駄目ね、わたしは悪い女だったわ。いろんな人を騙《だま》したわ。いやいや、もっと恐ろしいことさえ、平気でしたわ。だけどあなたを思うこころだけは真実だったのよ。わたしを恐ろしい過去に繋《つな》ぎとめている鎖も、どうやら近く解けそうに思えたので、それを待ってあなたに救って頂こうと思っていたの、でも、でも……もう駄目なのね」

「いったい、誰がそんな刺青をしたのです」

「蜘蛛三がしたのよ。あなたもきっと、わたしの過去に起こったあの恐ろしい出来ごとをご存じでしょう。蜘蛛三につれられて、無理無体に小舟の中へ連れこまれたときの恐ろしい、あの地獄のような舟のうえの三ヵ月、――そのあいだに蜘蛛三が刺青師を雇って、こんな刺青をしてしまったのです。これがあの男の烙印《らくいん》なんですわ。あの男は生涯をかけてわたしを離そうとはしなかった。ちょうどこの絵の蜘蛛が、しっかと百合の花を抱きしめて、甘い蜜をむさぼっているように。……」

「それじゃ蜘蛛三はまだ生きているのですか」

「そのことは聴かないで頂戴。そして後生ですから今夜はこのまま帰って、わたしはまた悪い女になりそうです。帰って。そして二度と、わたしの前へ現われないように。

……」

百合枝は歯をくいしばり、顳顬《こめかみ》を押さえ、さめざめと涙を流しながら、狂おしくベッドのうえを転げ廻《まわ》るのであった。

その時、どこやらで、ジャラーンと鎖を引き摺《ず》るような音がしたので、俊助は思わずゾッとして背をすくめた。

地下宮殿に眠る恋の囚人の事
並びに蜘蛛と百合結婚の事

百合枝の家を出た俊助の頭は、まるで熱い旋風に吹かれているようであった。一足ごとに彼は溜め息をついた。

女に対する恐怖と、憎悪と、愛着とが、まっくろな渦となって胸中に吹きあふれている。彼は女のために涙をながして泣いた。

それでいて一方、名状しがたいほどの憎悪をも感ずるのだ。

百合枝の家から二、三丁はなれたところに、小さなお宮がある。俊助は漸《ようや》く境内までやって来た。月も星もない晩で、今にも雨がやって来そうな空の下には、樹々の梢《こずえ》がザワザワと葉裏をかえしている。

はるか西の空には、ものすごいほどの稲妻があって、ときどき、そのために、そのへんまでパッと明るくなった。

と、その時である。

ふいにうしろから、スルスルと蛇が這《は》いよるように音もなく、近づいて来た影があった。

それと気付いた俊助が、はっとして振り返ろうとしたとたん、カチッと鈍い音がして、それと同時に俊助は、左の腕がしびれるような熱さを感じた。

やられた！と俊助は思った。怪物は第一弾が失敗したとみるや、今将《まさ》に第二発目を撃とうと身がまえている。

「もう駄目だ」

俊助は思わず眼を閉じた。

かたわらの樹影から、もう一つの影が躍り出して、矢庭に、曲者《くせもの》のからだに武者振りついたのはその瞬間だった。カチッとピストルは空を撃って、二つの影は毬《まり》のように、稲妻にいろどられた地上をころげた。

俊助は呆然《ぼうぜん》としてそれを見守っている。なにがなにやら理由がわからないから、手の下しようもないのだ。そのうちに、

「しまった！」

と、太い声がしたかと思うと、三度カチッと鋭い音がして、そのとたん、ウームと低い呻《うめ》き声。闘いはどうやらそれで終わったらしい。ひとりのほうがむくむくと起き上がった。

「あっ、由利先生！」

折りからの稲びかりに、さっと浮き出したその顔を見て、俊助は思わず側にかけよった。いかにもそれは由利先生だった。先生はもうひとりのほうへ身を屈《かが》めながら、

「しまったな、撃つ気じゃなかったんだが、つい弾き金に手がふれたらしい」

先生はピストルを見ながら、

「危ないところだったね。僕がもう一足おそかったら、今頃君は冷たくなっているところだぜ」

俊助は思わず身慄《みぶる》いをした。

「まあ、ここへ来て見給え」

先生はピストルに安全弁をおろして、ポケットに突っ込むと、その代わりに懐中電燈を出して、

「驚いちゃいけないぜ。今顔を見せてやろう」

白い光の輪がさっと地上を掃くと、そこに浮き出したのは、ダブダブのレーンコートに身を包み、鳥打ち帽を眉深《まぶ》かにかぶり、大きな黒眼鏡をかけた顔だった。俊助は

その顔に見覚えがある。瓜生朝二が殺された晩、銀座裏ですれちがった男だ。

男はぐったりと眼を瞑《つむ》っている。

その面にはすでに生色はなかった。念のために由利先生が探ってみると、弾丸は狙ったように心臓を貫いているのである。

「可哀そうに、ピストルをもぎとろうとしたはずみに、こいつの指が弾き金を引いたんだね。しかし、いっそひと思いに死んだほうが、お互いに倖《しあわ》せだったろう」

「いったい、これは誰なんです」

「おや、君にはまだ分からないのかい。帽子と眼鏡をとってみたまえ」

俊助はいそがしくいわれた通りしたが、そのとたん、なんともいえぬほどの恐ろしさを感じて思わずそこに立ちすくんでしまった。

男と思ったのは、百合枝自身だったのだ。

「可哀そうな女だ。ね、この女は一種の気狂いだったのだよ」

「それじゃ、瓜生や、伊馬を殺したのもやはりこの女だったのですね」

「むろん、そうだろう。恐ろしい女だ。この女は最初から君の目的を知っていたのだよ。知っていながら、君を釣りよせたのだ。あの劇場のトイレット・ルームにおける蜘蛛《くも》の絵像など、みんな君を引き寄せるための、この女のお芝居だったんだよ」

俊助は一時の驚きがさめると共に、なんとも名状しがたいほどの憎悪をかんじた。

いやいや、それは憎悪というより、一種無気味な恐怖に似た感じであったろう。

「なにを考えているのだ。さあ、手を貸したまえ」

「まさか、ここへ放っておくわけにもいくまい。家まで運んでいってやろう。それに俺はちょっとこの女の家を調べてみたいこともあるのだ」

そこで由利先生と俊助は、百合枝の屍体《したい》を担いで、もう一度、もとの邸へととって返した。由利先生は百合枝の屍体を、ベットの上に寝かせると、脱ぎすててあった長《なが》襦袢《じゅばん》を着せてやりながら、

「さあ、これでどうやら事件も終末に近づいたが、俺の想像にして間違いがなければ、この物語の、最も恐ろしい秘密が、もうひとつここに隠されていなければならぬ筈《はず》なんだが」

由利先生は寝室の中央に立って、しばらく部屋のなかを見廻していた。

それから、床をたたいたり壁を撫《な》でてみたり、カアテンをのけてみたり、コマ鼠のようにぐるぐると、そこらを動き廻っていたが、そのうちにふと、壁際に、象牙《ぞうげ》の柄のついたハンドルがかくされているのを発見した。

「これだな」

由利先生はニヤリと笑うと、

「三津木君、少し横のほうへ退いていたまえ」

由利先生がぐいとそのハンドルを押したかと思うと、ベッドがするすると横のほうへ滑って、その後へ、ポッカリと大きな孔《あな》が口をひらいた。覗《のぞ》いてみると、孔のなかには、縦にゆるい階段がついている。

「来たまえ、驚くべき悪虐の跡を見せてやろう、これこそ、女がどのように悪魔になれるかというひとつの証拠になるだろう」

由利先生は懐中電燈を照しながら、危っかしい階段をおりてゆく。

俊助もその後について降りていった。階段の下は八畳ぐらい敷けそうな、窖蔵《あなぐら》というよりも立派な部屋になっているのだった。

由利先生は懐中電燈の灯で、暫《しばら》く、あちこちと部屋のなかを眺めていたがやがて壁のうえにあるスイッチを見つけると、カチッと音をさせてそれをひねった。

と、そのとたん、俊助は驚きのあまり、思わずひくい叫び声をあげたのである。部屋のなかには大きな寝台がひとつおいてあった。

そして、そのベッドのうえには死人かと見ちがえるばかりの、痩《や》せこけた男がひとり、まるで枯れ木のようにごろりと横になっているのである。

その男はまだ死にきってはいなかった。しかし、今まさに、断末魔の息をはこうとしているらしいことが、はっきりと分かるのだ。

力なき、白い眼をどろんと見ひらき、唇は土色になってカサカサと乾いている。こういううちにも、最後の瞬間がやって来るかも知れないような状態だった。

「この鎖を見たまえ。君がきいた鎖の音というのは、この男が身動きをする時に立てた音なんだよ」

見ると痩せこけた足首には、頑丈な鋼鉄の環《わ》がはまっていて、それから床のうえへ、一本の鎖が伸びていた。

つまりこの男は、鎖をもって、地下の一室に繋《つな》ぎとめられているのだ。

俊助は思わず、ツーッと舌がしびれるような不快さを感じた。

「いったい、これは誰です」

「分からないかね。こいつの顔から、なにかを連想しないかね」

そういわれて、もういちど、病人の顔をしげしげと眺め直した俊助は、思わずぎょっとしたように、

「蜘蛛三！」

と叫んだ。

いかにも、この男の両親が、この男にそういう名前をつけた理由が、いまこそハッキリわかるのだ。その男の、醜い、痩せて、いっそう皺《しわ》深くなった顔は、ちょうど、そこに一匹の蜘蛛がうずくまっていて、顔中に醜い脚をひろげているのとそっくりだ

った。

　実際、それは恐ろしいほどの相似なのだ。

「どうしてこの男がこんなところにいるのでしょう」

「分かっているじゃないか。この男は囚人じゃないよ。鎖で繋がれているが、この部屋の驚くべき贅沢《ぜいたく》さを見たまえ。この男は地下宮殿の王様なのだ。そして百合枝はこの男の忠実な侍女だったんだよ。この男は嘗《かつ》て百合枝の恋人を殺害している。二度と世間へは出てゆけない体なのだ。だから鳴門海峡に投身自殺したと見せかけて、巧みに世間を欺き、その実、こうして百合枝の手篤《てあつ》い介抱をうけていたのだ」

「しかし、百合枝がどうして、そんなことを承知したのでしょう。あれほどこの男を憎んでいた筈の百合枝が……」

「あの女が、この男を憎んでいたと、どうして分かるね。なるほど最初こそ憎んでいたかも知れないが、舟の上の三ヵ月の生活が、女の性情をどのように変化させたか、……それは恐らく想像以上だろう。女は化け物だよ」

　俊助はなんともいえぬほどの不快な塊を、腹のなかに感じた。この窒息しそうな地下の一室でどのように怪奇な恋の場面が展開されたかと思うと、いまにも嘔吐《おうと》を催しそうなほど、胸の悪くなるのを感ずるのだ。

　この時、いままで死んだように昏々《こんこん》と眠りつづけていた蜘蛛三が、ふと軽く身動き

をするとかさかさに乾いた唇をひらいて、

「百合枝――百合枝」

と、消え入りそうな声で呟《つぶや》いた。

由利先生はそれをきくと、身をこごめて、蜘蛛三の耳に口をつけると、

「百合枝さんはたった今死んだよ」

と囁《ささや》いたが、その声が耳に入ったのか、突如、そこに驚くべき変化が起こった。生死の境を彷徨《ほうこう》している、この瀕死《ひんし》の病人の顔に、さっと歓喜の色がひろがったかと思うと急にからだ中がブルブルと激しく顫《ふる》えた。それから、恐ろしいほどの痙攣《けいれん》がチリチリと全身を走ったかと思うと、やがて崩れるようにがっくりと息絶えてしまったのである。

「恐ろしい執着だね、この男はすでに大分まえに死んでいた筈なのだ。それだのに、ただ百合枝ひとりを残していきたくないという執着だけで、今日まで生命をつなぎとめて来たのだよ」

俊助は、この怪奇な恋の執念に打たれたように、暫らく、じっと蜘蛛三の醜い面を眺めていた。

すると、どういうわけか、自分でも説明の出来ない涙が、滾々《こんこん》として彼の眼底から湧きあがって来たのである。

俊助はふと思いついたように、

「先生、待っていて下さい。可哀そうなこの男に花嫁をつれて来てやろうじゃありませんか」

そういって、上の部屋から百合枝のからだを抱いてくると、そっと蜘蛛三のそばへ寝かせてやった。そして二人の手を握り合わせてやったとき、思いなしか、蜘蛛三の顔がパッと明るくなったような気がしたのである。

こうして、蜘蛛と百合とは永劫《えいごう》離れることのない怪奇な結婚をおわったのであった。

薔薇と鬱金香

歌時計鳴りおわるとき

一

「先生、先生はあそこにいる婦人を御存じじゃありませんか」

「どれ、どのひと？」

「ほら向こうの廊下の角で、五、六人立ち話しをしている女があるでしょう。あのなかで向かって右から二番目にいる女です。ほら、大きなチューリップの花を透し織りにした、お召の羽織を着た綺麗《きれい》な女がいるでしょう。――あ、いまちょっとこちらのほうを向いてわらった、あの女です。御存知じゃありませんか」

「知らないね。だれだねあれは？」

由利先生は不審そうな眼を、女から三津木俊助のほうへ移した。

「御存じでありませんかねえ。ふうむ。ずいぶん、あれは有名な婦人なんですがねえ。

いろんな意味において」

新日報社の花形記者、三津木俊助は新しい煙草に火をつけかえると、ぐったりとしたように、肱《ひじ》つきの大きな革椅子のなかで両脚をのばした。紫いろの煙がゆらゆらとのどかな輪を画いてたちのぼる。

快よいどよめき、むせるような人いきれ、脂粉と香料の匂い。――幕間《まくあい》の劇場の廊下というものはいつも楽しい社交場である。美しく着飾った老若男女の群が金魚のようにつながって、ゾロゾロとふたりのまえをとおりすぎる。

「御覧なさい。みんな先生のほうを振りかえっていきますよ」

「ふふむ」

由利先生は苦っぽい微笑をもらした。

「まったく、素晴らしいですからね、先生の銀髪は。光彩陸離たるものがありますよ。ほら、あのお婆さん、あまり見惚《みと》れて躓《つまず》いちゃった。ははははは！」

まったく、三津木俊助の言葉に嘘はなかった。由利先生はまだやっと四十五になったばかりだのにあたまを見ると、まるで七十歳の老爺《ろうや》のように見える。

細い針を植えたような見事な白銀いろの髪の毛が豊かな波を打って、それに削《そ》ぎおとしたような浅黒い鋭角的な容貌《ようぼう》と、不思議な対照を形造ってだれでもひとめこれを見ると、思わず驚異の眼を敧《そばだ》てずにはいられない。お婆さんが見惚れて躓いたのも無理ではなかった。

「悪いことはいわないから先生、悪党を追跡するときには、忘れないで、その白髪を染めて下さいよ。でないと、おれは探偵だぞという看板をブラさげて歩いているのも同じことですからね」

俊助はよくそういって、ちかごろ頓《とみ》に有名になったこの私立探偵を揶揄《やゆ》するのだ。

が、閑話休題。ここではいちど、途切れた会話を、ふたたびつづけさせることにしよう。

「鬱金香《うつこんこう》夫人あるいは、マダム・チューリップ、そういう名をおききになったことがありませんか」

と、三津木俊助は悪戯《いたずら》っ児らしく、両眼をキラキラと輝かせながら、

「ある有名な婦人雑誌の記者ですがね、その記者先生があるとき、あの女のところに伺候して、さて奥さん、あなたはどうしていつも、そうお美しいのですか、なにかそれには特別な美容法でもおありなのではございませんか。ひとつ、わが百万の愛読者諸嬢のために、その秘訣《ひけつ》のようなものを御公開願うわけにはまいらんでしょうか、とかなんとかまあ、愚にもつかぬ質問をしたとお思いなさい。そのとき彼女嫣然《えんぜん》として答えていわく、あたしは昔からチューリップの花がまことに好きざますの。いいえ鉢に植えて観賞する許《ばか》りじゃございませんのよ。あの美しいつやつやとした花弁を、ま

いあさ、摘みとって、羹《あつもの》にしていただきますの。あたくしがいつまでも若さを保つことが出来るというのもたぶんその精だろうと思いますわ――とこう答えたとか。答えなかったとか。それ以来鬱金香夫人あるいはマダム・チューリップという綽名《あだな》がついたというのですが、先生、チューリップの羹って、いったいどんな味がするもんですかね。機会があったらひとつじかにきいて見たいものですよ」

「名前はなんというんだね」

「畔柳弓子《くろやなぎゆみこ》。――いや、ちがった。近頃再婚したというから、磯貝《いそがい》弓子というのですかね」

「ああ、じゃ、あの畔柳事件の。……」

と、由利先生は思わず声をひそめて、

「そうかちっとも知らなかった。あれはいつ頃のことだったかね。畔柳博士が殺害されたのは。――」

「あれはたしか、昭和七年頃の出来事でしたから、もうかれこれ五年になりますね。そろそろ再婚してもいい時期ですよ。なにしろあの美貌で、五年も空閨《くうけい》を守って来たのですから」

「あの事件の犯人はたしか十五年の刑だったと思うが。……」

「そう、ところがね、そいつは十五年間辛抱する必要がなかったのですよ。というのは、一昨年の秋監獄で病死しましてね。どちらにしても、あの女の再婚には、だから暗い影がまったくなくなったというわけです。おや」

ふいに俊助が口を噤《つぐ》むと、なにかいおうとする由利先生の袖《そで》をはげしく引っぱった。由利先生は気付いて顔をあげると、そのとき、ゾロリとした羽織袴《はかま》の中年の男が、若い事務員のような男と話しながら、ふたりのまえをとおりすぎるところだった。色の白い、細面の、苦みばしったいい男だった。

「ねえ、君、この『歌時計鳴りおわるとき』というこの戯曲だがね、いま筋書きを読んだばかりなんだが、いったいこの作者はどういう人物なんだかね。大利《おおと》根《ね》舟二《しゅうじ》なんて一向きいたことのない名だが、だれかの匿名かね」

羽織袴の男が、そんなことをきいているのがふたりの耳にはいった。

いい男だが、少し神経質なところがありすぎる。ものをいうとき、ビクビクと頬の筋肉が白々と痙攣《けいれん》するのがふたりの眼にうつった。もっとも、いまからひと昔まえには、そういうのがいきだとか、芸術家らしいといって、若い女に騒がれた時分もあったが……。

それに対して、相手の男がなんと答えたかわからない。そのとき、開幕のベルがなって、あたりがにわかに騒々しくなったからである。

「なんだい、あの男は？」

由利先生はあとを見送りながら訊《たず》ねた。

「あれですよ、鬱金香夫人の新しい御亭主というのは。磯貝半三郎《はんざぶろう》といって有名な小説家ですがね、先生ひどく、『歌時計鳴りおわるとき』というこの芝居の、作者のことが気になると見える」

俊助はわれがちにと、暗いドアのなかに吸いこまれてゆく人々を見送りながら、ぼんやりとそんなことを呟《つぶや》いた。

二

いったい、今日はじめて客を招待して、華々しく開場式を行なうことになったこの東都劇場というのは、その創立の最初から、いろんな悪い因縁につきまとわれていた。最初地均《なら》し工事が出来て、いよいよ足場が組みあがったとき、大暴風雨に見舞われて、足場が倒れて五、六名の死傷者を出した。

それがそもそものケチのつきはじまりだといわれている。それからのち、鉄筋の組み立てがおわったときには、起重機の鎖が切れて、またもや数名の死傷者を出した。

それやこれやで、工事のほうがなかなか進捗《しんちょく》しないところへもって来て、今度は資本家のあいだに内紛が起こって、俄然《がぜん》、資金難におちいった揚げ句、請負師のほうで手を引くの引かぬのという騒ぎ。

その後資本家同士の内紛はますます激烈になって来て、しまいにはお互いに訴訟しあうという泥試合、瀆職《とくしょく》事件が起こって検事の活躍となる、まだ半分も出来ないうちからこの始末で、すっかり市民たちを面喰《くら》わせたものである。

帝都のまんなかに、いつまでたっても板囲いのとれぬ鉄筋コンクリートの建物が雨ざらしになっていて、一時は新聞などでも、幽霊屋敷だなどと悪口をたたかれたものだ。

その後、どういう風に和解がついたのか。

とにかく、ふたたび工事が始められて、やっと竣成《しゅんせい》したのは半月ほどまえのこと。最初の地鎮祭からかぞえて、じつに四か年の日子を費しているのである。

だから、今日招待された名士たちのあいだにも、いわず語らずのうちに、一種の妙な不安が動いていたのはやむを得なかった。外国の有名な劇場を模したといわれる豪華な格天井《ごうてんじょう》にも燦然《さんぜん》とかがやく装飾燈の瓔珞《ようらく》にも、さてはまた、金糸銀糸で刺繍《ししゅう》をされた緋色《ひいろ》のカーテンにも、ひとびとはみんな、犠牲となった工夫たちの血や、資本家たちの貪婪《どんらん》な闘争の匂いを、嗅《か》ぐことが出来るような気がしたのである。

はの十三号――これが弓子の席だった。

弓子は良人《おっと》の半三郎と席をならべて、つつましく幕のあくのを待っている。

もっとも本興行は明後日からで、今日はそのうちの一幕だけが、試演的に上演されることになっているのだ。その一幕というのがすなわち、作者不詳の「歌時計鳴りおわるとき」という新作物なのである。

「弓さん、君、この芝居の筋書き読んでみましたか」

「いいえ」

弓子は良人の質問に対して、ほとんど上の空で、

「どうかしまして？　面白そうなお芝居？」

「いや、そうでもないが、大利根舟二なんて、まったくきいたことのない名前だから」

「そうね」

弓子はちょっとプログラムに眼を落としたが、すぐ顔をあげた。彼女はちかくにいる知った顔と、目礼を交わしあうのにいそがしかったのである。

このとき、あとから入って来た客のために、ふたりはちょっと席を立って、道をあけてやらなければならなかった。

「いや、これはどうも」

その男というのは、六十くらいの老紳士だった。半白の頭髪を綺麗《きれい》になでつけて、身躾《みしつけ》のいい、黒い洋服、純白のカラーに紐《ひも》ネクタイを結んでいるのが、ちょっと粋《いき》に見えた。褐色の斑点《はんてん》のある白い顔に、黒眼鏡をかけているのも悪くはない。

だが、それにもかかわらず、この老紳士が小腰をかがめて、ふたりのまえをとおり

すぎるとき、弓子はなぜか、ぎょっとしたように身を固くした。そして老人の頭が、彼女の胸とすれすれにとおりすぎるとき、弓子は思わず、

「あ！」

と、ひくい声を洩《も》らしてしまったのである。

「いや、これは失礼」

足を踏んだとでも感違いしたらしい老紳士は、弓子のすぐ隣席に腰をおろしながら、黒眼鏡の眼でじっとこちらを見ている。その鋭い視線にあうと弓子はもう一度、ぶるぶると激しく身ぶるいをした。

「お痛みになりますか」

「いいえ、なんでもありませんの、気になさらないで」

弓子はなるべく老人のほうを見ないようにして、腰をおろすと、半三郎のほうへ向かって、甘えるように、

「ねえ、あなた、幕があくのまだでしょうか。ずいぶん待たせるわね」

と、プログラムをまさぐりながらいった。

が、その言葉のまだおわらないうちに、緋色のカーテンはスルスルとあがった。そしてそこに「歌時計鳴りおわるとき」というお芝居がはじまったのである。

この芝居の内容というのが、諸君がこれから読まれようとする、この奇妙な物語に、

たいへん深い関係を持っていたことが後日暴露されたから、ここに簡単ながらその筋を紹介しておくことにしよう。

幕があくと、そこは婦人の化粧室というべき、豪華な洋風の一室で、そこでふたりの人物が話をしている。ひとりは六十歳ぐらいの老紳士で、もうひとりは二十五、六の美しい女である。女はこの部屋のあるじらしく、派手なピンク色のガウンを、豊麗な肉体のうえにひっかけていた。対話の模様によると、このふたりはひどく年齢がちがうにもかかわらず、どうやら夫婦らしいのである。

しばらく、年寄った良人と、若くて美しいその妻のあいだに、退屈な会話がつづいた。会話の内容によると、良人はしばらく旅行をしなければならぬが、その留守中、この若い妻を、ただひとりのこして行くのが不安で耐《た》まらない、と、そういったことを、いかにも老人らしく、くどくどと訴えているのである。

それに対して若い妻はひどく不機嫌で、木で鼻をくくったような挨拶《あいさつ》しかしない。彼女のようすには、明らかに良人が一刻も早く出ていけばいいというところが見えるのである。

間もなく良人は悄然《しょうぜん》として、ひとり旅行に出てしまう。するといままでうんざりしていた若い妻が、急に元気になって来た。彼女はにわかにいきいきとしてはしゃぎ廻《まわ》りながらお化粧をしなおすと、やがて、かたわらにあった置時計をとりあげて、それにネジを捲《ま》いた。

すると、まもなく置時計のなかからゆるやかなオルゴールの音が洩れてくる。曲はグノーのアヴェ・マリヤ。

すると、このときまで無心に舞台をながめていた弓子が、とつぜん薄暗い観客席のなかで、はげしく身顫《みぶる》いをした。見ると彼女の顔は蒼白《そうはく》になって、しかも額にはうっすらと、脂汗さえ浮いている。彼女の様子には、容易ならぬ驚きを、必死となってたえているというところが見えた。

しばらく、物憂い、金属的なオルゴールの音が、しいんとした場内にひびき渡った。と突然舞台には新しい登場人物が現われた。若い美貌《びぼう》の青年である。どうやらこの青年は若い妻の情人らしく、そしてあのオルゴールの音は、忍んで来いとの合図であったらしい。

劇がここまで進行して来ると弓子の奇妙な態度はますます顕著になって来た。一度など、彼女があまり大きな溜《た》め息を洩らしたので、周囲にいる人々が驚いて彼女のほうをふりかえったくらいである。

「弓子さん、君、気分でも悪いのじゃない」

半三郎が気遣わしそうに囁《ささや》いた。だが、そういうかれ自身の声もすくなからず顫えを帯びていたことは隠しきれなかった。

「いいえ、あの、あたし、なんでもありませんの、でも、ずいぶん暑いのね」

弓子はかすれた声でやっとそういった。

しかし、この劇が予定どおり最後まで演ぜられていたら、彼女はどんな醜態を演じたかも知れなかった。ところが幸か不幸か、そのとき、起こったふいの珍事のために、劇はそこでプッツリと中断されたのである。

というのは、そのとき場内の一角からとつじょ、

「火事だ！　火事だ！」

と、けたたましい叫び声が起こったからである。

三

四か年の日子を費して、ようやく竣成した壮麗なるこの建物を、一朝にして烏有《うゆう》に帰せしめ、数百人の死傷者を出したといわれる、東都劇場の怪火については、いまだに原因がよくわからないようである。

放火説、失火説など、諸説紛々として入り乱れてはいるが、当局もまだ確たる証拠をつかむには至っていないようだ。しかし、いずれにしても、近来の大珍事にはちがいなかった。

火は驚くべきはやさでひろがった。最初あの火事だという叫び声がきこえて、満場

ワーッと総立ちになったときには、妖蛇《ようじゃ》の舌のような焔《ほのお》は、すでに楽屋を呑《の》みつくして、恐ろしい勢いで観客席へひろがって来た。

うわッという悲鳴とともに、なだれを打って逃げ迷う人々。助けてという悲鳴、人殺しという叫び声。――押しあい、へしあい、揉《も》みあうようにして、狭い通路をわれがちにと、ドアのほうへ突進する人々で、さしも豪華をきわめた場内も、一瞬にして修羅地獄を現出したのである。

「あなた！　あなた！」

弓子は夢中になって半三郎にしがみつく。

「大丈夫、大丈夫。気をしっかり持って、火事よりも人が怖い。踏み殺されないように気を落ち着けて！」

そういうまにも、火は容赦なくひろがって来る。真黄な煙が、四方八方から濛々《もうもう》として襲いかかって来る。

「弓子さん、しっかりぼくの袖《そで》につかまっていたまえ、離しちゃ駄目だよ」

「ええ、ええ、でも――、あなた大丈夫？」

「大丈夫もなにも、行けるところまで行って見なければならん」

半三郎も必死となって群集を掻《か》きわけてゆく。やがて配電室が焼け落ちたのであろう。場内の電燈がいっせいに、フーッと消えてしまった。濃い煙が渦を巻いて、四方から観客席を包もうとする。煙に巻かれて、早くも瀕死《ひんし》のうめき声をあげている婦人もある。パチパチとものの焼け落ちる音、ゴーゴーと渦巻く焔の唸《うな》り。口々に、わけもわからぬことをわめき散らしている群集のなかに揉まれ揉まれて、ふたりはやっと狭いドアのところまで来た。ドアの外にも恐ろしい人の雪崩なのである。それに押されてドアは容易に開かない。

もし、このとき人々が、もっと落ち着いていたら、被害ももう少し、少なくすんだかも知れないのだ。しかし、こういう大惨事に直面すると、日ごろの教養も躾《しつけ》もなんの役にも立たぬことが遺憾なく暴露されるのである。

紳士も淑女もあったものではない。人を押して倒してでも、自分だけ助かろうとする本能。――しかし、その浅間しさも、笑ってはいられないのである。

やがて、どこかの柱が焼け落ちたのであろう。ドーッという凄《すさ》まじい物音とともに、パッと火の粉があがった。この世ながらの焦熱地獄である。

「あなた、あなた！」

弓子は群集に揉まれながら絶望的な声をあげた。いつのまにやら良人《おっと》の姿は自分のそばに見えないのである。窒息しそうな煙が鼻といわず口といわず襲って来る。熱い風がさっと頬を撫《な》でて、火の粉がバラバラと降って来る。

弓子はもう駄目だと思った。自分はこの火に包まれて、焼け死んでしまうのだ。ああ！　だが、そのとき突然、力強い手がぎゅっと彼女の腕をつかんだ。

「大丈夫です。奥さん。わたしがお助けします。気をしっかり持ってらっしゃい」

　ふりかえって見ると、隣席にいた黒眼鏡の老紳士なのである。

　そのとたん、弓子はフーッと気が遠くなってしまったのである。――それから、どのくらいたったか知らない。弓子はふっと気がついた。気がついてみると、彼女はどこか知らない、まっくらなところに寝かされているのである。いまだに彼女ははげしい動揺を全身に感じていて、眼を閉じると、降りしきる火の粉が、ハッキリと眼底にうかびあがって来るのである。

　しかし、彼女は助かったのだ。からだのしたにあるベッドがそれを証明している。それにしてもここはいったいどこだろう。それにまたなんという静けさであろう。

　弓子はじっと、くらやみのなかに心耳をすました。――と、ふいに彼女はハッとしてベッドから跳び起きた。あまりひどい勢いで跳び起きたので、ベッドがキイと鳴ったくらいである。

　どこか遠くのほうで金属的な音楽がきこえる。オルゴールだ。ポッ――ポッ――と、軒から落ちる雨垂れのように、機械的な、侘《わ》びしいオルゴールの音。

　しかもその曲はグノーのアヴェ・マリヤである。弓子は思わず両手で耳を覆うと、がばとばかりにベッドのうえに顔を伏せたのである。

恐怖のアヴェ・マリヤ

一

「ああ、気がおつきになりましたね」

闇のなかからそういう声がきこえるとともに、どこかで、カチッと電気のスイッチをひねる音がきこえた。

と同時に、部屋のなかがパッと明るくなって、弓子はベッドのうえにしどけなく取り乱した自分の姿に気がついたのである。

「あら！」

弓子は思わず居ずまいを直しながら、ドアのほうを見ると、見覚えのある老紳士が、黒眼鏡越しに、じっとこちらのほうを見ているのだ。弓子は思わずさっと血の気を失って、ぎゅっとからだを固くした。

「まあ、――あたし。――」

と、彼女は喘《あえ》ぐように、

「どうしてこんなところにいるんでしょう。ここはいったいどこですの」

「なにも御心配なさることはないのですよ。ここはわたしの住居です。どうです。御気分はよくなりましたか」

「ええ、あの――有難うございます。それじゃ、あたし。――」

「そうですよ。気を失っていられたのですよ」

老紳士は穏かな微笑みをうかべながら、

「それで御無礼とは思ったのですが、ここへお連れしたのです。御住所も、お名前もわからなかったものですから」

「まあ、そうですか、いろいろお世話になりまして」

弓子はなぜか、なるべく老紳士の顔を見ないように努めながら、

「ときに、いま何時ごろでしょうか」

「さあ、もうかれこれ八時ごろでしょうか」

「八時？」

「ああ、そうそう、こういってもあなたにはおわかりにはなりますまい。奥さん、あれからあなたは、二十四時間ちかくもお眠りになっていたのですよ」

「まあ！」

弓子は思わず眼を見張って、

「まあ、そんなに。――あたし、どうしましょう。ずいぶん、御迷惑だったでしょう」

「いいえ、なに、相見互いですよ」

「それにしても、たくはどうしたでしょうね。たくは。——ああ！　でも、こんなことお訊《たず》ねしたところで、あなたは御存じじゃありませんわね」

「御主人？　ああ、あなたのお隣にいられたかたですね。なあに、大丈夫でしょう。きっと、無事に逃げられたことでしょう。そうあることを神にいのります。ずいぶん、沢山死傷者があったということですから」

「まあ——」

弓子は思わず肩をふるわせた。

「火事は——？　火事はもうおさまりましたの」

「今朝方になってやっと鎮火しました。なにしろ市中はたいへんな騒ぎですよ。まだ、死傷者の数も名前も判明しないのですから。ずいぶん知名の士で、犠牲になられたかたもあるようです。こんなことをいっている場合じゃなかった。お宅のかたがたがさぞ心配しておられるでしょう。お名前とお住所をおっしゃって下されば、取り敢《あ》えず御無事であることだけをお報《し》らせしておきましょう」

「ああ、それじゃ恐れ入りますが、電話をかけて下さいません？」

「電話を——？　承知しました。何番ですか」

弓子が電話番号と名前をいうと、老紳士は軽く一礼して、部屋を出ていったが、その後ろ姿を見送っている弓子の眼には、なんとも名状することの出来ない、はげしい惑乱の表情が現われている。

そんなことが！　そんな馬鹿なことが！　あの人は死んだはずじゃないか。しかも刑務所のなかで。――だれだって、それを疑うなんてこと出来やしないわ。しかし。

ふいに弓子はぶるるとからだを顫《ふる》わせて、大きな息を吸いこんだ。

そのとき、またもやどこか遠くのほうで、侘びしいオルゴールの音がきこえて来たからである。咽《むせ》び泣くようなあのアヴェ・マリヤ！

「ああ！」

弓子は必死となって両手で耳を掩《おお》うと、物狂おしい瞳《ひとみ》をして、きっと唇をかみしめた。見るみるうちに顔色が蒼白《そうはく》になって、額に粒々の汗がいっぱい浮かんで来る。なにかしら彼女は、このアヴェ・マリヤについて、容易ならぬ思い出を持っているらしいのである。

「おや、どうかしましたか」

老紳士がびっくりして駆けこんで来た。

「ああ、あなた」

弓子は思わず息を弾ませて、

「あの音。――あのオルゴールの音。――」

「オルゴール？」

「ええ、あの歌時計の音ですわ。あなたにはおきこえになりません？　あのアヴェ・マリヤが。——」

老紳士は軽く眉《まゆ》をひそめると、そっと弓子の額に手をあてた。魚のように冷たい手だった。

「奥さん、あなたはまだ昨夜の興奮が覚めないと見えますね。歌時計だの、アヴェ・マリヤだのって、昨夜の芝居のことでしょう」

「いいえ、いいえ、いまたしかに、ほらほら、ああ、あれがあなたにはきこえませんの。あの音が。——」

老紳士は哀れむような顔をして軽く首をふった。弓子はそっと耳から手を離して見る。オルゴールの音はもうきこえない。

「ああ！」

弓子はふいに歔欷《きょき》とも、溜《た》め息ともつかぬ深い、深い息を吐くと、

「あなた、さぞあたしを妙な女だとお思いになるでしょう。そう思われても仕方がありませんわ。でも、あたし、決して気がちがっているのでも、夢を見ているのでもありませんのよ」

弓子はそこで急にきっと顔をあげると、

「あたし、さっきから、あなたにお訊ねしよう、しようと思っていたのですが、あたしたち、たしか以前にお眼にかかったことがありますわね」

「さよう。昨夜劇場で」

「いいえ、いいえ、それよりずっと以前ですわ。いまからもう五、六年も以前に」

「それはあなたの思いちがいでしょうね」

「そうでしょうか。あたしの思いちがいでしょうか」

ふいに弓子の眼からハラハラと涙があふれて来た。

「あたし、その人にたいへん悪いことをしています。ええ、あなたによく似たかたに。その人はあたしのせんの良人《おっと》を殺して、刑務所へ送られて、一昨年の秋病死しました。ああ、やっぱりあたしの思いちがいですわね。その人は死んだのですもの。いいえ、いいえ、たとい生きているとしても、あなたのような御老人じゃありませんわ」

「奥さん！」

「はい」

「ああ、いや。――いま御主人に電話で、これからあなたをお送りすると、約束をして来たところです。お差し支えがなかったら。そろそろ参りましょうか」

二

小説家の磯貝半三郎はさっきからいても立ってもいられないというふうである。

無理もない。

昨夜の火事で焼死したとばかり信じていた恋女房が、無事で、まもなく帰って来るということがわかったのだから、かれの欣《よろこ》びはまるで例えようもないほどであった。たった一晩のうちに、げっそりと肉が落ち、眼のふちに黒い枠が出来ているところを見ても、かれが妻の災難について、どんなに胸を痛めていたかということがわかろうというもの。

事実、鬱金香夫人の弓子は、かれにとっては妻というよりは主人も同じだった。ああ、この女ひとりを手に入れるために、かれはどのような苦労をして来たことだろう。

元来かれは、ものに凝り出すととめどがなくなるほうであった。そういう点でかれは子供と同様である。偏執狂。――芸術家というものは、だれでも多かれ少なかれ、そういう傾向を持っているものだが、かれにはことにそれがひどかった。ちょうど子供がひとつの玩具《がんぐ》に熱中するように、この数年来かれは、鬱金香夫人に傾倒しきって来たのだ。

この女を手に入れるためには、かれはあらゆる障碍《しょうがい》と闘って来た。じっさい、ひとにいえないようなことまでして来たのである。

半三郎はときどきそっと自分の左手の小指を見る。その小指は途中から千切れてなくなっているのだ。いつ、どうして、その小指を失ったのか、それはだれひとり知らなかったけれど、半三郎はそれを見るたびに、ゾッとして肩を顫わすのだ。

そうして、やっと去年手に入れたばかりの妻だ。かれにとっては、目下人生がもっとも楽しく見える時期だった。その掌中の宝玉ともいうべき妻を、昨夜不慮の災難にうしなったとばかり信じて、絶望のどん底にあったのが、思いがけなくも生きていて、しかも、怪我ひとつなくかえって来るというのだから、かれが有頂天になって欣んだのも無理ではなかった。

かれは女中を呼ぶために、何度めかのベルを鳴らした。まだ弓子はかえって来ないかと、わかりきったことを訊ねるためである。

ところがそのとき、ベルに応じて現われたのは、女中ではなく、思いがけなくも、色の生白い青年だった。

「おや、堀見君！」

青年の顔を見ると、何故か半三郎の白皙《はくせき》の面には、一瞬さっと暗い影がはしった。

「君、いつのまに来ていたのだい？」

「いま来たばかりですよ、先生、お目《め》出《で》度《と》うございます。奥さん、御無事だったそうですな」

「ふむ。有難う」

半三郎はそっけない調子でいった。堀見はそういう調子を気にかけるふうもなく、にやにやと気味の悪い微笑をうかべながら、

「そこで先生、このお目出度い折りをしおに、昨日のこと、潔くきいてやって下さいな」

「またかい」

と、半三郎は眉をひそめて、

「君はおれの顔さえ見りゃ金、金って、まるでおれが金の生《な》る木でも持っているようにいうじゃないか。今月になってからだって、もうこれで二度目だぜ」

「どうもすみません。なにしろここんところへ来て、すっかりぐれはまなんで、堀見三郎大世話場なんです。助けていただくわけにゃまいりませんか、ねえ」

「君の困るなア、君の勝手だよ。約束のものだけはちゃんとやってあるうえに、今月はすでに一度、臨時のぶんまで出してあるんだ」

「そこをなんとか」

「駄目だよ。癖になる」

「そんなこと、おっしゃらずに」

「くどいよ」

「厭《いや》ならよせ！」

「なんだと！」

半三郎は思わず椅子の背に手をやって腰をうかしかけた。堀見三郎は大きなデスクに腰をおろしたまま、脚をブランブランさせている。ネクタイをしないワイシャツのまえをはだけて、腕を拱《こまね》いたまま傲然《ごうぜん》と嘯《うそぶ》いている。

瞬間、険悪な殺気がさっとふたりのあいだを流れた。

突然、堀見三郎はとってつけたような声をあげて豪傑笑いをすると、

「御免なさい、先生、つい気が立っていたもんですからね」

と、遠慮なく卓上の煙草をつまみながら、

「ぼくだって、なにもいやなことはいいたくないです」

「フン、おれだって別に、いやなことをいわれる覚えはないよ」

「まあさ、そうおっしゃらずに助けて下さいよ。ほんとうに困っているんだから、先生だってまさか、ほんとうにわたしと喧嘩《けんか》をなさるつもりはないでしょう。ぼくだって、あんなこと、世間に吹聴《ふいちょう》して廻《まわ》りたくはないですからね」

「世間で、君のいうことを信用すると思っているのかい」

「証拠がない。――とおっしゃるんでしょう。そりゃまあそうですな。なんしろ、犯

人もちゃんと検挙されたんですからね。しかしねえ先生、世間はともかく奥さんの耳にちょっとでもこういう噂がはいってごらんなさい。わたしゃ昔、あの人ンところに御厄介になっていたからよく知っていますが、鬱金香夫人はずいぶん、気性のはげしい女ですからな」

半三郎の白い額にはチラと不安の影がうごいた。

「君は、根も葉もないいいがかりをつけるんだね」

「まあ、なんとおっしゃっても構いませんが。——あ、奥さんがかえって来たらしいですよ。早く、早く。先生だって、こんなところを奥さんに見られたくないでしょう」

半三郎は機械的に懐中に手を突っこんだ。そしてかみ入れから二、三枚の紙幣をとり出すと、堀見の手に握らせた。

「仕方がない、君にあっちゃかなわないよ。こんなこと、あれにいうなよ」

堀見はにやりとわらって、素早く紙幣をつかんだ手をポケットに突っ込みながら、

「すみません、大丈夫ですよ。だれがお喋舌《しゃべり》なんかするもんですか。それじゃ奥さんに見つからないうちに消えてなくなりましょう」

堀見がすばやく身を起こして、ドアの外に消えるのと、ほとんど同時だった。別の入り口から弓子が小走りにはいって来た。

「あなた」

と、いきなり良人の胸にすがりついて、そのまま無言である。半三郎は愛情のこもった眼で、その肩をなでてやりながら、

「よかったね。ほんとうに、よかったね。ぼくはどんなに心配したかしれないぜ。昨夜は一睡もしなかった。今日だって朝から焼跡に詰めきっていて、いまにも弓さんの死体が出て来ゃしないかと、どんなに胸を痛めたことだろう」

「すみません。こちらの方に助けていただきましたのよ。あなた、よろしくお礼をおっしゃって。こちら、あの。——」

名前をきいてなかった弓子が、思わずそう口籠《くちご》もるのを、あとからはいって来た黒眼鏡の老紳士が、おだやかな微笑でひきとった。

「大利根舟二というものです。なに、なんでもないのですよ、そんなにお礼をおっしゃっていただいては恐縮です」

「大利根舟二？」

半三郎はハッとしたように顔色をかえた。

「あなたが、あの大利根舟二とおっしゃるので……」

「はあ、そうです。御存じですかわたしの名を？」

「いえ、あの、そういうわけではありませんが」

と、そういったが、そのとき半三郎の白い額をさっと不安な影が横切ったのである。

かれが驚いたのも無理ではないのだ。大利根舟二。――それは昨夜かれがあんなに気にしていた、「歌時計鳴りおわるとき」の作者ではないか。

三

半三郎から二、三枚の紙幣をまきあげた堀見三郎は、弓子に見つからないように裏口から抜け出したが、どういうものか、そのまますぐに立ち去ろうとはしなかった。すぐ近所の電柱のところに身を寄せて、煙草を吹かせながら、さっきからしきりに、磯貝家の表門のほうを見張っている。

どうしたのか、その面には非常にふかい驚愕《きょうがく》のいろがあらわれていた。

「畜生！　たしかにあいつだ。が、しかし、これはいったいどうしたわけだ。あいつは確かに死んだはずではないか。やっぱりおれの気のせいかな。いやいや、そんな馬鹿なはずが！　ああ、おれは夢でも見ているのだろうか。――」

堀見は口にくわえた煙草をポロリと落とすと、そのうえからペッと唾《つば》を吐いた。それから帽子をぐいと目深にかぶりなおすと、電柱に背をもたせて、低く口笛を吹き出した。しかし、そうしながらも、かれの視線は油断なく、磯貝家のほうに配られているのである。

いったい、この堀見三郎という青年は、弓子のまえの良人《おっと》畔柳博士のところで、長いこと書生をしていたことがあるのである。

亡くなった博士とは遠縁にあたるという話であったが、その時分から不良性をおびていて、博士も弓子も持てあましていたものである。博士が不慮の事件で他界してまもなく、突然かれは、だれにも無断で姿をくらましてしまったが、それがちかごろになって、ちょくちょくと弓子の新しい良人のところへやって来ては、五円、十円と小遣をせびってゆくには、なにかよほど重大な理由がなければならぬはずであった。

それはさておき、堀見はそうしてものの三十分も電柱のかげに佇《たたず》んでいたろうか。ふいにかれの眼が、帽子のしたでギロリと光った。そのとき、磯貝家の表門から人影が現われたからである。大利根舟二と名乗る不思議な老人だった。

老紳士はそんなところに、自分を覗《うかが》っている人間がかくれていようなどとは、むろん知るよしもない。かれは急ぎあしにスタスタと暗い夜道を明るいほうへと歩いてゆく。それをやりすごしておいて、堀見三郎はぶらぶらと尾行しはじめた。

老紳士は大通りへ出ると、流しの円タクを呼び止めてそれに乗った。堀見も、ちょうど都合よく、そのあとからやって来た円タクを呼び止めて、それに乗って尾行をはじめた。

自動車はしばらく夜の街を走っていたが、やがてついたのは、本郷《ほんごう》の裏通りにある、閑静な表構えの住家である。これには別になにの不思議もない。老人は現にこの家から弓子を送りとどけたのだから。

老人が玄関の格子をひらいて、なかへはいってゆくのを見送って、堀見は急ぎあしに門のそばへ近よっていった。

表札を見ると、大利根寓《ぐう》と書いてある。

堀見はそれを見ると、鼻のうえに妙な皺《しわ》をよせて、ふふんと唸《うな》った。

それから一度、家のまえをとおりすぎたが、まもなくブラブラと引き返して来ると、急にきっと前後を見廻して、素速く家のなかに忍びこんだ。

それから一時間ほどのちのことである。

新宿のブルー・リボンというカフェーへととびこんで来た堀見三郎の額は、どうしたのか真《ま》っ蒼《さお》であった。

「おい、ウィスキーをくれ、ウィスキーを」

テーブルへつくや否や、そう命令した堀見は、女給の持って来たウィスキーを一息に呷《あお》るとほっとしたように大きな瞳《ひとみ》をすえた。

「まあ、どうしたのよ、ホーさんあなた、顔の色が真っ蒼よ」

馴《な》染《じみ》と見えて、馴々《なれなれ》しくそばへよって来た女が、呆《あき》れたような顔をして堀見の様子を眺めている。

「そうかい、そんなに蒼《あお》い顔をしているかい」

「ええ、とても。いま飛びこんで来たときの顔色ったらなかったわ。まるで幽霊にでも出会った人のようだったわ」

「ふうん、それにちがいないんだ。おれはいま幽霊を見て来たばかりなんだから」

「あら、いやだ。つまらない冗談よしてよ」

「いや、冗談じゃない、ほんとうだ。君、薔薇郎って男を知っているかい？」

「薔薇郎？　知らないわ。そんな妙な名の人」

「知らないかね。五、六年まえには大した評判だったんだがね。レコード歌手でね。それはもう今業平《いまなりひら》といわれたくらい綺麗《きれい》な男だった」

「その人がどうかしたの」

「そう、そいつが人殺しをしたんだ。畔柳慎六といってね、有名な法学博士を殺して十五年の懲役よ。それが一昨年監獄ン中で死んだんだよ。ところが、おれは今日その男を見たんだ」

「だれを？」

「その薔薇郎をさ」

「だって、その人監獄のなかで死んだのでしょう」

「ふん、だから幽霊を見たというのさ。ああいつが化けて出るのも無理はない。あいつはほんとうに人殺しなんかしなかったんだから」

そのとき、隣のボックスでコトリという音がしたので、堀見はハッとして口をつぐんだ。

そして恐るおそる、臆病《おくびょう》そうな眼をあげたが、そこにはふたりの男が静かにビールを飲んでいるのだった。

ひとりは三十ぐらいの青年だったがもうひとりのほうは雪のような白髪を頂いた、それでいて、顔を見ると、まだそれほどの年配とも思えない、まことに不思議な紳士である。いうまでもなくこのふたりは、由利先生と三津木俊助であった。

薔薇の歌手

一

新宿《しんじゅく》のブルー・リボンというカフェーで、はからずも、堀見三郎の奇妙な告白を洩《も》れきいてから、二、三日後のことである。

市ヶ谷《いちがや》のお濠《ほり》を眼のしたに俯瞰《ふかん》する由利先生の邸宅の二階では、主《あるじ》の由利先生と三津木俊助のふたりが、むずかしい顔をして向きあっていた。ふたりのあいだにある大きなデスクのうえには、古びた書類や、新聞の切り抜きなどが堆高《うずたか》く積みあげてあって、なにやら重苦しい空気を室内に漂わせていた。

「なるほど、これが畔柳事件当時の新聞の切り抜きなんだね」

由利先生は埃《ほこり》っぽい書類の山を指ではじきながら、穏かなほほえみを俊助のほうに向けた。

「しかし、まさか君は、このおびただしい書類を全部おれに読ませようというんじゃあるまいね。そんなことをしちゃ君、三日ぐらいまるで潰《つぶ》れてしまうぜ」

「いや、大丈夫ですよ。まさかぼくだって、それほど先生を酷使しようたア思いませんよ。なんなら、ぼくの口から、簡単に事件の経過をお話してもいいのです」

「出来るならそう願いたいね。君は事件の核心をつかむのに不思議な才能をもっているよ。こんなくだらない、間違いだらけの新聞の記事より、君の話のほうがどれくらい信用出来るかわかりゃしない」

「いや、お褒めにあずかって恐縮です」

俊助は軽く頭をさげると、卓上にあった葉巻きをとりあげて火をつけた。

いうまでもなく由利先生と三津木俊助のふたりは、もう一度五年まえに遡《さかのぼ》ってあの畔柳事件を研究しなおして見ようというのだった。

思えば妙な因縁だ、このあいだはからずも、東都劇場の廊下で鬱金香夫人にあって、ゆくりなくも五年まえの事件を思い出したのからして、なにか眼に見えぬ糸が、ふたりをこの事件に結びつけようとしているのかも知れなかった。そこへ持って来て、その翌日、ブルー・リボンでちらと小耳にはさんだ、あの奇妙な告白だ。酔漢の囈語《げいご》だといってしまえばそれまでだが、なんとなくそうとばかりは思えない節がある。さて、一旦《いったん》、疑惑をかんじたとなると、最後までそれを突き止めずにはいられないのがふたりの性分であった。

さてこそ、だれに頼まれたというでもないのに、ふたりはいまこうして改めて畔柳事件の最初から見直そうとしているのである。

「話といってもいたって簡単なんですがね」

俊助は膝《ひざ》のうえにメモをひらきながら、つぎのような話をゆっくりと始めたのである。

「畔柳慎六というのは、丸《まる》の内《うち》に事務所をもっていた有名な弁護士でした。当時年齢は五十五、六でしたろう。法学博士という肩書きもあり、一時は帝大《ていだい》で講座を受け持っていたほどの学者です。自宅は芝《しば》にあって、博士はそこで夫人のほかに、数名の書生や女中とともに住んでいられた。夫人というのは弓子という名前で、当時年齢は二十四、非常な美人で結婚まえから才媛《さいえん》の誇り高かった婦人で、二、三の歌集なども公にしている。いつかもお話したように、鬱金香夫人という綽名《あだな》まであったくらい非常にチューリップの花を愛していて、たしか歌集のなかには『チューリップの羹《あつもの》』というのがあるはずです。

さて、昭和七年十月十六日のこと、その晩夫人の弓子は音楽会かなにかあって外出していた。この夫人の外出については確かなアリバイがあります。夫人はたしかに八時から十時ごろまで、音楽会の会場にいた。そして事件はその留守中に起こったのです。

九時半ごろのことです。書生の堀見三郎というのが玄関で勉強していると、奥のほうにあたってただならぬ物音がきこえた。駆けつけて見ると、弓子夫人の化粧室の窓から、いましもひとりの男が庭のほうに飛び出そうとしている。捕えて見ると、それが当時畔柳家の隣家に住んでいた、流行歌手として非常な人気を持っていた薔薇郎という青年です。薔薇郎って妙な名前ですが、むろんこれは芸名で、本名は別にあったのです。しかし、ここでは世間で知られていたとおり、薔薇郎と呼んでおきましょう。

さて、夢中になって逃げようとする薔薇郎を、無理矢理にとりおさえた堀見三郎が、部屋のなかを見ると、思いがけなくも、そこに畔柳博士が朱に染まって倒れているじゃありませんか。鋭い刃物で、滅多斬《ぎ》りにされたあげく、心臓を抉《えぐ》られていたというわけです。

さあ、博士邸は大騒ぎになりました。たちまち事件は警察へとどけられる。医者を呼びにやる。知人へこの急変を報《し》らせる。と、ごった返しているところへ、弓子夫人がかえって来ました。そして、ひとあし遅れて、警察から係官が駆けつけて来た、というのがまあその夜の事件の概略なんです。

さて、それから、いろいろと取り調べが進められましたが、なにしろ犯人がその場で捕えられているのだから、このほうは至って簡単だったわけです。薔薇郎はむろん、はじめのほどは頑強に犯行を否認していましたが、しからば、なにがために、夜おそくかれが夫人の居間へなど忍びこんだかという点になると、薔薇郎は一言も答えることが出来ません。いや、たった一度だけ、かれは妙なことをいったそうです。というのは『アヴェ・マリヤ』がきこえたからと、そう口走ったというのです」

「なに、アヴェ・マリヤがきこえた？　それはいったいどういう意味だね」

由利先生は思わずギョッとしたように、腰をうかした。

「さあ、それが一向どういう意味かわからないのです」

と、俊助は不思議そうに先生の顔を見ながら、

「だれもその晩、博士邸でアヴェ・マリヤなど歌ったものはないのですからね。もっとも刑事のなかにひとり、空想力の発達したやつがあって、この言葉のなかに容易ならぬ秘密があるのじゃないかと思って、博士邸の蓄音機なども調べて見たそうですが、アヴェ・マリヤのレコードなんか一枚もなかったそうです。

結局、薔薇郎は一種の精神錯乱におちいっていて、意味のないことを口走ったのだ

ろうということになり、まもなくかれは正式に起訴されました。検事の見込みというのはだいたいつぎのとおりです。

薔薇郎はかねて隣家に住む鬱金香夫人に懸想していた。このことは夫人自身あくまで否定しつづけましたけれど、当時、隠れもない事実だったんですね。さて、その晩、日ごろの想いをうちあけるつもりで、夫人の居間に忍びこんだところが、思いがけなくも、そこに博士がいて、いろいろと詰問されたものだから、思わずそこにあった刃物で、博士を刺し殺したのだろうというのです。

不思議なことには、薔薇郎ははじめのうちこそ、頑強に犯行を否認していましたが、途中からがらりと態度をかえると、検事の推定に対して、一切合財肯定したということですよ。そこでまもなくかれは十三年の刑を申し渡されたのです。

「このときの公判をお目にかけたかったですよ。なにしろ薔薇郎という男は当時『失恋の杯乾《ほ》せば』だの『君が移り香』だのという感傷的なレコードで、一世を風靡《ふうび》していたおりからですし、おまけにこれが、アドニスのような美青年と来ていますから、傍聴席は女学生でいっぱいだったといいます。そうそう薔薇《ばら》の歌手というのが、この男の綽名でしたね」

俊助はそこまで話すと、はじめてほっと息をついて、なにか意見をもとめるように、由利先生の顔を見た。

由利先生は無言である。両手を膝のうえに組んで、ちょっと考えこんでいる。特徴のある銀色の白髪が、燃えるようにかがやいているのである。

「ところで、その薔薇郎という男だが、そいつは監獄のなかで死亡したといったね」

だいぶしばらくたって由利先生がいった。

「そうなんです。あれは一昨年の秋でしたね。病気はなんだったか知りませんが、ともかく獄中で死亡したので、遺骸《いがい》はだれか友人の手に引きとられ、火葬に付されたはずです」

「その薔薇郎が生きているらしいという疑いがあるんだね」

「そうなんです、じつに不思議なことなんですが、そうとしか考えられません」

俊助は急に膝を乗り出して、

「じつはこのあいだブルー・リボンで会った男ですがね。あいつの身許《みもと》を内々調査したところによると、驚くじゃありませんか、あの男こそ、畔柳博士のたくにいた書生の堀見三郎なんですよ」

「ほほう！」

これには由利先生も驚いたらしく、笛のような声をあげてからだを乗りだしたのである。

「だからあいつは薔薇郎の顔をよく知っていたはずですし、したがってあいつの言葉もまんざら出《で》鱈目《たらめ》ではなかろうと思われるのです。あいつはきっとどこかで、薔薇郎に生き写しの男を目撃したのにちがいありませんよ」

「すると、この新しい調査は、あの男から出発すればよいということになるな」

「先生もそうお思いになりますか。ぼくもそう思っていたのですよ。ところが、そいつが急に駄目になりました。というのが、あの男が姿をくらましてしまったからなんです」

「姿をくらました？」

「そうなんです。ぼくはこのかんになにか恐ろしいことがなければよいがと心配しているんです。たとえば、あの男が発見したという男のために、逆に捕えられたというような。――」

由利先生はふたたび黙りこんだ。そしてしばらくポキポキと両手の指を折っていた。これは先生がものを考えるときのくせなのである。

「よろしい、それじゃ別の方面より調査を進めることにしよう」

「別の方面というと？　なにか先生は別に緒《いとぐち》をお持ちですか」

「いろいろある。たとえばあの『歌時計鳴りおわるとき』の作者だ」

「なんですって？」

俊助はびっくりしたように由利先生の顔を見直した。先生が冗談をいっているので

はないかと思ったからである。由利先生はしかし平然として、

「ねえ、君、君はこの事件と、このあいだ見たあの芝居とのあいだに、恐ろしい相似のあることに気づかないかね。君はいまなんといったね。薔薇郎は捕えられたときアヴェ・マリヤをきいたから忍びこんだと、口を滑らしたというじゃないか。ところで、このアヴェ・マリヤの意味だが、それはあの芝居がよく説明してくれる。アヴェ・マリヤは逢《あ》い曳《び》きの合図だったのさ。つまりこういうことになる。鬱金香夫人と薔薇郎とは、夫人が頑強に否定しているにもかかわらず恋仲だったのさ。ふたりは逢い曳きの合図に歌時計を用いていた。あの晩も、それが鳴ったから薔薇郎は大丈夫と思って忍びこんだ。ところが事実はその晩、夫人は外出中だったのだから、したがって歌時計をかけはしなかっただろう。とすると、だれかほかにこの秘密を知っていて、ひそかに、この歌時計のネジを廻《まわ》して、薔薇郎を誘《おび》き出した者があるはずだ。つまり、だれがこの歌時計のネジをかけたか、これがわかれば、秘密は解けることになるのだよ」

俊助は驚いて眼を丸くした。

「先生、しかしまさかあの芝居とこの事件と。……」

「関係がなかろうというのかね。おれはそう思わないね。あの晩、鬱金香夫人も劇場へ来ていたじゃないか。あの芝居の作者は、夫人もこれを見るだろうと期待していた

かも知れない。いや夫人に見せるために、あんな芝居を書いたのかも知れないよ。とにかく、あの芝居の作者は、ある程度まで、畔柳事件の真相を知っているにちがいない。君、劇場の関係者にあって、あの作者のことを調べてくれないか。われわれはとにかく、それから手をつけていくよりほかに方法はなかろうと思う」

由利先生はそういって、俊助の顔をまともからじっと凝視したのである。

二

暗い雨が八ツ手の植え込みのうえに侘《わ》びしい音を立てて降っていた。本郷の横町に自動車をとめて、それから、二、三度、薄暗いとおりを曲がり、大利根舟二というあかしのあがっている門のまえに立ちどまったとき、磯貝夫妻は思わず顔を見合わせて、かすかな身顫《みぶる》いをした。

言わず語らずのうちに、夫妻のあいだには、今夜の招待に対して、一種の危惧《きぐ》の念があった。むろんふたりの心は同じではない。しかし、大利根舟二なる人物に対して、かすかな不安をいだいている点においては、ふたりとも同じであった。

出来ることなら半三郎も弓子もこの招待を断わってしまいたかった。しかし、生命の恩人に対して、一度も答礼しないということは儀礼にかけているし、それにふたりとも恐れながらも、はっきり突き止めておきたい何物かを持っていたのだ。

門柱についている電鈴をおすとはるか遠くのほうで、ジリジリと鳴っている。かすかな、その音がなんとなくふたりをゾッとさせた。

まもなく軽い足音がして、玄関がうちがわから開かれた。現われたのは五十ぐらいの老女である。

「いらっしゃいまし。さあ、どうぞ」

老女は愛想よくふたりを、奥まった洋室に案内すると、

「ほんとうに、生憎《あいにく》の雨で、どうかしらと旦那《だんな》様とお話していたのですけれど、よくいらっして下さいました。しばらくお待ち下さいまし。すぐ旦那様はお見えになりますから」

老女が出ていったのち、弓子はどうしたのか、憑《つ》かれたような顔をして、じっとドアのほうを眺めている。その様子があまり妙だったので、半三郎はびっくりして、

「弓さん、どうかしたの。なにかあったのかい」

弓子はふいに泣き笑いのような表情をうかべた。

「あたし——あの人を知ってますの」

「あの人？　あの人っていまの婆さん？」

「ええ」

弓子はがっかりしたように椅子に腰をおろすと、急にヒステリックな声をあげて、

「まあ！　いったい、どうしたというのだろう、なにをあたしに企《たくら》んでいるのだろう。あたし、ちっとも恐れやしないことよ。なんとでもするがいい。ねえ、あなた！」

　弓子はくるりと半三郎のほうへ向きなおると、

「いまの婆さんね、あれ、薔薇郎の乳母よ。薔薇郎。——御存じでしょう」

　それをきくと半三郎は思わずドシンと音を立てて、椅子のうえに腰をおとした。そのときである。ふいにどこかで、かすかな歌時計の音がきこえはじめた。雨垂れのように侘びしいオルゴールの音。曲はいうまでもなくアヴェ・マリヤである。

「まあ、アヴェ・マリヤね」

　弓子はかすかに眉《まゆ》をあげただけで、別にもう大しておどろきもしなかった。この家が薔薇郎に関係ある家とすれば、その音がきこえるのは当然なのである！

　しかし、半三郎のおどろきはひどかった。

　かれは思わず椅子からすべりおちそうになったくらいである。が、つぎの瞬間きっと立ちあがると、つかつかと部屋を横切って、いきなりさっとカーテンをまくりあげた。

　そのとたん、かれは、や、やと不思議な悲鳴をあげて、思わずうしろに跳びのいたのである。

　カーテンの向こうには、大きなオレンジ色の寝椅子があって、その寝椅子のうえに、長方形のガラスの箱が安置してある、そのガラス箱のなかに眠っているのは、じつに堀見三郎なのである。死んでいるのだろうか、まさかそうではあるまい。しかし、あの顔色の蒼《あお》さはどうだ。

それに、枕もとにあるあの置時計だ。アヴェ・マリヤはたしかに、その時計のなかからきこえて来るのである。

半三郎と弓子は思わず顔を見合わせた。そして、探るような視線で、しばらく、おたがいの腹のなかをじっと読みあっていた。

そのとき、彼等の背後にあたってかたりとかすかな物音がした。その音にはっとうしろを振りかえった半三郎と弓子のふたりは今度こそ、まるで幽霊をでも見たように、あっと悲鳴をあげて跳びのいたのである。

「薔薇郎！」

期せずして、ふたりの唇をついて出たのは、そういう叫びであった。

いかさまドアのところに立って冷たい眼でじっとこちらをみつめているのは、大利根老人の仮面を脱いだ薔薇郎なのだ。昔から見ればいくらか面窶《おもやつ》れがしているようであったが、それでもまだ輝くばかりの美しさ。

白いつやつやとした頰、涼やかな眼もと、したたるばかりの愛嬌《あいきょう》を湛《たた》えた口もと、ああ、どうしてこの顔を見忘れよう。

「薔薇郎！　やっぱりあなただったのね。あなたは生きていたのね。あなたは監獄のなかで死んだという話だったけど、あれは嘘だったのね」

「いいえ、奥さん」

薔薇郎は沈んだ声でいった。

「やっぱりわたしは死んだのです。そうです。わたしは一旦《いったん》死んで、それからまた生き返って来たのです」

「まあ！　一旦死んで、また生き返ったのですって？」

「そうです。わたしの乳母が、そういう手段で、わたしを監獄のなかから救い出してくれたのです。わたしは監獄のなかで乳母の送ってくれた薬をのみました。薬をのむとまもなく、わたしの心臓は鼓動を停止し、わたしの手足は固く硬直し、わたしの全身は氷のように冷たくなりました。そこで医者は、わたしを死亡したものと認めたのです。しかし、わたしは死んだのではなかった。ただしばらく、生命の活動を停止しただけだったのです。わたしのからだは乳母に引き渡されました。乳母は別の薬で、また、わたしのからだに生命の灯を吹きこんでくれました。そしてわたしはいま、こうしてあなたがたとお話しているのです」

「まあ！」

弓子はゾッとしたように肩をすぼめ、この不思議な美貌《びぼう》の蘇生《そせい》者をみつめながら、

「そして、そしてあなたは、あたしたちをいったいどうしようとおっしゃるの」

「奥さん、わたしは自分のあかしを立てたいのです。わたしは馬鹿だった。いまだからわたしはなにもかも申し上げてしまいますが、わたしは畔柳博士を殺したのじゃなかった」

「だって、だって、あのとき、あなたはその罪を認めたじゃありませんか」

「そうです。そして、それは奥さんを救うためだったのです」

「まあ、あたしを？」

弓子は思わずよろよろとよろめいた。

「そうです。だからわたしは馬鹿だったのです。奥さん、わたしは畔柳博士を殺したのは、あなただとばかり信じていた。なぜって、わたしはあの晩たしかアヴェ・マリヤをきいたのです。そしてあのアヴェ・マリヤの秘密を知っているのは、わたしと奥さんのふたりきりしかないのだから、当然わたしは、あの晩わたしを誘《おび》きよせて、わたしに罪をきせようとしたのは、奥さんの仕業だと考えた。だからわたしはいさぎよく、奥さんの身替わりになろうと考えたのです」

「まあ！」

「許して下さい、弓子さん。わたしはあっぱれ小説の主人公にでもなったつもりで、いい気持ちになっていたのです。ところが、わたしが監獄へ入ってから、乳母が非常に重大なことを報《し》らせてくれました。というのは、奥さん、あの晩、畔柳博士が殺された晩に、ここにいられる磯貝半三郎氏がたしかに畔柳邸にいたと信ずべき、重大な根拠があるということを！」

「まあ！」

ふいに弓子は針にでも刺されたように、ピクリと跳びあがると、まるで嚙《か》みつきそうな顔をして良人《おっと》のほうを振りかえったのである。

「あなた、それほんとうのこと？」

薔薇とチューリップ花咲く園

一

「それがどうかしたのかね」

半三郎は冷たいせせら笑いをうかべながら、ぐいと肩をそびやかした。

はじめて薔薇郎の顔を見たときのおどろきのいろはもはやどこにも見られない。追いつめられた鼠が、かえって猫に嚙みつくように、ふてぶてしい色が、汗ばんだ白い額にうかんでいるのである。

「この男がそうだというのなら、そうかも知れないさ。しかし、それがどうしたというんだね」

「まあ、あなたは！　あなたは！」

と、弓子は大きく肩でいきをしながら、

「いままで一度だってそのことをおっしゃいませんでしたわ」

「そりゃいわなかったさ。いう必要がなかったからだ。わたしはつまらない事件に捲《ま》きこまれたくなかったからね」

「ああ！」

弓子は両手で顳顬《こめかみ》をおさえるとがばと椅子のうえに顔を伏せたが、すぐ真《ま》っ蒼《さお》な顔をあげると怒りに燃ゆる眼できっと良人を見ながら、

「わかりました。いまになってわたしにはじめて、なにもかもわかりました。畔柳を殺したのはあなたです」

「馬鹿な！　弓さん、君はなにをいうのだ。なるほど、あの晩わたしは、博士に用があって、ちょっとお伺いしたさ、しかし、わたしが博士を殺したなんて、そんな馬鹿なことが……それとも、なにか証拠でもあってのことかい？」

「証拠？」

「そうさ。五年もまえの事件に遡《さかのぼ》って、改めてわたしを起訴しようというのなら、よ

ほど重大な証拠がなくてはなるまい。弓さん、その証拠があるかどうか、この男にきいて見たまえ」

弓子はいくらか困惑したような眼で、薔薇郎のほうを振りかえった。薔薇郎はしかし悲しげな顔をしているばかり、なんともいおうとはしないのである。

「そうら、見ろ」

半三郎は勝ちほこったように、

「この男は出鱈目《でたらめ》をいっているのだ。わたしがあの晩、畔柳博士をお訊《たず》ねしたことを、だれか——恐らく、堀見にでもきいたのだろう。そして、鬼の首でもとったように、わたしを罪におとそうとしているのだ。ねえ、弓さん、こんな男のいうことなんか信用するのじゃないよ。さあ、帰ろう。こんなところに愚図々々してた日にゃ、どんな係り合いになるや知れやしないよ」

「いいえ、あたしかえりません。たとい証拠がなくても、あたしはこちらのおっしゃることを信用します。あなたがあの晩、畔柳をお訪ねになったということを、いままで黙っていらした、そのことだけでもあたしには充分です。ああ、恐ろしい。あたしは良人を殺した男と結婚したのだ。なんということだろう」

「これ、なにを馬鹿なことをいうのだ。おれはもう、こんな馬鹿な事件に係り合っちゃいられない。弓さん、君がかえらないのなら、おれひとり先にかえるぜ」

半三郎はつかつかと部屋を横切って、ドアのほうへ行きかけた。しかし、かれがそこにたっするまえに、薔薇郎が、かれとドアのあいだに立ちはだかったのである。

「待ちたまえ」

「なんだ、まだ用があるのかい。おい、女たらしの色男」

その瞬間、薔薇郎の白い面上に、さっと怒りのいろがあらわれたかと思うと、ピシャリ！という気味よい音を立てて、半三郎の横面に平手がとんだ。

「畜生！」

思いがけない襲撃に、タタタタタと思わずうしろによろめいた半三郎は、やっと壁ぎわでからだの姿勢を立てなおすと、猛然として薔薇郎めがけて突きかかって来る。それを巧みにやりすごしておいて、うしろから利き腕をとって捻《ね》じあげた薔薇郎の握力には、美青年とも思えないほどの、鋼鉄のような強さがあった。

「ああ、痛、タ、タ！」

「静かにしたまえ、色男に金と力がなかったのは昔のことだ。現代のアドニスはその両方とも持っている。そら！」

突きはなされて、大きな寝椅子のうえにつんのめった半三郎は、くるりとこちらを振りかえると、まるで化け物をでも見るような顔をして薔薇郎をみつめているのである。

「いったい、き、君は――」

と、肩でいきしながら、

「このおれをどうしようというんだ」

「ぼくは君に決闘を申し込むつもりだ」

「決闘？」

半三郎と弓子のふたりが、思わず異口同音に訊《き》きかえした。

「そうだ、まあ、ききたまえ、磯貝君。ぼくは君が畔柳博士を殺したことを知っている。そしてあの歌時計によって、ぼくを陥れたこともよくわかっている。しかし、残念なことにはぼくは証拠を持っていない。だが、証拠がないからといって、殺人者をこのまま赦《ゆる》しておくことは、断じてぼくには出来ない。そこで君が遁《のが》れるか、ぼくが生きるか、ふたつにひとつの決闘だ。君、用意をしたまえ」

「しかし、おれが――おれがいやだといったら」

「駄目だ。いやだ、とはいわせない。弓子さん、すみませんが、そこにあるベルを押してくれませんか」

弓子がベルを押すと、待ちかねていたごとく、乳母が銀盆を捧《ささ》げて現われた。盆のうえにはふたつのリキュール・グラスと琥《こ》珀《はく》色の液体を湛《たた》えた瓶が一本のっかっているのである。

乳母はそれをテーブルのうえにおくと、無言のまま、またドアの外に消えてゆく。

半三郎と弓子は怪《け》訝《げん》な顔をして、その銀盆をながめていた。

薔薇郎は、そのふたつのグラスに、どちらも同じほど酒をつぐとポケットから白い紙包みを取り出した。

「この包みのなかにあるのは、数秒間にして、人の生命をたつ恐ろしい薬です。しかも無味無臭だから飲んだとて少しもわからない。いまこの薬を、ふたつのグラスのどちらかに入れて貰《もら》おう。そして磯貝君、君とぼくがひとつずつ、そのグラスを飲み干すことにするのだ」

「そんな――そんな――」

半三郎は大きく喘《あえ》ぎながら、

「君はきっと、グラスに目印をつけるだろう」

「はははは、その懸念は無用、だが、念のために、この薬は弓子さんに入れて貰おう。弓子さん、あなた、わたしたちの決闘の介添え人になってくれるでしょう」

弓子は呼吸を弾ませて思わずよろめいた。そして、しばらく良人と薔薇郎の顔を見比べていたが、やがて決心したように、つと手をのばすと、薔薇郎の手から包みをうけとった。

「さあ、どうぞ」

　しばらくして、ふたりのほうを振りかえった弓子の顔は、唇の色まで真っ蒼だった。琥珀色の液体が、ふたつのグラスのなかでゆらゆらと揺れている。弓子の手から、空になった包み紙がひらひらと舞い落ちた。

「よし、磯貝君、われわれはふたりとも、どちらのグラスに薬が入っているか知らない。さあ、君から先にとりたまえ」

　半三郎の眼が、恐怖におののきながら、ふたつのグラスから、弓子と薔薇郎のほうへいった。

「いやだ、いやだ！　弓子、おまえは良人《おっと》がこんな恐ろしいハメに陥っているのを止めようとはしないのかい」

　弓子は無言のまま、怒りに顫《ふる》える眼で良人の額のあたりを眺めている。

「ははははは」

　半三郎は皺嗄《しゃが》れた声で笑うと、

「お前はおれが死ぬのを祈っているのだな。そしておれが死んだあとで、この色男と一緒になるつもりだろう。よし」

　半三郎の手がひとつのグラスに触れた。そしてちらりとかれは弓子の顔を偸視《ぬすみみ》ると、すぐその手を引っこめて、別のグラスに手をやった。それからまた、最初のグラスに手をやると、今度は思いきったようにそれを取り上げた。

「よし。それが君のグラスだね。じゃ、ぼくはこちらのグラスを飲もう」

ほとんど同時に、ふたりはグラスを飲み干した。

恐ろしい、息詰まるような数秒間だった。半三郎の額には、いっぱい脂汗がうかんで来た。かれはじっと薔薇郎の顔を覗《のぞ》きこんでいたが、相手の顔に、にやりと妙な微笑が現われるのを見ると、思わず咽喉《のど》に手をやってたじたじとした。

「磯貝君。気の毒だがどうやら君のほうが負けらしいね」

ふいに、半三郎がはげしく身顫いをしたかと思うと、まるで朽ち木をたおすような音を立ててどうと床のうえに突っ伏したのである。

二

物憂い虻《あぶ》の羽音がどこからともなくきこえてくる。

陽はさんさんと花園のなかに降りそそいでいた。その花園のなかには、一面に植えこんだ薔薇《ばら》とチューリップの花盛り。海が近いと見えて、甘い潮の香をふくんだ風が、そよそよと美しい花のうえを渡って行く。

この香ぐわしい花園のなかに、さっきから全身に陽を浴びて、寝そべっているふたりの男女があった。いうまでもなく、薔薇郎と鬱金香夫人のふたりである。

「弓子さん」

薔薇郎がふと顔をあげていった。

「あなたはこうなったことを後悔していらっしゃるんじゃありませんか」

「まあ、どうしてそんなことをおっしゃるの？」

弓子は相変わらず寝そべったまま、自分の顔のうえに近々とよせられた、美しい男の眼のなかを覗きこみながら、

「あなた、まだあたしの態度に不足なことでもありますの」

「もったいない。どうしてそんなことがあるものですか」

「なら、もうそんなことおっしゃらないで頂戴《ちょうだい》。あたし生まれてから、こんな幸福な一週間をすごしたこと、一度だってありませんわ」

「でも、でも、この幸福の裏には、恐ろしい破滅の淵《ふち》があるということを、あなたも知っているでしょう。ぼくはやっぱり自分ひとりで処決すべきだった。あなたを道連れにするなんてこと、考えないほうがよかったのだ」

「まあ、あなた、どうしてそんなことおっしゃるの」

弓子は微《かす》かに涙ぐみながら、

「今日にかぎって妙だわ。それは弓子、悪い女だったわ。あのとき、畔柳が殺されたとき、あたし、あなたが自分の恋人だということ、ハッキリ世間に向かっていうべきだったのだわ。でも、でも、あたしにはその勇気がなかったのよ。あたしはそういう

風に、いけない女です。あなたはきっとそのことを憤っていらっしゃるのでしょう」

「馬鹿な！　そんなことを――」

「いいえ、そうよ、そうよ」

弓子は薔薇郎の胸に縋《すが》りついてシクシク泣き出した。薔薇郎は静かにその涙を吸いとってやると、

「その話はもうよしましょう。それより弓子さん、この花園を御覧なさい。これはなんという奇妙な花園でしょう」

薔薇郎はそういって、弓子のからだを抱き起こしてやると、

「わたしの乳母という女を、あなたも御存じでしょう。この花園はあの女の丹精で出来あがったのですよ」

薔薇郎は夢見るような顔で、薔薇とチューリップの一面に咲き乱れる花園を見廻《みまわ》しながら、

「あの女はなんという不思議な思想をもっているのでしょう。彼女の考えかたによると、男と女というものは、かならずその出生以前から、紅《あか》い糸で結ばれている。そして一旦《いったん》紅い糸で結ばれた男女というものは、たとい途中でどのような障碍《しょうがい》にぶつかろうとも、かならずいつかはひとつになる。――それがあの女の思想なのです。そして弓子さん。あなたとぼくとが、神に結ばれたその一対だというのですよ」

「まあ！」

弓子は涙の跡ののこっている眼に、輝かしい微笑をうかべた。うっとりして上気した頬が咲きほこるチューリップの花よりも、さらにさらに美しく輝いているのである。

「だからあの女は、わたしたちが、冷たい法の手で引き裂かれたときも、決して失望しなかった。そして、将来かならず一緒になるであろうわたしたちのために、このような薔薇とチューリップの花園を作っておいてくれたのですよ。だが、まさかこの花園が、ふたりの死の床になろうなどとは夢にも思っていなかったでしょうね」

薔薇郎はかすかな溜《た》め息を洩《も》らした。

物憂い夢を誘うような虻の音がふたりの周囲に踊り狂っている。弓子は男の肩に頭をもたせたまま、

「あたしたちはやっぱり死ななければなりませんわね。――磯貝を殺したのだから」

「そうです。わたしたちは死ななければなりません。しかし、それは磯貝君を殺したためではありません。わたしは磯貝君を殺しはしなかった」

「そうね。磯貝は自分で勝手に毒の入ったグラスを選んだのだから」

「弓子さん、あなたはほんとうにそう思いますか。磯貝君は毒を飲んだのだと思いますか」

薔薇郎は奇妙な微笑をうかべて弓子の頬をのぞきこむ。

「そうでしょう。だってあなたのお渡しになった紙包みのなかの――」

「ところがね、弓子さん、あの紙包みのなかに入っていたのは、毒でもなんでもなかったのですよ。あれは単に乳糖といって、毒にも薬にもならない代物なのです」

「まあ！」

弓子はびっくりしたというような眼をみはって薔薇郎の顔を見た。

「だからね、あのとき磯貝君が死んだのは、毒のためではなく、恐怖、あるのは良心の苛責《かしゃく》のせいだったのでしょう。あの人はずいぶん神経質な人だったから」

ふいに、弓子は声をあげて笑った。

「まあ、あなたなんてロマンチックな方でしょう。だけどまさかあなたは、これからあたしたちの飲もうとする薬に、そんなトリックをなさらないでしょうね」

「大丈夫ですよ。これこそ乳母が吟味に吟味を重ねたうえ、選んでくれた薬なのです。飲みますか」

「飲みたいわ。こんな綺麗《きれい》な花園のなかで、あなたと一緒に死ねるなんて、あたし、ずいぶん幸福だわ」

ふたりは白い散薬を一服ずつ飲んだ。それから手をつないだまま、薔薇とチューリップにとりかこまれた青草のうえに身を横たえた。

「あたし、――うれしいの。あなたは？」

「ぼくも。——」

それからふたりは眼を閉じた。動かなくなった。陽はさんさんと降っている。虻の群音が物憂くふたりのうえを舞っていた。

三

だがふたりは死ななかった。

それからまもなく、ふたりはポッカリと眼をひらいたとき、陽は相変わらずさんさんと花園のうえに降っていて、かれらの周囲には三人の男女が、気遣わしげな顔をして覗きこんでいたのである。

「ああ、お眼覚めになった！」

そういう声をきくと、薔薇郎ははっとしたように跳び起きて、

「婆や！　おまえ、わたしを裏切ったね」

「お許し下さいまし、旦那さま、でも、この方たちが、あなたがたはちっとも死ぬ必要がないのだといってお電話を下すったものですから。——毒薬のかわりに睡眠剤を差し上げたのでございます」

「まあ、それじゃ、あたしたち、ちょっと快適なお午睡《ひるね》をしたというわけなのね」

弓子は起きあがると、薔薇郎により添うて、乳母のうしろにいるふたりの男を不思

議そうな眼で見た。薔薇郎は片手でそれを抱いてやりながら、

「あなたがたは、いったいだれですか」

「わたしですか」

不思議な白髪の紳士はおだやかな微笑をうかべると、

「わたしは由利麟太郎というものです。そしてこちらは三津木俊助君」

「ああ、お名前はきいたことがあります。それではわれわれを縛りにいらしたのですね」

「ところが、その反対なのですよ。われわれはあなたがたおふたりを救いに来たのです。畔柳博士を殺害した犯人をわれわれは見つけたのです」

「磯貝半三郎でしょう。そのことならわれわれも知っています。しかし、証拠がないのです。あの男が犯人だという証拠をわれわれは持っていないのです」

「ところが、わたしたちはその証拠を手に入れたのです」

「ほんとうですか」

「ほんとうですとも。三津木君、それを見せてあげたまえ」

俊助は手に持っていた包みをひらくと、なかから綺麗な置き時計を取り出した。

「奥さんこの時計に見覚えがありますか」

「あ」

弓子は思わず低い叫び声をあげて、

「それをまあ、いったいどこから。――」

「奥さんの手文庫から発見したのです」

「そうですわ。むろん。これは畔柳が殺されたとき、枕もとにあった時計です。そしてあたしたちがいつも、会うときに合図のために使っていた時計なのです。でも、なぜそれが殺された良人《おっと》の枕もとにあったのかわたしにはわかりませんでした。でも、あたしなんとなく不安だったものだから、警官が来るまえに隠してしまったのですわ」

「そうでしょう。それからあなたは、この時計をかけて見たことがありますか」

「いいえ、一度も、恐ろしくてそんなこと」

と弓子は身顫《みぶる》いをしながら、

「でも、その時計がどうかしたのですか」

「そうです。これが非常に重大な秘密を語ってくれるのですよ」

と由利先生は薔薇郎のほうに向きなおって、

「ときにあなたは、あの晩、この時計が歌うのをきいたとおっしゃいましたね」

「ええ、ききました。アヴェ・マリヤです」

「そのアヴェ・マリヤはしまいまで歌いおわりましたか」

薔薇郎はちょっと考えるような眼をして、

「あ、そうだ、途中で急にプッツリと音が切れてしまいました」

「なぜ、音が切れたか、考えて見たことがありますか」

「いいえ。でも――」

「それが非常に重大なことなのです。御覧なさい」

　由利先生は時計をひっくりかえすと、底にはめてある金属板を外した。すると、一面に突起のある真鍮《しんちゅう》の円筒と、沢山の薄い金属のキイからなるオルゴールが現われたが、そのオルゴールのあいだに、なにやら白いものが挟まっているのが見えた。

「御覧なさい。こいつが引っかかっているから、円筒が廻転《かいてん》するのをやめ、それで、オルゴールが鳴りやんだのです。いまこいつを取りますよ」

　由利先生が白いものを取ると、ふいに円筒が廻転しだした。そして薄い金属が円筒の突起にふれて、そこから一旦《いったん》、中断されていた、微妙なアヴェ・マリヤの続きが嫋々《じょうじょう》として洩れて来たのである。

「これが、五年まえに途切れたアヴェ・マリヤの続きです。ところでこの白いものがなんだか御存じですか」

「骨みたいなものですね」

「そうですよ。人間の小指です。ところで奥さん、磯貝半三郎氏は左の小指のさきがなくなっていましたが、あれはいつからだか、おききになったことはありませんか」

「あ」

弓子は思わず息をのんで大きく喘《あえ》いだ。

「おわかりになりましたか、畔柳博士は磯貝氏に刺されるとき、相手の小指を噛《か》み切ったのです。そしてそれを後日の証拠として残すために、死ぬまえに、そいつをこの歌時計のなかに隠されたのです。犯人が取りかえしに来ることを恐れたからでしょう。いかがです。これでも、あなたがたは死ぬ必要がおありですか」

薔薇郎と弓子の眼からは、そのときふいにどっと涙があふれて来た。

歌時計はまだ鳴っている。薔薇《ばら》とチューリップ花咲く園に、響きわたったあのアヴェ・マリヤの曲は、野越え、丘越え、美しく晴れ渡った蒼穹《そうきゅう》のかなたまでたっしたであろう。

解説

大坪直行

もし、横溝正史が矢田《やだ》插雲《そううん》の『江戸から東京へ』のむこうを張って『大江戸八百八町』なる読物を書き好評を得、この方向へ進んでいたらどうだったろうか。

もし、戦争中、軍が情報局の指令で作家の隣組が出来ず、翻訳家の井上英三《いのうええいぞう》氏に会っていなかったらどうだったろうか。

もちろん、西田政治《にしだまさじ》を知り、西田蔵書に大きな恩恵を浴し、幼少の時分から日本の探偵小説界の不振を歎《なげ》き、探偵小説のトリックに異常に関心をしめしていた横溝正史（事実、その頃、のちに『新青年』に投書し、一等に当選した『深紅の秘密』の色盲をトリックとした探偵小説を考えついていた）のことである。たとえ、戦時中のある時期、探偵小説が情報局から圧殺され、さればと書いた捕物帳でさえ禁止の憂目にあい、途方にくれているところへ江戸に対する郷愁が横溝正史の心を占領しはじめたとはいえ、それほど別な方向へ曲折していたとは思えないが、もし仮定が成り立っていたら、少くとも『本陣殺人事件』『蝶々殺人事件』という戦後華々しい探偵小説復興の幕を開けた作品発表の時期は遅れていたかも知れない。

井上英三氏との出会いは、横溝正史をカーの魅力の虜《とりこ》にし、『大江戸八百八町』など阿《あ》呆《ほ》らしくて書く気にさせなかったばかりか、今までずーと心の隅に積り積っていた本格探偵小説に憂身をやつした方がはるかに適当であり、やはり、俺は本格探偵作家としての才能を持ち合せているという自信を植えつけてくれたのである。

なぜなら、前にも書いたが、カーの語り口は自己の作風である草双紙趣味と最も近いものに感じられたからであろう。つまり、登場人物の性格を表面に押し出すわけにはいかない本格探偵小説にとって、読者の心を捉《とら》えてはなさぬためには、草双紙趣味は、この上もないものだった。

　三月九日の大空襲で恐れをなして東京を逃げ出し岡山へ疎開に向うとき、正史の脳《のう》裡《り》には、なんと瀬戸内海を舞台にしたカー式本格探偵小説を書こうという考えが胚胎《はいたい》していたというのである。驚くべきといわねばならない。あの戦時中、それも食糧難と空襲の激烈さの真唯中《まっただなか》にいたときでさえ、本格探偵小説に対する情熱は失われず、ますます盛んに燃えさかっていたということだ。

　それだけに、食糧事情もよく、空襲で爆撃される心配のない岡山県吉備《きび》郡岡田《おかだ》村での生活は、横溝正史に探偵小説への飢餓をつのらせた。

「私は俄然、探偵小説への飢餓を感じはじめたのである。しかも、食物への飢餓の場合、肉より魚よりも先《ま》ず第一に米を求めるように、この探偵小説への飢餓をうったえている私は、探偵小説の中でも最も探偵小説らしい探偵小説、つまり本格的なものを求めている。

今、何が一番みたいかと言われれば、先ず一番に、クロフツとカーをあげるだろう」

というのである。

昭和二十年の秋から暮れにかけて、敗戦日本の土を戦争にかりたてられていた若い人がつぎつぎと踏むのだったが、疎開先の岡田村界隈《かいわい》もごたぶんにもれず、そういう人たちが続々と帰ってきた。ちょうど、横溝正史が、トリックの鬼になり、いつものになるかわからないトリックを、あれやこれやとひねってみては、ひとり悦に入っていた時期である。当然、探偵小説に興味を持っている若い人たちが、横溝家へ集ってくる。正史は、得意になって自家製のトリックを披露したり、外に作品を読んで批評しあったりした。

その若い人の中に、ひとりの若い音楽学生石川淳一氏がいた。正史の生まれた神戸の家と極く近所の生まれということで、他の人以上に親近感をお互いに持ったらしい。

そして、あるとき、石川氏と正史の間で「江戸川さんの小説に、死体をピアノの中へかくすのがありますが、小説として面白いがわれわれ専門家から見ると、やはり変ですね。ピアノの中には絶対に人はかくせない」

という会話がかわされた。

もちろん、すかさず横溝正史は、「それなら、音楽の方でピアノ以外に、何か面白い死体のかくし場所はありませんか」

と聞くのであった。

この作品でコントラバスのケースの中に死体をかくすくだりは、ほかならぬ石川氏の経験から出た話だったのである。

「コントラバスのケースの中なら、すっぽり死体が入ります。げんにぼく自身入ってみたことがあるんですから。探偵作家の方々は、それをご存じないんでしょうね」

石川氏は五尺六寸あったという。

「こいつはいけるとわたしは思った。死体を樽《たる》だのトランクなどに詰めるというトリックはいくらでもあるが、コントラバスのケースに詰めるというのは、いままでになかったのではないか。この思いつきだけでも、ちょっと面白い探偵小説ができるのではないかとわたしは思った。

死体をなにかに詰めて送るという小説の代表的な傑作は、なんといってもクロフツの『樽』である。そこで、わたしは改めて、森下雨《もりしたう》村《そん》氏の名訳『樽』をひっぱり出して読みかえしてみた。そして、ああでもない、こうでもないとひねっているうちに、どうやら出来上がったのが『蝶々殺人事件』である」

『蝶々殺人事件』を書くにあたっての裏話を横溝正史は、こういっている。

「それはともかく、『ロック』誌から半年連載の長編を依頼されたときは全く突然だった」

『ロック』は第二号から社会主義探偵小説と銘打った小栗虫太郎《おぐりむしたろう》の長編連載「悪霊」をはじめたばかりだったが、虫太郎の突然の死で編集部は急拠《きゅうきょ》、横溝正史に依頼したのであった。

考えてみれば、いくら情熱がほとばしっていたときとはいえ、『本陣殺人事件』を『宝石』誌に承諾したばかりである。当然、断りたいところだったが、そこは義理人情に人一倍厚い正史である。承諾の返事を出したのであった。

そして、横溝正史は、不思議な小栗虫太郎との因縁を思い浮かべたという。

一つは、昭和八年『新青年』二月号で夢野久作《ゆめのきゅうさく》の「氷の涯」を皮切りに毎号百枚読切小説を載せた際、七月号は正史の予定だったのだが、喀血《かっけつ》で書けず、かわりに甲賀《こうが》三郎《さぶろう》のもち込んでいた小栗虫太郎のデビュー作「完全犯罪」が載ったことである。

また、一つは、太平洋戦争のはじまるすこし前、虫太郎と酒を酌み交わしたときのことであった。

虫太郎が「横溝さんの病気のおかげで、私は世の中へ出られたみたいなもんだ」といったのに対し、正史が「そんなことはない。でも、今度お前さんが病気をするようなことがあったら、必ず私が代って書いてあげる」という約束をかわしたことであった。

「つまり、そのとき私の気持では、小栗君の弔い合戦のつもりであった。それだけにがっちりしたもの、堂々としたもの、そしてまた戦後の自分の方針であるところの論理的な本格物を書きたかったのである。少くとも、小栗君のピンチヒッターとして恥かしくない程度のものにしたかったのである」

こうして、『蝶々殺人事件』は昭和二十一年五月から翌年の四月まで『ロック』誌で連載されたのであった。が、この作品に対する横溝正史の意気込みは『本陣殺人事件』に優《まさ》るとも劣らぬものがあった。連載開始に先立って正史は、その抱負を次のように述べている。

「この小説は今後二か月にわたって連載される予定であるが、これについて私は読者諸君に一つの課題を提出したい。即ち編中の由利先生とともに犯人を捜索して戴《いただ》きたいと思っているのである。

終戦後感ずるところがあって、今後私は出来るだけ本格的に探偵小説を書いていきたいと思っている。但し、どういうものが本格探偵小説であるかといわれれば私もちょっと答えるのに窮する。探偵小説が一色であってよい筈《はず》がない。多種多様な色彩をもって装飾された探偵小説があってこそ、探偵小説が進歩していくのではないかと思っている。しかし、その小説がどのような色彩で装飾されていようとも、もしそこに『謎を解く興味』が忘れられていたら、それはもう本当の探偵小説でないといってよいのではなかろうか。少くともいまの私はそう考えている。つまり探偵小説というものは、作者と読者の知識競技なのだ。作者が読者に提供する謎が異常であればあるだけ、そしてしかもその異常な謎の『解き方』が合理的であればあるだけ、それはよい探偵小説ということができるのではなかろうか。とにかく今の私はそう考えているので、この小説もその方針で書き進めていくつもりである。

　だが、そういうものの、私にこういう意味でのよい探偵小説を書く力があるなどと思いあがっているわけではない。むしろ私は自分の力の弱さを感ずる者であるが故に、こうして読者諸君に挑戦し、のっぴきならぬ破目に自分を陥れることによって、否《いや》が応でも努力しなければならぬように、自分で自分を鞭撻《べんたつ》したいと思っているのである。なお、犯人捜索の詳細な規定その他については、編集者と相談のうえ追って発表するつもりだが、どうぞこの号から、出来るだけ穿鑿《せんさく》的な眼で、この小説を読んで戴きたい」

　横溝正史が、いかにこの作品に情熱を傾けたか、『本陣殺人事件』と共に『蝶々殺人事件』が戦後の最大傑作の一つになったことでも、それはうかがえよう。

「物に憑《つ》かれて筆を執り、それがほぼじぶんの意図するとおり書けたときほど、作家というものは幸福ではないのか」

この二編が日本探偵小説界に貢献したことをハッキリ知った正史自身、こう述べている。

ともかく、物に憑かれたように筆を執りつづけた探偵小説の鬼である横溝正史は、例によってこの作品で『本陣殺人事件』にないものを書こうとしたのである。『本陣殺人事件』は実に巧妙な日本間の密室殺人事件を「岡山一中琴の怪談」をからませて、横溝調の怪奇ムードを十分にかもし出した傑作であった。つまり、自己の作風である怪奇浪漫ムードと本格の融合への試みが見事に開花した作品といえるわけである。これはカーへの挑戦であった。

これに反し『蝶々殺人事件』はクロフツへの挑戦と見てよかろう。樽をコントラバス・ケースにおきかえた横溝正史のことである。よし、一丁それならクロフツに挑戦して鼻をあかしてやるか——ということになったのではなかろうか。それは異色のストーリーよりトリックを中心にした、正史独特の怪奇浪漫の影を潜めた作品に仕立てあげ、自己への挑戦でもあった。

最も、効果を盛り上げられる草双紙趣味を捨て、なんとクイーンやヴァン・ダインのように探偵や警察が丹念に容疑者を一人ずつ取調べ訊問《じんもん》していくような書き方に再度、挑戦したのである。

それにしても、トリックを上手に使いこなし、これほど完全にストーリーにとけ込んだ作品もなかろう。逆密室の殺人、『本陣殺人事件』『悪魔が来りて笛を吹く』『黒猫亭事件』『悪魔の手毬唄』などに使われている一人二役、その後『夜歩く』にも使われたことのある記述者＝犯人という形式、『探偵小説』『獄門島』『女王蜂』にあるクロフツ流の時間のアリバイ・トリック、そして、トロムボーンとコントラバス・ケースの小道具、楽譜の暗号、読者への挑戦などクリスティ、クロフツ、クイーン等純本格派に見られるトリックの集大成がここにはある。まさに、連載当時読者を唸《うな》らせたのである。この作品ほど次が待ち遠しかったものはない。

「人間の感受性、ことに文学などにたいする感受性がいちばん強く培われるのは、旧制の中学時代ではないかと思われるのだが、いまから自分の過去をふりかえってみるに、私が中学時代、もっとも耽読《たんどく》したのはおはもじながら、江戸の読み本だったように思われる。

　私はもっぱら筋の変化にとんだ読み本に、うきみをやつしたものである。

　読み本というものは空想的な構成と、複雑な筋を発展させながら、しかも仏教的因果応報と、道徳的教訓の線にそって書かれているものだから、そこにはほとんど人間というものが描かれていない。

そして、そのことが謎と論理の本格探偵小説に一脈相通ずるものがあるといえば、ひとびとは驚くだろうか。

昭和十年ごろ、私は信州上諏訪《しんしゅうかみすわ》で病院療養中だった。昭和十年にはそろそろ仕事をはじめていたが、まだまだ健康的に制約の多かった私は、手当りしだいになにか読んでいた。中学時代につぐ乱読時代だったかもしれない」

昭和十年といえば、まだ床に臥《ふ》した身体で、一日に一枚か二枚ずつ全力をそそいで自己の独自の境地を生み出そうと努力しだした時期である。浪漫と怪奇の混然と融合した、正に泉鏡花《いずみきょうか》調の凄艶《せいえん》さが濃厚に出ている傑作『鬼火』『茂の中』を発表した年でもあるが、それは正史の言う「僕の浪漫主義にかぶれた時代」だった。

その雰囲気は翌年の『かひやぐら物語』をはじめとして、ここに収められている『蜘蛛と百合』（「モダン日本」昭和八年7月〜8月）『薔薇と鬱金香』（「週刊朝日」昭和八年八月）に、やや型をかえながらも益々《ますます》強く出て行く。

つまり、耽美《たんび》浪漫の世界を描いては泉鏡花を思わせ、その悪魔主義的傾向を描いては谷崎潤一郎《たにざきじゅんいちろう》の影響を思わせる横溝正史独特の草双紙ムードが、色鮮やかに各作品に展開していくのである。

『蜘蛛と百合』『薔薇と鬱金香』では、妖艶《ようえん》な頽廃《たいはい》美が華麗なる文章、作品を書いた当時の現代探偵譚《たん》とあいまって濃厚な怪奇浪漫的ムードを全編にかもしだしている。

現代とのマッチといえば、ここに収められている三編は共通しているといえよう。『蝶々殺人事件』はこの二作とは逆に正史独自の怪奇浪漫的ムードを陰におき、本格的トリック中心の純本格探偵小説と現代をうまく溶けあわせていた。

また、由利先生と三津木俊助のコンビも共通している一つである。

このコンビは、すでに昭和八年の『憑かれた女』に登場しているが、由利先生の名前は紹介されず、先生はかつて警視庁に奉職していたというだけであった。それが十年の『獣人』にいたって、由利先生の前身を思わせる「学生上がりの生若い青年で、後年私立探偵という職業に身を立てる好奇心の強い男」由利燐太《りんた》郎《ろう》が登場、そして『白蠟変化』で燐太郎が麟太郎に改まり名捜査課長となるのである。

雀の巣のようなモジャモジャ頭で、よれよれの袴《はかま》をはき、吃《ども》りながら応待する人なつこい人柄の金田《きんだ》一耕助《いちこうすけ》と年齢に似合わぬ白髪で、痩軀《そうく》端麗な紳士で非のうちどころのない由利先生ということになると、どうしても読者の印象は前者に強く、『本陣殺人事件』に登場以来、金田一耕助にとって変っていくのである。

しかし、長編だけでも『白蠟変化』『夜光虫』『まぼろしの女』『双仮面』『仮面劇場』『蝶々殺人事件』があり、この親しまれたコンビが退場するのは一抹の淋《さび》しさが残ったものであった。

常に、新しいものへの挑戦を続ける横溝正史の姿勢が、この探偵一つとってもわかる。

いつか正史が、「金田一耕助もだんだん年をとってくるので……」といっておられたが、もしかすると、また新しい探偵を創造するかもしれない。その意欲十分である。何度も言うようだが、そういった情熱、意欲が『蝶々殺人事件』にもこの二作品にも強く出ている。

『面影双紙』から『蠟人』までの耽美浪漫的作品は草双紙を現代小説に昇華させたものだが、ここでは草双紙ムードと探偵譚との融合をこころみていることでもそれはうなずけよう。

正史が現代版草双紙を意識して書いたことは、「夏の宵に恋の冒険を語る美少年の事、並びに銀座裏にて蜘蛛の怪を見る事」という小見出しにも、本文での「草双紙」という語の出てくることにも推測されるが、とにもかくにも、『蜘蛛と百合』での俊助までも引きずり込むすさまじいまでの狂執、『薔薇と鬱金香』での刑死者の再生という神秘は、ロマンチックな筆致と共に読者をいやが上でも怪奇浪漫の世界へ引きずりこまずにおかない。

昭和三年の頃からナンセンス小説を捨て、再び自己の世界の草双紙趣味に戻った横溝正史は、『面影草双』によって自己の美と幻想の世界を創り出し、『鬼火』にいたって、それを探偵小説への情熱などとからみ合わせ『かひやぐら物語』によって、横溝調草双紙——泉鏡花のムードは実に丹念に濃《こま》やかに仕上げられていくのであった。

そして、それは、もちろんこの二作にも受けつがれ、そのムードは色彩濃い豊かなものへと昇華させていくのである。

『蝶々殺人事件』が、戦前試みた純本格探偵小説への再度の挑戦とするなら、この二作はある意味で『双生児』や後に狂的になる美少年趣味の先駆けをなした『丹夫人の化粧台』への再度の挑戦といってもおかしくないかも知れない。

いずれにせよ、横溝正史は、ここに収められている三作品を取り上げ論じてみても、探偵小説に対して、文学に対していかに恐るべき執念と情熱の持主であり、挑戦者であるかうなずけるはずである。

本文中には、吃《ども》り、不具者、気違い、気が狂ったなど、また、解説中には、色盲など、今日の人権擁護の見地に照らして不当・不適切と思われる語句や表現がありますが、作品発表時の時代的背景を考え合わせ、また著者が故人であるという事情に鑑み、底本のままとしました。

本書は、一九七三年八月に刊行された角川文庫を改版したものです。

蝶々《ちようちよう》殺《さつ》人《じん》事《じ》件《けん》

横《よこ》溝《みぞ》正《せい》史《し》

昭和48年 8月10日　初版発行
令和2年 3月25日　改版初版発行
令和6年 6月30日　改版6版発行

発行者●山下直久

発行●株式会社KADOKAWA
〒102-8177　東京都千代田区富士見2-13-3
電話　0570-002-301（ナビダイヤル）

角川文庫 22088

印刷所●株式会社KADOKAWA
製本所●株式会社KADOKAWA

表紙画●和田三造

●お問い合わせ
https://www.kadokawa.co.jp/（「お問い合わせ」へお進みください）
※内容によっては、お答えできない場合があります。
※サポートは日本国内のみとさせていただきます。
※Japanese text only

ISBN 978-4-04-109297-2　C0193

◆◇◇

角川文庫発刊に際して

角川源義

第二次世界大戦の敗北は、軍事力の敗北であった以上に、私たちの若い文化力の敗退であった。私たちの文化が戦争に対して如何に無力であり、単なるあだ花に過ぎなかったかを、私たちは身を以て体験し痛感した。西洋近代文化の摂取にとって、明治以後八十年の歳月は決して短かすぎたとは言えない。にもかかわらず、近代文化の伝統を確立し、自由な批判と柔軟な良識に富む文化層として自らを形成することに私たちは失敗して来た。そしてこれは、各層への文化の普及滲透を任務とする出版人の責任でもあった。

一九四五年以来、私たちは再び振出しに戻り、第一歩から踏み出すことを余儀なくされた。これは大きな不幸ではあるが、反面、これまでの混沌・未熟・歪曲の中にあった我が国の文化に秩序と確たる基礎を齎らすためには絶好の機会でもある。角川書店は、このような祖国の文化的危機にあたり、微力をも顧みず再建の礎石たるべき抱負と決意とをもって出発したが、ここに創立以来の念願を果すべく角川文庫を発刊する。これまで刊行されたあらゆる全集叢書文庫類の長所と短所とを検討し、古今東西の不朽の典籍を、良心的編集のもとに、廉価に、そして書架にふさわしい美本として、多くのひとびとに提供しようとする。しかし私たちは徒らに百科全書的な知識のジレッタントを作ることを目的とせず、あくまで祖国の文化に秩序と再建への道を示し、この文庫を角川書店の栄ある事業として、今後永久に継続発展せしめ、学芸と教養との殿堂として大成せんことを期したい。多くの読書子の愛情ある忠言と支持とによって、この希望と抱負とを完遂せしめられんことを願う。

一九四九年五月三日

角川文庫ベストセラー

角川文庫ベストセラー

眼球綺譚　綾辻行人

大学の後輩から郵便が届いた。「読んでください。夜中に、一人で」という手紙とともに、その中にはある地方都市での奇怪な事件を題材にした小説の原稿がおさめられていて……珠玉のホラー短編集。

Another（上）（下）　綾辻行人

1998年春、夜見山北中学に転校してきた榊原恒一は、何かに怯えているようなクラスの空気に違和感を覚える。そして起こり始める、恐るべき死の連鎖！　名手・綾辻行人の新たな代表作となった本格ホラー。

霧越邸殺人事件〈完全改訂版〉（上）（下）　綾辻行人

信州の山中に建つ謎の洋館「霧越邸」。訪れた劇団「暗色天幕」の一行を迎える怪しい住人たち。邸内で発生する不可思議な現象の数々…。閉ざされた〝吹雪の山荘〟でやがて、美しき連続殺人劇の幕が上がる！

家守　歌野晶午

何の変哲もない家で、主婦の死体が発見された。完全な密室状態だったため事故死と思われたが、捜査のうちに30年前の事件が浮上する。歌野晶午が巧みに描く「家」に宿る5つの悪意と謎。衝撃の推理短編集！

Dの殺人事件、まことに恐ろしきは　歌野晶午

カメラマンの私は、道玄坂で出会った生意気な少年とダイニングバーで話をしていた。しかし、バーから見える薬局の様子がおかしくて——。（表題作）。江戸川乱歩の世界が、驚愕のトリックと新たな技術で蘇る！